GYÖRGY DALOS

Der Fall des Ökonomen

Deutsche Bearbeitung von Elsbeth Zylla

Für András Lakatos (Budapest)
und Lisa Ndokwu (Wien)

Ein Mann ist reif erst, wenn nicht Rücksicht
auf Vater ihn und Mutter quält …

ATTILA JÓZSEF*

* Aus dem Ungarischen von Franz Fühmann

ERSTER TEIL

2001

Der Vater starb Anfang Oktober an einem Mittwoch. Am Dienstag war ihm nach dem gemeinsamen Mittagessen übel geworden, er beschwerte sich über Schmerzen in der linken Schulter und atmete schwer. Gábor Kolozs rief mehrfach in der Praxis des Bezirksarztes an, aber die Leitung war besetzt. Inzwischen ging es dem Vater ein wenig besser, so dass Kolozs ihm beim Anziehen half und ein Taxi kommen ließ. So fuhren sie zur Arztpraxis. Sie nahmen soeben Platz auf der weißen Bank, als der junge Doktor in der Tür erschien und sie außer der Reihe einließ. Er hörte den Vater mit dem Stethoskop ab, maß den Blutdruck und fragte, ob der alte Mann je ein Problem mit dem Herzen gehabt hätte. »Ja«, antwortete der Vater, »1960 hatte ich mal einen Herzinfarkt.« – »Ich fürchte«, sagte der Arzt und richtete seinen Blick auf Kolozs, »dass sich bei Ihrem Vater gerade wieder etwas Ähnliches ankündigt. Wir sollten vorsichtig sein.« Er war bereits am Telefon und wählte die Nummer der Rettung – auch hier eine besetzte Leitung. »In diesem Land funktioniert nichts mehr«, sagte der Arzt gereizt und fügte nach kurzem Zögern hinzu: »Wissen Sie was? Ich schreibe die Krankenhaus-Einweisung, Sie rufen ein Taxi und fahren mit Ihrem Vater direkt dorthin.« Auch die Taxi-Rufnummer war besetzt, und für Kolozs zog sich jede Minute quälend. Erst der vierte Versuch war erfolgreich. Kolozs nahm neben dem Vater auf dem Rücksitz Platz. »Bitte lass mich nicht allein«, flehte der Alte wie ein Kind. »Natürlich nicht, Vater«, beruhigte ihn Kolozs und nahm seine Hand, die eiskalt war. »Du wirst untersucht, und dann rufen wir ein Taxi und fahren wieder nach Hause.«

Doch es kam anders. Das EKG ergab einen rückseitigen Infarkt, und der Vater wurde gleich auf die Intensivstation gebracht. »Wo werde ich hier beten können?«, fragte er verstört und schaute sich mit flatterndem Blick im Krankenzimmer um. Kolozs fuhr nach Hause und packte die Habseligkeiten des Alten ein, darunter den Talis und die Tefillin für das morgige Gebet.

Dazu sollte es nicht mehr kommen. Dr. Dániel Kolozs wurde von der diensthabenden Schwester am frühen Morgen tot im Bett aufgefunden. Gleich morgens um acht händigte man Kolozs den Leichenschauschein aus, dazu den Personalausweis des Vaters und die wenigen persönlichen Gegenstände, die er am Vorabend in die Klinik gebracht hatte.

Den Rest des Tages verbrachte er damit, die notwendigsten Dinge zu erledigen. Als Erstes entnahm er dem Bankautomaten in der Filiale der Landessparkasse OTP auf der Király-Straße fünfzigtausend Forint, um fällige Ausgaben tätigen zu können. Um neun Uhr rief er von zu Hause aus bei der Chewra Kadischa an, um die Vorbereitung der Bestattung entsprechend den religiösen Vorschriften möglichst schnell in die Wege zu leiten. Der Vater hatte bereits in seiner slowakischen Geburtsstadt Košice eine Grabstätte im Voraus bezahlt, neben seiner Frau, die dort 1988 auf dem jüdischen Friedhof beigesetzt worden war. Ebenso hatten sie bereits damals die Kosten für den zukünftigen Leichentransport und die Beerdigung beglichen. Kolozs musste jetzt nur noch beim Standesamt des 7. Bezirks die Sterbeurkunde beantragen, die er bei Vorlage des Leichenschauscheines und des Personalausweises seines Vaters umgehend in zwei Exemplaren erhielt, jeweils versehen mit einer staatlichen Siegelmarke im Wert von fünfzehn Forint. Als die Sachbearbeiterin erfuhr, dass man dem Verblichenen in Košice die letzte Ehre erweisen würde, riet sie, für alle Fälle den Personalausweis des Verstorbenen mitzunehmen. »Sie können ihn ja später hier abgeben«, sagte sie. Vielleicht von dem Trauerfall bewegt, fügte sie tröstend hinzu: »Das hat Zeit. Ihrem armen Herrn Vater ist es egal, und Sie haben jetzt andere Sorgen. Die Rentenkasse werden wir von hier aus informieren.«

Als Kolozs mit der Sterbeurkunde bei der Chewra Kadischa erschien, hatte diese bereits Kontakt zu ihrer Partnerinstitution in Košice aufgenommen – die Beisetzung war für Freitag um elf Uhr vorgemerkt. Kolozs eilte nach Hause, denn er klebte vor Schweiß. In einem Stoffbeutel an der Türklinke fand er das Mittagessen des Vaters, wie immer pünktlich und kostenlos von der Küche der jüdischen Gemeinde in Einweg-Plastikbehältern geliefert. Die gestrige Lieferung hatten sie mittags noch gemeinsam gegessen, wie seit Jahren fast jeden Tag. Nachdem er geduscht und sich umgezogen hatte, verschlang Kolozs ohne Appetit ein paar Happen von dem Faschierten mit Brechbohnen und machte sich wieder auf den Weg. Am Nachmittag reservierte er in einem Reisebüro ein Zimmer in der billigsten Pension in Košice, und am Westbahnhof kaufte er sich das Zugticket. Ebenfalls dort besorgte er sich in einer Wechselstube ein paar Hundert slowakischer Kronen für die anstehenden Ausgaben. Kleine Beträge für die Leichenwäscher sowie für den Kantor und die Totengräber steckte er in Briefumschläge, die er sorgsam beschriftete. An die verschiedenen Erfordernisse erinnerte er sich noch von der Beerdigung seiner Mutter her. Allerdings gehörte Košice damals noch zur Tschechoslowakei, er hatte den Vater damals mit seinem eigenen Auto, einem Trabant, dorthin gefahren, und sie hatten mit tschechoslowakischem Geld bezahlt. Anderes Geld, ein anderer Staat, ein anderes Transportmittel, andere Rahmenbedingungen – und eine andere Leiche, grübelte Kolozs, während er mit seinem kleinen Koffer in den internationalen Waggon des Eurocity *Borsod* stieg und mit der Platzkarte in der Hand den Gang entlanglief, bis er das richtige Abteil gefunden hatte.

All diese Ereignisse verliefen in solch atemberaubender Geschwindigkeit, dass Kolozs erst während der Fahrt darüber nachdachte, was er möglicherweise vergessen hatte und nach seiner Rückkehr erledigen musste. Erstens: Am Montag würde er den Personalausweis des Vaters beim Standesamt abgeben. Zweitens: In irgendeiner Form musste er die Bekannten des Vaters von dessen Ableben unterrichten. Wahrscheinlich war es am einfachsten, wenn er in die Bezirksgemeinde am Bethlen-Platz ging und dort darum bat, eine schwarz umrandete Anzeige in der jüdischen Zeitung aufzugeben. In dieser sollte mitgeteilt werden, dass der Arzt Dr. Dániel Kolozs, Überlebender des Holocaust, im Alter von fünfundneunzig Jahren aus dem Leben geschieden war. Drittens: Einige seiner eigenen Freunde, die den Vater kannten und respektierten, musste er selbst informieren. Vor allem dachte er an seine ehemaligen Kommilitonen aus Moskau, Feri Túróczi und Laci Bakos. Viertens: Mit Márta, von der er sich nach einer kurzen, stürmischen Ehe getrennt hatte, musste er unbedingt sprechen. Márta liebte den Vater sehr, und auch dieser war ihr zugetan. Jedenfalls gehörte sie zu den ganz wenigen, denen es zeitweise gelungen war, seine Wortkargheit aufzubrechen. Und fünftens: Auf jeden Fall musste er Dr. Freiburger schreiben, obwohl dieser vielleicht gar nicht mehr unter den Lebenden weilte. Denn er hatte damals dafür gesorgt, dass die Schweizer Stiftung »Ärzte für Opfer« dem Vater eine monatliche Wiedergutmachung zukommen ließ. Freiburger war einige Jahre jünger als der Vater, hatte dieselbe Schule besucht, ein Arztkollege, der dann zum Freund wurde. Später war er sogar Trauzeuge bei der Eheschließung. Allerdings wartete er nicht den Zerfall der Tschechoslowakei ab wie der Vater, sondern wanderte rechtzeitig aus. In der Schweiz gründete er eine Familie, startete als Arzt eine ernsthafte Karriere und besaß eine Villa in Herrliberg. 1992, bei einem Besuch in Ungarn, schaute er sich erschüttert in der Wohnung des bereits verwitweten Vaters in der Klauzál-Straße um.

»Also, mein Alter«, sagte er zum Vater, »nach allem, was du mitgemacht hast, ist das hier nicht in Ordnung.« Kurz nach seiner Rückkehr in die Schweiz kam mit der Post ein deutschsprachiger Antrag an die Stiftung »Ärzte für Opfer«, den der Vater nur noch unterzeichnen musste. Anfang Januar 1993 ging die erste Monatszahlung von dreihundert Schweizer Franken auf dem Konto des Vaters bei der OTP ein. Das war ein unvorstellbar wohltuender Betrag, eine Verdoppelung der bescheidenen Rente des Vaters von sechzigtausend Forint, die kaum hinreichte, um nur das Allernötigste zu bezahlen. Später kam dieses Geld auch dem arbeitslos gewordenen Kolozs zugute, der seine Mietwohnung aufgeben musste und wieder an den Ort seiner Kindheit zog. Seither lebten Vater und Sohn aus diesen Einkommensquellen wie einst vom Gehalt des Vaters und der Mutter, bescheiden und sparsam. Nur die Rollen wechselten: Kolozs wurde zum Familienoberhaupt, teilte das Geld ein und führte den Haushalt, während der alte, zahnlose Vater zum Kind wurde, versorgt und bevormundet.

»Nehmen Sie bitte Platz, Herr Kolozs!« Der etwa vierzigjährige Rabbiner zeigte auf den Stuhl vor seinem Schreibtisch. »Bevor wir mit der Beisetzung beginnen, müssen wir einige Dinge besprechen.« Kolozs hörte aus der Rede des Rabbiners heraus, dass er nicht aus dieser Gegend stammte. Die Sätze waren semantisch in Ordnung, aber an den Worten klebte der fremde Akzent eines Menschen, der das Ungarische vielleicht als Kind erlernt, aber als Erwachsener nicht mehr benutzt hatte. Er dachte eben noch darüber nach, ob der Akzent englisch oder eher slawisch wäre, als der Rabbiner, als könne er in Kolozs' Gedanken lesen, hinzufügte: »Mein Name ist Elieser, geborener Berger. Meine Eltern kamen aus den Karpaten, wo ich auch noch geboren bin, aber ich wurde in Jericho erzogen. Hier arbeite ich jetzt als Stellvertreter, denn der alte ehrwürdige Rabbi Strelecki kann nur noch schwer sein Amt ausüben. Übrigens befindet er sich heute auf einer Beerdigung in Prešov. Wir machen allmählich nur noch Bestattungen ...« Nach einem kurzen Stoßseufzer fuhr er fort: »Bitte, lieber Herr Kolozs, ich möchte Ihnen gern einige Fragen zur Person unseres Toten stellen, damit ich ihn würdevoll verabschieden kann und sich dabei kein Irrtum in meine Rede einschleicht.« Aus der Schublade seines Schreibtisches nahm er ein kariertes Heft und einen Filzstift. Für Kolozs war auch dieses Verfahren nicht neu – ebenso hatte der Rabbiner Strelecki seine Fragen eingeleitet, die er ihm und dem Vater über die Mutter gestellt hatte, um aus den Antworten eine förmliche kleine Trauerrede zu gestalten.

»Sie sollten wissen«, begann Kolozs, »dass wir aus Košice stammen. Meine Eltern lernten sich hier kennen und schlossen ihre Ehe in der Synagoge auf dem Rákoczi-Ring. Košice war damals wieder ungarisch, aber sie zogen nach Budapest. Mein Vater war der Meinung: Je weiter weg von Hitler, desto besser. In Budapest wollte er als Arzt praktizieren, aber daran hinderten ihn die Judengesetze. Dann marschierte die deutsche Wehrmacht in Ungarn ein, und als die Mutter mit mir im neunten Monat schwanger war, wurde mein Vater nach Mauthausen deportiert. Von dort kam er nach der Befreiung als körperliches und seelisches Wrack zurück. So habe ich ihn kennengelernt, und daran sollte sich auch nichts mehr ändern. Nie mehr konnte er als Arzt arbeiten. Er bediente den Aufzug im Warenhaus *Modehalle* und ging 1960 in Invalidenrente. Dann erkrankte 1988 meine Mutter, die bis dahin immer kerngesund gewesen war, an Lungenkrebs und starb drei Monate später. Der Vater blieb allein zurück, und ich zog dann zu ihm.«

»Und wovon lebte Ihr lieber Herr Vater, wenn ich fragen darf?« Der Rabbiner blickte kurz von seinem Heft auf.

»Er bezog eine niedrige Rente und eine bescheidene Summe als Wiedergutmachung, und damit konnte er knapp auskommen«, antwortete Kolozs und fügte verlegen hinzu: »Das heißt, davon lebten wir beide, und …« – »Aber selbstverständlich haben auch Sie ihm beigestanden«, unterbrach ihn der Rabbiner. »Natürlich, meinen Möglichkeiten entsprechend«, entgegnete Kolozs errötend. Er fürchtete, der Rabbiner könne ihn nun nach seinen eigenen Einnahmequellen befragen. Dieser jedoch wollte nur noch eine einzige Frage klären: »Inwieweit hielt sich Ihr lieber Herr Vater an die Gesetze unserer Religion?« – »Aber hundertprozentig!«, rief Kolozs. »Er aß das koschere Essen der Gemeinde und betete jeden Morgen. Zu Jom Kippur fastete er, und solange er überhaupt noch vor die Tür gehen konnte, ging er an jedem Sabbatabend in die Synagoge … Selbst als er schon im Krankenhaus war, bat er mich, ihm Tefillin und Talis mitzubringen.« Der Rabbiner stand auf und gab Kolozs damit zu verstehen, dass er sich nun entfernen solle. »Ich bereite mich ein wenig vor«, erklärte er, »und wir sehen uns in der Leichenhalle wieder.«

»Heute begleiten wir einen Menschen zur ewigen Ruhe«, orgelte der Rabbiner Elieser-Berger in seinem klangvollen Bariton, »der aus dem unergründlichen Willen des Ewig-Seienden dreizehn Jahre lang seine liebende Gattin überlebte, um sich mit ihr nun entsprechend ihrem gemeinsamen letzten Willen hier zu treffen. Dr. Dániel Kolozs hat seinen Anteil von den Prüfungen des Holocaust mehr als reichlich erhalten. Er, den das Schicksal ursprünglich zum Arzt, zum Heilen anderer Menschen auserkoren hatte, war als körperlicher und seelischer Invalide selbst auf ärztliche Fürsorge angewiesen. Wir könnten den Schöpfer fragen, aus welchem Grund er ihm dieses Leid zuteil werden ließ, ebenso wie ihn seinerzeit Hiob fragte: ›Lass mich wissen, warum du mich vor Gericht ziehst. Gefällt es dir, dass du Gewalt tust und mich verwirfst, den deine Hände gemacht haben? Deine Hände haben mich gebildet und bereitet, danach hast du dich abgewandt und willst mich verderben?‹ Aber ähnlich wie Gott Hiob gegenüber seine nicht anzuzweifelnde Macht behauptete, hätte er auch Dr. Dániel Kolozs geantwortet: ›Ich habe die Welt geschaffen, ich weiß, was ich und warum ich es tue auf diesem von mir erschaffenen Erdklumpen.‹ Aber der Hiob hier vor uns im Sarge begriff dies offensichtlich selbst, denn er trug sein Leid mit Geduld und reinem Bewusstsein und verdammte deshalb niemals den Herrn der Himmel. Im Gegenteil: Solange er Kraft zum Gehen hatte, verbrachte er jeden Sabbatabend und die heiligen Feiertage unter seinen Glaubensgenossen, im Haus der Versammlung, und selbst am Morgen seines Ablebens zog er den Gebetsschal an und hob an seine Stirn den Gebetsriemen, um seiner Dankbarkeit gegenüber dem Schöpfer Ausdruck zu verleihen. Und er hatte hierfür einen guten Grund. Der Lebensabend des Dr. Dániel Kolozs wurde trotz allen Leids und aller Entbehrungen – denn an materiellen Gütern war er nie reich – regelrecht vergoldet: Sein Sohn Gábor, dieser vorbildliche Mensch, sorgte in Liebe für ihn. Man kann sagen, er versorgte den ohnmächtigen Greis, wie auch Dr. Dániel Kolozs als Vater ein halbes Jahrhundert zuvor ihn als kleines Kind gepflegt hat. Und als die letzte Stunde schlug, schloss Gábor seinem Vater die Augen, denn es gibt keine anderen Familienangehörigen, und er wird der Einzige sein, der nun mit Sohnespietät das Andenken des Vaters bewahrt. Nichtsdestotrotz wird dieser aber auch im Lichte aller für die Opfer des Holocaust entzündeten Kerzen weiterleben …«

Im Gleichschritt folgten sie der Kutsche mit dem Sarg, die von einem Friedhofswärter geschoben wurde. Zwischen dem Rabbiner und dem Kantor ging Gábor Kolozs mit der Kippa auf dem Kopf, die ihm sein Vater geschenkt hatte, und in jenem dunkelgrauen Anzug, den er 1990 unmittelbar nach den ersten freien Wahlen anfertigen ließ. Damals zog er als Mitarbeiter von Feri Túróczi in das »Weiße Haus« an der Donau ein, das früher Sitz des Zentralkomitees der einzigen Partei war und nun allen Fraktionen der im Parlament vertretenen Parteien zur Verfügung stand. Feri legte als stellvertretender Staatssekretär der siegreichen Regierungspartei großen Wert darauf, dass sein Freund Gábor vorzeigbar war. »Deine Intelligenzlerpullis schmeißt du am besten gleich weg«, sagte er, »und auch deine Turnschuhe gehören in die Mülltonne. Die wirst du nie mehr brauchen. Und lass dir eines sagen: Klamotten kauft man nicht, sondern lässt sie maßschneidern. Bloß nichts von der Stange! Kleiderfabrik 1. Mai hatten wir lange genug. Demokrat zu sein bedeutet, elegant auszusehen, wie schon der berühmte Bibó sagte!«*

In diesem Sinne staffierte sich Kolozs, dessen Gehalt nicht unbeträchtlich war, mit dem Nötigsten aus und mietete eine komfortable Zweizimmerwohnung in der Nähe der Budaer Burg. Aber von seinen Kleidungsstücken aus der Vorwendezeit mochte er sich nicht trennen. Er packte sie in eine alte Truhe, und seine geliebten ausgelatschten Schuhe trug er zu Hause. 1994 erlebte seine Partei eine vernichtende Wahlniederlage, die für ihn das Ende seiner kurzlebigen öffentlichen Laufbahn mit sich brachte. So holte er die alten, abgetragenen Kleider wieder hervor und verstaute nun sorgfältig den dunkelgrauen Anzug und andere Requisiten des guten Aussehens, wie zum Beispiel schneeweiße Hemden und seidene Krawatten, in der Mottentruhe. Als die Jahre vergingen, er selbst in seiner äußeren Erscheinung immer armseliger wurde und sich mehr und mehr von der larmoyanten Außenwelt entfernte, ließ bei ihm die Hoffnung nach, jemals wieder einen Anlass zu haben, der

* Paraphrase eines berühmten Satzes des politischen Denkers István Bibó aus dem Jahre 1945: »Demokrat zu sein bedeutet, keine Angst zu haben.«

es wert war, sich anständig anzuziehen. Nun war dieser Anlass gegeben.

Unterwegs nach Hause im Zug stellte Kolozs erstaunt fest, dass er in der Tiefe seiner Seele keinen Mangel verspürte, obwohl der Vater seit drei Tagen tot war. Die Erklärung, dass er seit Mittwochmorgen ausschließlich mit Verrichtungen beschäftigt gewesen war, die sich aus dem Tode des Vaters ergaben, und somit der Alte durchaus stark in seinem Leben präsent war, lag auf der Hand. Vielleicht war dies jetzt sogar mehr der Fall als in der letzten Zeit: Der Vater hatte vom Morgen bis zum Abend wortlos dagesessen, sein Essen verzehrt und murmelnd gebetet. Am Abend war er ebenso leise in sein Bett gegangen, das vom übrigen Teil des Zimmers durch einen Vorhang abgetrennt war. Die Formel konnte jedoch auch umgekehrt stimmen: Vielleicht warf sich Kolozs deshalb so heftig in die Aktivitäten um die Beisetzung, damit die Trauer nicht gleich zu nahe kam – damit er nicht allzu schnell mit der eiskalten Wirklichkeit konfrontiert wurde, ein Gesicht nicht mehr sehen, eine Stimme nicht mehr hören, einen Arm nicht mehr berühren zu dürfen. Von diesem Gesichtspunkt aus, dachte er, haben es die tiefgläubigen Juden leichter: Sie sitzen tagelang Schiwe, lassen Asche auf ihr Haupt fallen, zerreißen ihre Kleider, essen ausschließlich gekochte Eier und beten jammernd das Kaddisch. Nach einer gewissen Zeit enden die Rituale des Todes, und das Leben kann weitergehen.

Kolozs hatte während seiner ganzen Kindheit schreckliche Angst vor dem Tod des Vaters gehabt. Mit vierzehn oder fünfzehn wurde er immer wieder von demselben Alptraum heimgesucht: Er kommt aus der Armenküche der jüdischen Gemeinde mit dem Henkelmann, in dem das Mittagessen für den Vater schwappt, aber er klingelt umsonst im Hof an der Tür der Erdgeschosswohnung. Er hört weder die schlurfenden

Schritte noch die Stimme des Vaters, die »ich komme schon« brummt. Das kann nur eines bedeuten: Der Vater ist tot. Kolozs hat im Traum keinen eigenen Schlüssel. Aber selbst wenn er ihn hätte: Die Wohnung ist von innen verschlossen, zweifellos muss die Tür aufgebrochen werden. Die Mutter ist noch in der Genossenschaft, früher als um halb sechs kommt sie nie zurück. Er hat nicht einmal eine Münze, um dort anzurufen. Wie soll er sich verhalten? Wen soll er ansprechen, was soll er sagen? Soll er weinen oder nicht? Oder soll er so tun, als wäre er noch gar nicht da? Dann müsste er draußen warten, vielleicht gegenüber vor dem Lebensmittelladen – der Mutter auflauern, damit er nicht allein einem leblosen, kalt gewordenen Leichnam gegenüberstehen muss. Gleichzeitig quälen ihn Schuldgefühle, weil er sich mit dem Henkelmann von der Síp-Straße über den Gozsdu-Hof der Klauzál-Straße angenähert hat, was nicht der kürzeste Weg ist.

Diesen Umweg nahm er seit dem Spätherbst 1958 fast rituell, und zwar einem Gegenstand zuliebe. Im Gozsdu-Hof hatte ein privater Uhrmacher seine Werkstatt, und im Schaufenster gab es eine backsteingroße Wand- oder Tischuhr, auf deren weißem Zifferblatt keine Zeiger, sondern schwarze Ziffern die Veränderung der Zeiteinheiten darstellten. Das Gerät erinnerte an ein offenes Heft, und von seiner rechten Seite bewegten sich nach jeder sechzigsten Sekunde die dazugehörigen Ziffern auf die linke Seite und demonstrierten damit, dass die bisherige Uhrzeit, zum Beispiel 13.14 Uhr, bereits der Vergangenheit angehörte, weil nun die genaue Zeit bereits 13.15 Uhr hieß. Kolozs war fasziniert von der sprunghaften Wanderung der Zifferblätter und wartete meist den Augenblick ab, wenn die eine Stunde in die andere überging und auf dem schneeweißen Zifferblatt die 13.59 Uhr auf 14.00 Uhr hüpfte. Im Bruchteil des Moments, wenn dies geschah, fühlte sich Kolozs jedes Mal, als hätte er die vergehende Zeit auf frischer Tat ertappt. Unter dem Wunderwerk fand sich ein Schild: »Nicht zum Verkauf bestimmt!« Das ist auch besser so, dachte Kolozs, soll doch die Uhr lieber all jenen gehören, die regelmäßig zum Schaufenster des kleinen Ladens pilgern, um sie zu bewundern.

Das Schuldgefühl aus dem immer wiederkehrenden Traum, die mit Herumlungern vergeudete Zeit könne mit dem Tod des Vaters zu tun haben, war nur Teil der tiefen Selbstvorwürfe, die eindeutig von der Mutter verursacht worden waren. In ihren endlosen hysterischen Schimpftiraden, die dem schlechten Schüler Kolozs galten, hörte dieser neben der Vorhaltung, er sei der Schandfleck des Gymnasiums, immer wieder die Drohung: »Du bringst deinen Vater noch ins Grab!« Eine andere Variante war die in einer zeternden Frage enthaltene Anklage: »Ist dir das Herz deines Vaters egal?« Überhaupt spielte das Herz als Organ in den Gesprächen zu Hause eine herausragende Rolle, obwohl der Bezirksarzt in der Hold-Straße aus einem EKG-Befund lediglich den Schluss gezogen hatte, der Vater müsse auf sein Herz achten, und ihm Tropfen aufgeschrieben hatte. Für die Mutter war jedoch eindeutig, dass ein Herzanfall oder, wie sie ihn wichtigtuerisch nannte, eine Herzattacke unmittelbar drohte, sich in direkter Folge von Kolozs' Lieblosigkeit früher oder später ereignen und den Vater, dessen Kondition ohnehin geschwächt war, hinwegraffen würde. Kolozs wartete also mit Schrecken auf den Tod des Vaters und fühlte sich für diese unabwendbare Tragödie schon vorher verantwortlich.

Schließlich ereilte der Herzanfall den Vater im Frühjahr 1960 auf dem Weg zur Synagoge. In der Zeit unmittelbar zuvor hatten sich Kolozs' schulische Leistungen wie durch ein Wunder sprunghaft verbessert. Auch der kommunistische Schulleiter nahm ihn plötzlich wahr und verhalf ihm sogar zur Aufnahme in den Jugendverband. Die häuslichen Konflikte drehten sich nun nicht mehr um schlechte Noten und

Verwarnungen, sondern um Gábors fieberhafte Aktivitäten im Rahmen der Schulorganisation des KISZ*. An einem Freitagnachmittag vergaß Kolozs wegen seiner Verpflichtungen gegenüber dem Kommunistischen Jugendverband, das Essen für den Vater von der Gemeindeküche abzuholen und nach Hause zu bringen. Als er heimkam, brach die Mutter in ein enormes Geschrei aus und fuchtelte mit dem leeren Henkelmann herum, bis Kolozs die Nerven durchgingen und er auf ihre Hand schlug. Der Vater reagierte ganz gegen seine Natur mit heller Empörung, zog sich an und rannte in die Synagoge. Er kam aber nicht sehr weit: An der Ecke Wesselényi-Straße/Leninring brach er zusammen. Damals hatten sie noch kein Telefon, die Nachricht überbrachte ein Mann von der Rettung, der ihn in das Korányi-Krankenhaus eingeliefert hatte. Ein paar Tage lang sah es so aus, als habe des Vaters letzte Stunde geschlagen, und Kolozs wurde während der obligatorischen Mai-Kundgebung speiübel. Doch die Schwäche erwies sich als eine vorübergehende Nervenerschöpfung, der man mit leichten Beruhigungsmitteln beikommen konnte.

Die schlechten Ahnungen, die Gesundheit des Vaters betreffend, bestätigten sich damals nicht. Nach der Behandlung im Krankenhaus wurde er für vier Wochen ins Herzsanatorium nach Balatonfüred geschickt. Dort nahm er ein bisschen zu und kehrte mit Farbe im Gesicht und sogar in einem etwas besseren Gemütszustand zurück. Dennoch fand sich im ärztlichen Abschlussbericht die Empfehlung, er solle Invalidenrente beantragen: Sogar das Bedienen des Aufzugs, eine Halbtagstätigkeit, erachtete man als zu anstrengend für ihn. So blieb der Vater zu Hause und ging nun selbst jeden Mittag zur Gemeindeküche in der Síp-Straße, wo er gerne den Erzählungen der Glaubensgenossen zuhörte. Obwohl er kaum

* Abkürzung für Kommunista Ifjúsági Szövetség, den 1957 gegründeten Kommunistischen Jugendverband Ungarns

jemals ein Wort dazu sagte, hatte er doch das Gefühl, an den mit Wachstüchern bedeckten Tischen eine Art Gesellschaftsleben für sich entdeckt zu haben. Kolozs, der jetzt nicht mehr mit dem Henkelmann den gewohnten Weg tun musste, wirkte nun noch aktiver in der Jugendorganisation mit, in der er neben der Vorbereitung auf das Abitur auch das Pfand einer herausragenden künftigen Laufbahn sah. Gegen eine erfolgreiche Karriere hatte auch die Mutter nichts einzuwenden.

Mit der Zeit schwächten sich ihre heftigen Zusammenstöße ab, und die Wunden, die sie sich gegenseitig geschlagen hatten, begannen langsam zu verheilen. Allerdings war die Mutter auch zwanzig Jahre später noch nicht imstande, Kolozs so zu akzeptieren, wie er war. Sie nahm ihm übel, dass er noch mit vierzig weder eine Familie noch eine eigene Wohnung hatte. Er hauste in Untermietszimmern oder in irgendwelchen Wohnungen von Freunden, die im Ausland arbeiteten, und ein schäbiger Trabant war sein ganzes Vermögen. Zudem fiel er von einem Extrem ins andere. Nach seiner anfänglichen Begeisterung für die Jugendbewegung wurde er oppositionell, was nach Auffassung von Magdolna Kolozs geborene Glücklich eine ebenso große Torheit war wie die kommunistische Schwärmerei: Er schade damit keinem außer sich selbst. Ein schwacher Trost für die ausgebliebene Karriere des Sohnes war für sie die Tatsache, dass er mit seiner freiberuflichen Tätigkeit als Übersetzer, Dolmetscher und mit gelegentlichen wissenschaftlichen Projektaufträgen immer gerade so viel Geld verdiente, wie er brauchte. Mehr noch: Anfang 1988, als der bankrotte Staat die in früheren Zeiten enteigneten Wohnungen den Bewohnern für einen Spottpreis zum Kauf anbot, erwarb er für seine Eltern die Wohnung in der Klauzál-Straße. »Nun bist du endlich erwachsen«, quittierte die Mutter den Vertrag mit dem Wohnungsbauamt. Sie freute sich, die Einsamkeit des Alters wenigstens in den eigenen vier Wänden erleben zu dürfen. Für alle Fälle sorgte sie dafür, dass Kolozs als Miteigentümer eingetragen wurde – eines Tages würde auch er ein paar Quadratmeter als Altersasyl benötigen.

Im Zeichen dieses beinahe entspannten Verhältnisses fuhren beide im Juni 1988 nach Košice, um sich dort, wie die Mutter sagte, ein wenig umzuschauen. In Wirklichkeit wollte die Mutter mit eigenen Augen prüfen, ob die dortige Chewra Kadischa dem in Budapest aufgegebenen und bezahlten Auftrag Genüge getan hatte. Es handelte sich um eine Doppelgrabstelle, in der wohl als Erster der Vater Ruhe finden würde, und sie würde ihm nachfolgen, sobald der Herr sie rief. Sie traten die Reise nur zu zweit an – den Vater ließen sie zu Hause, um ihm die Strapazen der langen Fahrt zu ersparen. Frühmorgens fuhren sie mit dem Trabant los, in Miskolc aßen sie zu Mittag, und am frühen Abend waren sie bereits am Zielort. Sie nahmen ein billiges Zimmer in einem ramponierten Hotel. Am nächsten Tag besuchten sie die jüdische Gemeinde in der Puschkin-Straße, wo der Rabbiner Strelecki ihnen den unmissverständlichen Eintrag im Friedhofsregister zeigte, der zugleich die künftige Grabinschrift war: »Dr. Dániel Kolozs (1906–?) und seine Gattin, geborene Magdolna Glücklich (1918–?). Euer ewig trauernder Sohn Gábor.« Dann gingen sie auf den Friedhof, um sich die Parzelle anzusehen.

Sie nahmen sich noch ein paar Stunden Zeit, und die Mutter führte ihn sichtlich bewegt durch die Stadt, die sie seit ihrer Übersiedelung nach Ungarn nicht mehr gesehen hatte. Der Fußweg durch die vertraute Umgebung setzte eine Fülle von Erinnerungen bei ihr frei, und auf der Rückfahrt erzählte sie über die Vorkriegszeit, in der die Stadt noch Kassa hieß, mit einer Begeisterung, die der Sohn an ihr noch nicht kannte. Ihre Augen leuchteten, und die Wangen waren mädchenhaft gerötet. Am späten Abend erreichten sie die Budapester Außenbezirke. Es wurde bereits kühl. Die Mutter nahm eine Strickjacke aus der Reisetasche. Als sie sie anzog, bemerkte

Kolozs, dass ihr Handgelenk geschwollen war. Er sah seine Mutter fragend an, sie aber sagte nur: »Irgendeine Muskelentzündung.«

Erst als einige Tage später der Schmerz im Handgelenk unerträglich wurde und sich auf den ganzen Arm ausdehnte, entschloss sie sich, zum Bezirksarzt zu gehen. Dieser schickte sie zur Poliklinik in der Csengery-Straße, und von dort aus führte ihr Weg nach einer kurzen Röntgen- und Blutuntersuchung direkt zum Onkologischen Institut. Drei Monate später bekam sie die erste Morphiumspritze, und im Dezember 1988, kurz vor des Vaters zweiundachtzigstem Geburtstag, wurde sie zu der im Sommer inspizierten Grabstätte in Košice überführt. Die Kosten für das Begräbnis überschritten mit keinem Heller die Kalkulation der Mutter.

Ob ich um den Vater trauern werde?, fragte sich Kolozs nun dreizehn Jahre später. Die arme Mutter habe ich kaum beklagt, gestand er sich beschämt ein. Ob mich sein Tod schmerzen wird, ob ich ihn wohl vermissen werde? Jetzt kann ich nicht mehr behaupten, wie noch vor ein paar Stunden, nur mit seinen Sachen beschäftigt zu sein. Meine Pflichten als Sohn habe ich mit der Beerdigung erledigt. Es gibt nur noch ein paar Formalitäten – die Abgabe seines Ausweises, die Benachrichtigung einiger ihm oder mir nahestehender Personen. Dann bleibt mir vielleicht nur noch der Schmerz, aber wie soll ich ihn, falls ich ihn empfinde, zum Ausdruck bringen? Seit meiner Schulzeit habe ich nie mehr geweint, und ich bin nicht fähig dazu, nicht einmal zu einer einzigen Träne. Noch lange werde ich seine schlurfenden Schritte hören und seine Morgengebete – aber wir werden nicht mehr gemeinsam essen. Ich werde ihm nicht mehr helfen, sich unter die Dusche zu stellen, und er wird nicht mehr behaupten, das doch allein zu können. Ich ziehe ihm nicht mehr seinen Bademantel an, bevor ich die Fenster zum Lüften öffne. Ich kaufe für ihn keine Fladen mehr in der jüdischen Konditorei, bei deren Geschmack in seinen alten Augen eine fast kindische Freude aufblitzte. All das wird mir noch einige Monate lang fehlen, aber auch dieser Mangel wird sich bald in zahllosen lösbaren und unlösbaren Sorgen verlieren.

Wäre ich ein frommer Jude, sagte sich Kolozs, müsste ich mir nun die Frage stellen: Schämst du dich nicht, Gábor Kolozs? Wie kommst du dazu, nicht für immer um den Mann zu trauern, der dich gezeugt hat, dem du letztlich dein Leben verdankst? Pechvogel, der du bist, kann es sein, dass es vielleicht doch einen Gott gibt, der dich persönlich zur Rechenschaft ziehen wird wie alle selbstgefälligen Atheisten! Während jedoch die Ungläubigen das Risiko eingehen, dass die Schrecklichkeit, die man als Leben bezeichnet, im ungünstigen Fall jenseits des Grabes weitergeht und jemand ihnen wegen ihrer Sünden später die Leviten liest, muss der gläubige Mensch ständig in einer anderen Angst leben. Egal wie tugendhaft er auch ist, vielleicht wird ihm niemand dafür im Jenseits den Kopf tätscheln – aus dem einfachen Grund, weil es wahrscheinlich kein Jenseits gibt.

Aber ich bin kein frommer Jude, und die Dankbarkeit, die ich meinem Vater angeblich schulde, kann ich nur im Namen einer abstrakten bürgerlichen Moral aufbringen. Für mich selbst muss ich sie in Frage stellen. Gut, wir haben sechs Jahre lang zusammen von seiner Rente und seiner Wiedergutmachung gelebt, und deshalb bin ich ihm gegenüber zu einigem verpflichtet. Aber hat er etwa vor seinem Schöpfer keine Verantwortung auf sich genommen, als er mich in die Welt gesetzt hat? Darum habe ich ihn nicht gebeten, hatte aber auch nicht die Möglichkeit dazu. Rechnen wir doch ein bisschen nach, grübelte Kolozs im Abteil zweiter Klasse des Eurocity *Borsod*, das er auf der Rückfahrt nach Budapest ganz für sich alleine hatte. Ich bin im August 1944 geboren, meine Zeugung fand also im November oder Dezember 1943 statt. Meine Eltern wohnten damals bereits vier Jahre zusammen und schliefen ab und zu miteinander – wenn schon aus keinem anderen Grund, dann aus Mizwe, eben weil es dazugehörte. Wollten sie überhaupt ein Kind, oder haben sie nur dem Schicksal die Frucht ihres freudlosen Beischlafs anvertraut? Welche Erwartungen hatten sie an ihre beschissene Zukunft? Schließlich wussten sie, dass der Krieg wütete und die Juden mit nichts Gutem zu rechnen hatten. Unter diesen Umständen war doch schon der bloße Gedanke an Nachwuchs eine Verantwortungslosigkeit! Sie hätten auch wissen können, dass sie sich um den, der da zur Welt kam, zeitlebens Sorgen machen mussten!

Aber dennoch, da war noch so manches andere – zum Beispiel der Alltag, den sein Vater und er geteilt hatten. Gemeinsam am Tisch sitzend, löffelten sie sechs Jahre lang die dünne Suppe der Gemeinde und waren durch diesen elementaren Akt miteinander verbunden, ohne ein Wort zu wechseln. Kolozs ertappte sich manchmal dabei, wie er Gesicht und Stirn des zahnlos und schwerfällig kauenden Vaters betrachtete. Er kannte alle Runzeln, jede Erhebung in diesem Gesicht, wie sich Kartographen auf der Landkarte mit Bergen und Gewässern auskennen. Für ihn war jedes Stöhnen und Gähnen eine Meinungsäußerung, jedes nächtliche Räuspern, Husten und Schnarchen eine Mitteilung. Nie in seinem Leben hatte es einen Menschen gegeben, geschweige denn eine Frau, mit dem ihn eine solch intensive körperliche Nähe verband. Und doch hütete er sich davor, diese Nähe als Liebe zu bezeichnen.

Als er abends um acht den Schlüssel zweimal im Schloss herumdrehte und die Wohnung betrat, kam es ihm einen Moment lang so vor, als sei seit Dienstagnachmittag nichts geschehen. Der als Raumteiler dienende Vorhang war geschlossen – Kolozs hatte ihn mit der gewohnten Handbewegung zugezogen, bevor er mit dem Vater zum Arzt fuhr. Der Raum sah genauso aus, als läge der Alte im Bett. Der über die Stuhllehne gehängte Bademantel schien darauf zu warten, den Vater gegen die beim Lüften des Zimmers hereinbrechende scharfe Kälte zu schützen. Auch das Alte Testament lag auf seinem gewohnten Platz an der Tischkante. Zwischen zwei Seiten des Buches Hiob befand sich eine hellblaue Papierserviette, obwohl das Buch sich ohnehin dort öffnete, wo das Lieblingszitat des Vaters zu lesen war, Hiobs vorwurfsvolle Frage an den Herrn: »Lass mich wissen, warum du mich vor Gericht ziehst. Gefällt dir's, dass du Gewalt tust und verwirfst mich, den deine Hände gemacht haben?« Nun verdirbt der Alte letztendlich das seltsame Amüsement des Ewig-Seienden, dachte Kolozs. Denn alle anderen Zeichen verrieten, dass es den Vater nicht mehr gab – vor allem die drei Portionen Mittagessen, die vom Donnerstag und die für den Sabbat gebrachte Zweitagesportion. Du lieber Gott, dachte Kolozs, wer soll das alles bloß essen? Dann aber fiel ihm ein, dass er seit dem frühen Morgen keinen Bissen mehr zu sich genommen hatte, und plötzlich schmerzte ihn die Leere im Magen. Zuerst goss er die Fleckerlsuppe in einen kleinen Topf, dann füllte er die Kohlrouladen in eine Kasserolle und stellte beides auf den Gasherd, während er die anderen Einwegdosen in den Kühlschrank räumte. Er verzehrte mit großem Appetit die beiden aufgewärmten Portionen – nie hätte er gedacht, so viel auf einmal und so schnell essen zu können. Erst beim Nachtisch, der Vogelmilch, fiel ihm wieder ein, dass er bisher das Essen mit dem Vater geteilt hatte. Da dieser ein ausgesprochener Süßschnabel war, hatte Kolozs jedes Mal zu ihm gesagt: »Ich lasse dir ein bisschen mehr übrig, Vater.« Darauf hatte der Alte mit einer matten Handbewegung reagiert, was er jetzt nicht mehr tun konnte. Und das ist jetzt wohl meine Abschiedsmahlzeit, dachte Kolozs, während er das Geschirr spülte.

Ganz deutlich, geradezu schrill vom Ableben des Vaters sprach die orangefarbene, mit Blumen verzierte Strandtasche aus Plastik, in der Kolozs am Mittwoch die Habseligkeiten des Alten aus der Klinik zurückgebracht hatte. Die große Tasche war ursprünglich gemäß ihrer Bestimmung genutzt worden. Die Mutter hatte Handtücher, Bademäntel, Badekappen, sogar ein Plaid hineingestopft, wenn sie sich entschied, an Sommerwochenenden mit ihrem Sohn in das Volksbad Dagály zu gehen. Voraussetzung war, dass das Kind sich die ganze Woche über gut benommen hatte. Dementsprechend tat Kolozs in der Strandsaison sein Bestes, in den Augen der Mutter nicht auffällig zu werden, und bedauerte nur, dass der Vater niemals an diesen genussvollen Ausflügen teilnahm. Darüber befragt, antwortete der Alte, es seien zu viele Leute dort, und er habe wenig Lust, in glühender Sonne vor der Kasse Schlange zu stehen. »Das erinnert mich an den Appellplatz«, sagte er.

Außerdem brachte die Mutter in der Strandtasche auch immer das Bettzeug zum Mangeln in die Wäscherei, und nach jener furchtbaren, aber glücklich überstandenen ersten Herzattacke packte sie zum ersten Mal die Sachen des Vaters hinein, als dieser ins Sanatorium fuhr. Danach stand die Tasche unten im Kleiderschrank – »Hoffentlich habe ich sie nie mehr nötig«, scherzte der Vater. Jetzt brauchte er sie wirklich nicht mehr, ebenso wenig wie seinen Pyjama, die Zahnbürste, die Brille und auch das Buch der Bücher, das sich spontan immer an derselben Stelle öffnete.

Während Kolozs am Küchentisch mit einem Kaffeelöffel den letzten Rest Vogelmilch aus dem kleinen Plastikbecher herauskratzte, kam ihm in den Sinn: Ich habe jetzt ein eigenes Zuhause. Zum ersten Mal in meinem Leben wohne ich in einer eigenen Wohnung, in der ich keinen Quadratmillimeter mit jemandem teilen muss. Diese Feststellung widersprach nicht nur der sozusagen theologisch fragwürdigen Annahme, der Vater sei restlos aus seinem Leben verschwunden, sondern auch Kolozs' tatsächlicher Wahrnehmung. Zweifellos hatte er seit frühester Kindheit vor allem bei seinen Eltern gewohnt. In zwei von seinen fünf Moskauer Studienjahren hatte er zwar ein eigenes winziges Zimmer im Wohnheim gehabt, musste sich allerdings mit dem Säufer Sascha Martynow Dusche und WC teilen. Nach seiner Rückkehr zog er wieder in die Klauzál-Straße zu seinen Eltern, um später mehrere Jahre lang in der Wohnung des im Ausland arbeitenden Laci Bakos zu leben. Nach der Wende bewohnte er für kurze Zeit seine für teures Geld gemietete Zweizimmerwohnung, musste aber bald in das gewohnte Loch in der Elisabethstadt zurückkehren. Das Erlebnis, dauerhaft einen Raum zu besitzen, über den er frei verfügen konnte und der nur jenen offenstand, die er hineinlassen wollte, blieb ihm fast sein ganzes Leben lang so fremd, dass er davon nicht einmal träumte.

Was seine Kindheitserinnerungen betraf, die sogenannte Familienüberlieferung, so konnte sich Kolozs weder aus den Hinweisen des wortkargen Vaters noch aus den unablässigen Schimpftiraden der Mutter erklären, warum sie »nach allem, was geschehen ist«, dennoch im ehemaligen Ghetto geblieben waren. In der Klauzál-Straße waren sie seit 1944 in einer Vierzimmerwohnung auf der dritten Etage mit dreißig anderen Leuten zusammengepfercht gewesen. Unmittelbar nach Kriegsende durften sie in das Haus Nummer 2 ziehen, ins Erdgeschoss gegenüber der Hausmeisterwohnung, was eine große Erleichterung gewesen war. Nachdem die Russen das Ghetto befreit hatten, waren fast alle Juden innerhalb weniger Wochen ausgezogen. Sie transportierten ihre Habe mit gemieteten Pferdekutschen oder mit Handwagen zu ihren früheren Wohnungen, die seinerzeit von den Pfeilkreuzlern* konfisziert und an ihre Anhänger verteilt worden waren. Zu diesem Zeitpunkt befand sich der Vater aber noch als Häftling in Mauthausen. Die arme

* Nationalsozialistische Partei unter der Führung von Ferenc Szálasi, die von Oktober 1944 bis März 1945 in Ungarn die Macht übernahm

Mutter konnte mit dem kleinen Kind auf dem Arm nicht viel tun, um ihre Lage zu verbessern, und wartete auf die Rückkehr des Mannes. Sie war felsenfest davon überzeugt, dass dieses erfreuliche Ereignis auf jeden Fall eintreten würde. Was ihre ehemalige Wohnung am Elisabethring betraf, die sie bis 1944 bewohnt hatten, so sah die Mutter erschüttert bei einem Spaziergang, dass das Haus völlig zerbombt war, so dass sie nicht dorthin zurück konnten. Als Dr. Dániel Kolozs Anfang Juni in Budapest eintraf und mit Hilfe der jüdischen Gemeinde seine Familie wiederfand, waren alle nutzbaren Wohnungen vergeben. Sogar die achtundfünfzig Quadratmeter im Parterre gegenüber der Hausmeisterwohnung durften sie nur deshalb beziehen, weil sich ein Mithäftling aus Mauthausen, der in der kommunistischen Partei das große Wort führte, für sie bei der Wohnungsverwaltung verwendet hatte.

Ob die von der Mutter vielfach verfluchte und später auch vom halbwüchsigen Kolozs konstatierte Lebensuntauglichkeit des Vaters oder die sprichwörtliche Wohnungsmisere den Ausschlag gegeben hatte bei der Entscheidung, in diesem Haus zu bleiben, war im Nachhinein nicht mehr festzustellen. Es war eine Tatsache, dass sie dauerhaft in der Klauzál-Straße kleben blieben und in der armseligen kleinen Wohnung höchstens einige strukturelle Veränderungen vornehmen konnten. Eine solche war die Badewanne mit dem dazugehörenden, kohlebeheizten Boiler Ende der fünfziger Jahre. Diese ersetzten sie zehn Jahre später durch eine Dusche, um knapp anderthalb Quadratmeter Raum zu gewinnen. Jahre danach, als Kolozs aus Moskau heimkehrte, teilten sie ein Drittel des Zimmers mittels einer hauchdünnen Wand ab, damit er als erwachsener junger Mann nicht mit den Eltern in einem Raum schlafen musste. Dieses Séparée war durch eine Mattglastür begehbar. Fast zeitgleich wurde das Zimmer noch einmal durch einen Vorhang geteilt. Die zuvor gemeinsam zum Schlafen genutzte Récamiere wurde nun dem Vater allein zugesprochen. Die

Mutter schlug ihr Lager auf einem Kanapee an der gegenüberliegenden Wand auf, mit der Begründung, sie fühle sich durch das ständige Schnarchen und Schnaufen des Alten gestört. Kolozs, zu dem trotz der Trennwand alle nächtlichen Laute, auch das Röcheln und die gelegentlichen Schreie des Vaters, gelangten, schöpfte damals den Verdacht, dass die Mutter mit den Jahren die körperliche Nähe des Vaters immer schwerer ertrug und diesem Missgefühl einen geographischen Ausdruck verleihen wollte.

Gleichzeitig verspürte auch Kolozs in allen Etappen seines erwachsenen Lebens, die er in der Klauzál-Straße verbringen musste, großes Unbehagen. Die Wohnung war so aufgeteilt, dass er nur durch das Zimmer in den für ihn vorgesehenen getrennten Raum gelangen konnte, und ebenso führte der Weg zu Küche, Dusche und WC durch den von den Eltern bewohnten Sektor. Dennoch akzeptierte er mangels einer besseren Lösung das ständige Zusammensein, inklusive der Unannehmlichkeiten, die sich aus Parallelitäten von Ernährung und Stoffwechsel ergaben.

Der Vater störte ihn nur wenig. Außer seinen nächtlichen Geräuschen, dem gemurmelten Morgengebet und einzelnen Bemerkungen, die nur selten einen ganzen Satz ergaben, führte er eine beinahe lautlose Existenz. Hingegen waren bei der Mutter sogar alltägliche Verrichtungen wie das Decken des Tisches, das Schneiden von Brot oder das Bügeln eines Hemdes mit erheblicher Geräuschentwicklung verbunden, und sie entfaltete eine Stimmkraft, als seien um sie herum alle schwerhörig. Früher, als Mutter und Sohn noch beständige Konflikte hatten, fürchtete Kolozs, die gesamte Klauzál-Straße könne Ohrenzeugin der schlechten Meinung von Magdolna Glücklich über die Ihrigen werden. Und in den Sommermonaten, wenn die zur Straße hinausgehenden Fenster ständig offen standen, war Kolozs überzeugt, dass auch noch die Dob-Straße mit ihren Streitereien beschallt wurde.

Die größte Beklemmung erlebte Kolozs, wenn er als Jugendlicher erst spätabends nach Hause kam. Jedes Mal, wenn er nach langen Versammlungen oder Tanzabenden der Jugendorganisation vor dem ab elf Uhr abends streng verschlossenen Tor stand, mit der Ein-Forint-Münze Torgeld in der Hand, das er für den ewig schlecht gelaunten und schläfrigen Hausmeister brauchte, wusste er, dass er noch eine weitere Staatsgrenze zu passieren hatte: die Tür der Wohnung Nummer 2, zweimal von innen verschlossen, die von der Mutter geöffnet werden musste. Wenn er bereits dem vorwurfsvollen Blick des Hausmeisters und dessen mürrischen Nebenbemerkungen über den unsittlichen Lebenswandel der heutigen Jugend standgehalten hatte, dann fiel, nach dem quälend langen Quietschen des Schlüssels, der Hass in den Augen der Mutter auf ihn. Dieser galt sowohl seinem würdelosen Nachtleben als auch dem Umstand, dass sie schon geschlafen hatte und angesichts ihres frühzeitig beginnenden Arbeitstages die Störung ihrer Nachtruhe als Attentat empfand. Alles wurde etwas einfacher, als man Kolozs zu seinem achtzehnten Geburtstag einen eigenen Schlüssel anfertigen ließ, zumal nun auch alle Bewohner des Hauses einen Torschlüssel erhielten gegen monatlich zwanzig Forint Entgelt, das sie dem Hausmeister entrichteten.

Am Freitagabend nach der Beerdigung des Vaters zündete Kolozs die Kerzen an, bedeckte den Tisch mit einem weißen Tuch und sprach den Segen über das Schabbatbrot, das dem Gemeindeessen beigegeben worden war. Außerdem gab es noch ein bisschen koscheren Wein, den der Vater übriggelassen hatte. Nachdem Kolozs Glas und Messer gespült hatte, ging er in seinen abgeteilten engen Raum. Bevor er sich schlafen legte, fuhr er noch seinen großen alten Computer hoch, der sogar Internet-Zugang hatte. Im letzten Augenblick seiner Arbeit im Parlament war es ihm knapp gelungen, ein entsprechendes Modem anschließen zu lassen. Jetzt widmete er sich dem Gerät aus reiner Routine – im Grunde gab es gerade nichts, worauf er neugierig war. Als jedoch der Bildschirm aufleuchtete, fühlte er auch in seinem Kopf ein winziges Licht aufglimmen. Er musste nun anfangen, sich über seine Zukunft Gedanken machen, was ihm bisher aufgrund der Geschäftigkeit um die Beerdigung erspart geblieben war. Schlagartig wurde ihm klar, dass der Tod des Vaters für ihn auch im unmittelbar physischen Sinne eine Gefährdung darstellte. Wegen der Schwerfälligkeit der Bürokratie würde er vielleicht noch ein- oder zweimal die Rente bekommen, und auch die Wiedergutmachung für den Vater würde bis Ende des Jahres auf ihr gemeinsames Konto fließen. Aber spätestens Anfang Januar wäre es damit endgültig vorbei. Im Jahre 2002 musste er auf den monatlichen Betrag von hundertzwanzigtausend Forint verzichten, mit dem sie beide knapp ausgekommen waren. Über eine andere Einkommensquelle verfügte er aber nicht.

Als ihm dies grell ins Bewusstsein drang, ging er zum Bett des Vaters hinüber und nahm jene Medikamentendose vom Nachttisch, deren Inhalt dem Alten einen leichten Schlaf versprochen hatte. Kolozs nahm für alle Fälle zwei Tabletten heraus und schluckte sie mit dem Rest des Weines hinunter. Sein letzter Gedanke vor dem Einschlafen war, ob Baldrian eigentlich koscher sei oder ob die Tabletten ebenfalls einen Segen benötigten – und wie es sich mit den zahllosen anderen Medikamenten verhielte, von denen der Vater gehofft hatte, sie würden das Leben nach dem Lager für ihn selbst und für seine Umgebung akzeptabler machen.

In den nächsten Tagen ging Kolozs nur aus dem Haus, um etwas zu trinken oder Zigaretten zu kaufen – alles andere, was er brauchte, fand sich in den pünktlich eintreffenden Plastikbehältern der jüdischen Gemeinde. Ansonsten saß er Tag für Tag vor seinem Computer und surfte. Er begann morgens mit den Online-Ausgaben der heimischen Presse und sah dann die russisch- und englischsprachigen Zeitungen durch. Vor dem Mittagessen suchte er nach Artikeln zu Wirtschaftsfragen und nach literarischen Veröffentlichungen, und am frühen Nachmittag, nach seiner Siesta, widmete er sich den immer häufiger vorkommenden zeithistorischen Texten. Aber das, was er am liebsten tat, hob er sich für den Abend auf: In der Zeit zwischen acht und elf Uhr besuchte er auf dem Bildschirm ferne Länder.

Mit diesen Surfabenteuern hatte er einige Wochen vor dem Tod des Vaters begonnen, als der Alte bereits seine Schlafmittel einnahm, er selbst aber noch keine Lust zum Schlafengehen hatte. Völlig unerwartet stieg eine Erinnerung in ihm auf: die seinerzeit mit Márta geplante Reise nach Krakau. Die Idee stammte von ihr und hatte zum Hintergrund, dass sie aus Begeisterung für den Schauspieler Zbigniew Cybulski und den Regisseur Andrzej Wajda fleißig Polnisch lernte. Unglücklicherweise planten sie den Beginn ihrer Flitterwochen ausgerechnet für den 21. August 1968, den Tag, an dem fast jede Fahrt durch die Tschechoslowakei unmöglich wurde aufgrund des Einmarschs der »verbrüderten« Armeen. Ihre Reisepläne zerschlugen sich, später scheiterte auch ihre Ehe – nach Auffassung des enttäuschten Ehemannes wegen der allzu beengten Wohnverhältnisse. An diesem Abend versuchte er nun im Internet jene verpasste Reise zu rekonstruieren. Das damalige Angebot ließ sich allerdings mit dem heutigen nicht vergleichen. Sie hätten mit dem Morgenzug vom Ostbahnhof losfahren müssen, um am Abend das im IBUSZ-Reisebüro vorbestellte Hotelzimmer zu beziehen. Das wäre sicherlich eine schlichte Unterkunft gewesen, aber sie hätten als gesetzliche Ehepartner das Zimmer ganz legal bekommen und zwei Wochen miteinander in einem Raum verbringen können, zumal mit Dusche und Toilette, die sie nicht mit anderen hätten teilen müssen. Auch das Frühstück hätten sie ausnahmsweise nicht mit Mártas Eltern und der Großmutter in der Küche verzehren müssen. Sie hätten zu zweit die Altstadt besucht, die Museen besichtigt und vielleicht eines der dort so lebendigen Theaterstücke angeschaut – Márta hätte ihm, da sie Polnisch einigermaßen verstand, sogar im Nachhinein die Handlung des Stückes erklären können. Für Kolozs wäre dies die erste Reise mit dem roten Reisepass gewesen, der für die sozialistischen Länder leicht zu bekommen war. Leider war das Projekt gescheitert, und nun versuchte er wenigstens nachträglich die erträumten Orte zusammenzubringen. Es wäre ein beeindruckendes Abenteuer geworden, dachte er mit selbstquälerischem Spott, während auf dem Bildschirm das vollständig restaurierte Stadtzentrum bewunderte. Jetzt noch verspürte er seine frühere Reiseleidenschaft, wobei ihm damals, im Sommer 1968, westliche Reiseziele beinahe unvorstellbar erschienen waren. Dabei hatten ihm bereits in diesen Jahren seine Kommilitonen Laci Bakos und Feri Túróczi Wundersames über ihre für dreißig Tage genehmigten Touristenreisen nach Paris oder Rom berichtet.

Jetzt konnte er völlig frei planen, und für den Augenblick störte ihn nicht einmal die Tatsache, dass ihm zu seinem freien Reisepass das nötige Kleingeld fehlte. Zuerst nahm er Österreich und die Schweiz aufs Korn, dann geleitete ihn seine Maus auf ferne Kontinente. Akribisch sammelte er im Netz Orte und Sehenswürdigkeiten, die man unbedingt gesehen haben sollte, und trug diese in den Kalender seines Computers ein, der am Vorabend des geplanten Ereignisses mit grünem Licht die Einzelheiten der jeweils geplanten Reise signalisierte.

10. März 2002, Sonntag, 6.00 Uhr: Abflug vom Flughafen Ferihegy 2 nach Johannesburg mit Umsteigen in Amsterdam. – 11. März, 22.00 Uhr: Ankunft im Hotel InterContinental. *– 12. März, 10.00 Uhr: Besuch im Apartheid-Museum. – 13. März, 8.00 Uhr: Weiterreise nach Kapstadt, Hotel* South Africa. *– 14. März, 11.00 Uhr: Ausflug zum Kap der Guten Hoffnung. –*

15. März, 8.00 Uhr: Busfahrt in den Krüger-Nationalpark. – 16. März, 14.00 Uhr: Afrikanische Nationalgalerie. – 17. März: freies Programm, Shopping. 18.00 Uhr: Versammeln in der Lobby des Hotels, Abfahrt zum Flughafen. – 18. März, 15.40 Uhr: Ankunft am Ferihegy 2.

Der südafrikanischen Reise folgten ähnlich konstruierte Trips. Für den April merkte er sich die Niagarafälle vor, und im Mai wollte er ein Konzert von Pavarotti vor dem Eiffelturm besuchen. Für Anfang Juni plante er die Besichtigung der Großen Mauer in China, und schon am Ende des Monats wollte er in einem Dubliner Pub Bier trinken. Für den Juli ersehnte er einen kurzen Aufenthalt auf der Halbinsel Krim, im August wollte er mit seinem Fotoapparat die Sixtinische Madonna aufnehmen und Anfang September den Tadsch Mahal in ähnlicher Weise verewigen. Im Oktober ließ sich am besten auf den Wellen des Toten Meeres baden, der November erschien ihm besonders reizvoll, um in beheizten Straßenrestaurants der Brüsseler Fußgängerzone Muscheln zu essen. Am Jahresende – ja, wo wollte er Neujahr hin? Natürlich, Silvester musste man auf Malta feiern. Leider war das nur gemeinsam mit einer larmoyanten deutschen Touristengruppe möglich.

Selbstverständlich gehörten zu diesen Reisen auch zusätzliche Ausgaben, die im Einzelfall kalkuliert werden mussten. So prophezeiten die Meteorologen kalte Apriltage in New York, da brauchte man einen guten warmen Mantel. Die regennasse und matschige irische Hauptstadt erforderte wasserdichte Schuhe, und der *Aida*-Aufführung in Kairo gebührte ein Anzug, der etwas besser und modischer aussah als einer, der dem ungarischen Parlament Genüge tat. Und überhaupt: Der Bildschirm-Kosmopolit Gábor Kolozs konnte sich unmöglich mit bescheidenen Lebensbedingungen zufriedengeben. Ein einziger Anzug reichte selbst dann nicht aus, wenn man ihn im Lafayette bestellt hatte – ebenso war unvorstellbar, nur für den Fall eines Theaterbesuchs, eines diplomatischen

Empfangs oder Banketts ein einzelnes weißes Hemd und eine weinrote Krawatte bereitzuhalten, um nach dem Ereignis wieder in einen abgerissenen Trainingsanzug zu schlüpfen. Anzüge, Jacken, Oberhemden, Schuhe, Düfte und Brillen gab es in den Projektionen des Weltreisenden nur im Plural. Zu dem tadellosen Erscheinungsbild gehörte nicht nur das, was er gerade benötigte, sondern auch alles, was noch im Schrank aufbewahrt wurde – selbst der Schrank mit allem Zubehör war von Bedeutung, und auch die gepflegte, wohltemperierte, saubere Wohnung, in der die Kleidungsstücke nicht muffig wurden.

Wenn Kolozs dann von den Reisegenüssen im Internet müde geworden war, schlurfte er zum Nachttisch des Vaters, nahm sich eine Baldriantablette und spülte sie mit einem Schluck Wasser hinunter. Inzwischen nahm er nur noch jeweils eine – erstens war das völlig ausreichend, zweitens wollte er damit sparen. Er spürte Kälte im Rücken, wenn er daran dachte, dass er vernünftigerweise den Bezirksarzt aufsuchen sollte, um Rezepte für seinen toten Vater abzuholen – für die gewohnten Tabletten und Tinkturen, die an Opfer des Holocaust kostenlos in jeder Apotheke abgegeben wurden. Immerhin waren von verschiedenen stark dosierten Quacksalbereien, mit denen sich der Alte behandelt hatte, noch raue Mengen übrig, so dass angesichts dieses Vorrats jeder Freitodkandidat gute Erfolgschancen hätte. Eine Sekunde lang kam Kolozs in den Sinn, dass er ein solcher Selbstmörder sein könnte – es war ihm möglich, sich eine Dosis zuzuführen, nach der niemand mehr ins Leben zurückgeholt werden konnte, aber er lehnte diese Lösung als unseriös ab. So weit sind wir noch nicht, beschloss er und schüttete am Montagmorgen die jahrelang akkumulierten Gifte des Vaters in die Mülltonne vor dem Haus, dort bereitgestellt für die schon in Anfahrt befindlichen Müllwagen. Dennoch blieb ihm bewusst, dass er über die Bedingungen des

Weiterlebens schon bald mit sich selbst beratschlagen musste und dass dieses Gespräch um nichts leichter sein würde als eine Reise in das Reich der Toten mit Hilfe seines gepflegten und vor dem Einschlafen sorgfältig verpackten Computers.

Die dringendste von allen Aufgaben, die sich aus dem Tod des Vaters ergaben, war für Kolozs die Abgabe des Personalausweises beim Standesamt. Bereits am Dienstagmorgen versuchte er telefonisch, dort einen Termin auszumachen. Nachdem er es den ganzen Tag hindurch probiert hatte, kam er schließlich durch, um von irgendeiner Hilfskraft die Information zu erhalten, die Frau Sachbearbeiterin nehme an einer Weiterbildung für Verwaltungsbeamte teil und sei erst in der kommenden Woche erreichbar. Nur die Sachbearbeiterin durfte die Übernahme des Dokuments bestätigen, bevor sie dieses, da der Inhaber verstorben war, dem Reißwolf überließ. Am einfachsten ist es, dachte Kolozs, das dunkelbraune kleine Heft in einen Briefumschlag zu stecken und als Einschreiben mit Rückschein aufzugeben. Dieses Verfahren erschien ihm zu teuer, und er beschloss, so lange zu warten, bis die Sachbearbeiterin von der Weiterbildung zurückkam. Auch war ja möglich, dass sie von sich aus anrief, um einen Termin für die Übergabe des Dokuments zu vereinbaren.

Am Mittwoch ging Kolozs zur jüdischen Bezirksgemeinde am Bethlen-Platz, um den Tod des Vaters mitzuteilen und darum zu bitten, diese traurige Nachricht einer breiteren Öffentlichkeit von Glaubensgenossen zu überbringen. Da er den zuständigen Gemeindevorsteher nicht finden konnte, schrieb er sein Anliegen auf einen Zettel und hinterließ diesen an der Pforte, wo allerdings gerade niemand saß.

In der nächsten Ausgabe der jüdischen Zeitung, die er für sechzig Forint kaufte, würde es aber keine entsprechende Anzeige mit schwarzer Umrandung geben. Daraus zog Kolozs den Schluss, dass seine Nachricht entweder den Vorsteher nicht erreicht hatte oder aber diesem der Tod eines alten Juden keine besondere Meldung wert war. In der Tat, dachte Kolozs, welche öffentliche Sensation liegt in der Mitteilung, dass ein Mann, den kaum jemand kannte, in seinem fünfundneunzigsten Lebensjahr in aller Stille verstorben ist? Wenn es an diesem Sachverhalt etwas Erwähnenswertes gibt, dann höchstens den Umstand, dass der Verblichene trotz allem, was ihm widerfahren ist, vom Ewig-Seienden mit einem so langen Leben beschenkt wurde.

Nach der Rückkehr vom Bethlen-Platz fand er an der Tür die gewohnte Essensportion. Ihm fiel wieder ein, dass er auch dorthin hatte gehen wollen, um angesichts der Tatsache, dass Tote keine Nahrung mehr brauchen, das für den Vater vorgesehene kostenlose Essen abzubestellen. Allerdings verspürte er nach dem langen Fußweg großen Hunger und verzehrte das Menü vom Mittwoch – Erbsensuppe mit Mohnnudeln und Apfelkompott – mit gutem Appetit. Währenddessen fragte er sich, warum er es so eilig hatte, in der Síp-Straße das Essen abzubestellen. Wenn die einzig maßgebliche jüdische konfessionelle Zeitung bisher keine drei Zeilen über den Tod des Vaters geschrieben hatte, wozu dann die Hast? Gleich nachdem diese Nachricht erschien oder sich jemand von der Gemeinde meldete, würde er dorthin gehen. Doch bis dahin könnte er sich mit dem Essen, sagen wir im Gedenken an den Vater, täglich verköstigen und bräuchte täglich ergänzend nur ein bisschen Brot, zu seinem Kaffee am Morgen und dem Tee am Abend.

Am Nachmittag fand er unter den Schriften des Vaters die Adresse von Dr. Freiburger in Herrliberg und schrieb ihm gleich einen kurzen Brief, nachdem er zu diesem Zweck extra Briefpapier und ein Kuvert mit schwarzem Rahmen gekauft hatte, was ihn zusammen mit der Briefmarke ziemlich teuer zu stehen kam. Kann sein, erwog er dabei, dass Dr. Freiburger indessen längst tot ist, und wenn es ein Himmelreich gibt, dann erzählen sich die beiden Alten auf einer Wolke längst Anekdoten über die jüdischen Jugendgruppen im Kassa der Vorkriegszeit. Ob er aber noch lebte oder nicht, Kolozs konnte nicht umhin, sich in einigen Zeilen bei ihm zu bedanken. Er hatte dem Vater dazu verholfen, die letzten Jahre seines Lebens zumindest in ehrbarer Armut verbringen zu können, und auch er selbst, der Sohn des Freundes, war vom Absturz ins absolute Elend sechs Jahre lang verschont geblieben. Eine Woche später entnahm Kolozs, nur wenig überrascht, aus dem Briefkasten seinen eigenen Brief mit dem Schweizer Stempel, der bezeugte, dass der Adressat nicht aufzufinden war – oder wenn doch, dann an einem Ort, wo selbst der tüchtigste Postbote keine Briefe zustellen konnte.

Über das Ableben des Vaters konnte er in den nächsten Wochen nur zwei Personen unterrichten. Die eine war Feri Túróczi, mit dem er zufällig auf der Straße zusammentraf und dem er auf die Frage »Wie geht es dir?« ohne Zögern die traurige Nachricht mitteilte. Feri sagte ehrlich, dass er dies traurig finde, aber es sei für ihn noch trauriger, dass er selbst in dieser Lage seinem ehemaligen Kommilitonen nicht weiterhelfen könne. Seine Partei hatte bei den letzten Wahlen wieder sehr schlecht abgeschnitten; und er selbst habe zwar noch den bescheidenen Posten des Vizebürgermeisters in einem Stadtbezirk inne, sei jedoch gezwungen, mit den machthungrigen jungen Leuten der Regierungspartei zusammenzuarbeiten. Diese könnten, wann immer es ihnen passte, seine Kaderakten hervorkramen, um ihm sein Moskauer Studium und die Parteimitgliedschaft bis 1987 vorzuwerfen, ganz und gar ignorierend, dass er einer der wenigen echten Reformanhänger in dieser Partei gewesen sei. Trotzdem versprach er, sofort an Kolozs zu denken, wenn es irgendeine Gelegenheitsarbeit, einen wissenschaftlichen Rechercheauftrag oder die Notwendigkeit einer Übersetzung gebe. Da dieses Versprechen aus Feris Mund schon mehrmals ohne jegliches Resultat ertönt war, wusste Kolozs, dass sein Wert bei allen ehrlich gemeinten Absichten gleich null war.

Márta meldete sich von allein – am Vorabend des 4. Novembers versuchte sie dem Vater telefonisch im Voraus zum Geburtstag zu gratulieren. Das war ein jährlich sich wiederholendes Ritual, trotz ihrer seit Jahrzehnten beendeten Beziehung zu Kolozs. Diese bestand in eher zufälligen Kontakten und bewegte sich im Rahmen einer kühlen Höflichkeit und gelegentlichen Frotzelns. Mit der Zeit löste sich die dem Verhältnis innewohnende Verkrampfung auf, und ihre Geburtstagsanrufe im November leitete sie gewöhnlich mit der scherzhaften Frage ein: »Grüß dich, Gáborlein, darf ich mit meinem Schwiegervater reden?«, um dann hinzuzufügen: »Für mich ist er immer noch mein Schwiegervater.« Dem folgte ein kurzes Gespräch mit dem Vater, bei dem dieser seine Depressionen offenbar auch noch für den ganzen nächsten Tag vergaß. Entgegen seines sonst so zurückhaltenden Charakters machte der Vater nach Mártas Anrufen seinem Sohn gegenüber auch schon mal spitze Bemerkungen: »Es ist schade, dass du dich gerade von dieser Frau getrennt hast.« Oder: »Es wäre so schön, wenn sie bei uns wohnen würde.«

Als Kolozs auf Mártas entspannte Frage hin antwortete: »Er ist gestorben«, folgte als Antwort ein langes Schweigen. Kolozs wusste aus Erfahrung, dass diese Stille Weinen war. In der kurzen Zeit ihres Zusammenlebens hatte Márta niemals, wenn sie traurig oder beleidigt war, mit Schluchzen oder, wie die anderen, späteren Frauen seines Lebens, mit wimmerndem Weinen reagiert. Sie presste ihre Lippen aufeinander, ihre Schultern schüttelten sich, und die Tränen flossen. Kolozs ertrug diese lautlose Bitterkeit schwerer als jeden verbalen Vorwurf, vielleicht weil seine Konflikte so lange Jahre hindurch mit dem Geschrei der Mutter einhergegangen waren. Gewöhnlich wartete er ab, bis Márta ihren Kampf mit dem ersten Wort überwunden hatte, und auch jetzt war er erleichtert, als sie nach langer Pause ruhig und sachlich sagte: »Ich habe es gespürt. In letzter Zeit habe ich mehrmals von Papa geträumt.« Dass sie den Vater als »Papa« bezeichnete, während sie ihre ehemalige Schwiegermutter Kolozs gegenüber stets nur ironisch »deine liebe Mutter« nannte, zeugte nicht nur von der inneren Komplizenschaft zwischen Márta und dem Vater. Offenbar fand sie in dem Alten auch Eigenschaften seines Sohnes wieder und begriff, dass der Schlüssel zu dessen manchmal unerträglicher Verschlossenheit und der Angst vor jedem intimen Gefühl im besonderen und tragischen Schicksal des Vaters zu finden war. Um Kolozs in diesem Augenblick der Trauer entgegenzukommen, sagte sie: »Wir können uns treffen, wenn du möchtest.« – »Aber gern«, antwortete Kolozs, als könne es nach mehreren Jahrzehnten, in denen es nur zu jenen seltenen Telefonaten und ein paar kurzen Gesprächen im Café gekommen war, nichts geben, was näherlag. Dann jedoch fügte er hinzu: »Vorerst möchte ich aber mit mir selbst besser klarkommen.« – »In Ordnung«, sagte Márta, »du kannst mich jederzeit anrufen.« Und in dieser formellen Ermunterung lag für Kolozs eine seit langem nicht erfahrene Wärme.

Ich möchte vorerst mit mir selbst klarkommen – als er diesen auch als Ausrede deutbaren Satz aussprach, dachte er nicht an Psychologisierungen der eigenen Person, welcher Art auch immer, oder an die laut Fachleuten unverzichtbare Trauerarbeit. Er betrachtete sein seelisches Leben niemals als einen Gegenstand, mit dem er sich speziell beschäftigen wollte oder sollte, sondern als Teil seiner jeweiligen objektiven Lage. Ihn interessierte hauptsächlich die Frage, ob und inwieweit er imstande sein würde, die Probleme zu meistern, die ihn in verschiedenen Etappen seines Lebens heimsuchten. Natürlich gehörte dazu auch die Liebe, und was Márta betraf, auch die

Fallstricke der Ehe – dies allerdings nur in dem Sinne, dass er rational entscheiden musste, was er sich unter seinen wenig belastbaren Lebensbedingungen erlauben durfte und worauf er unter dem Diktat der nüchternen Vernunft besser verzichtete.

Armut und Geldmangel hatten Kolozs, abgesehen von ein paar glücklichen Jahren zu Beginn der Neunziger, ein Leben lang begleitet. Dies bedeutete keineswegs, dass er im Elend lebte oder vom Verhungern bedroht war. Im Gegenteil konnte er gerade nach seiner Entlassung vom Lehrstuhl an der Ökonomischen Hochschule seine freien geistigen Kapazitäten günstiger als früher vermarkten. Als Dolmetscher, Übersetzer oder Verfasser von Fachliteratur verdiente er besser als an seinem ehemaligen festen Arbeitsplatz. Die freiberufliche Tätigkeit garantierte, wenn man über genügend Auftragskontakte verfügte, ein stabiles Einkommen, soweit es um tägliche Ausgaben wie Essen, Kleider, Theater oder Kino ging. Auch gelegentliche Auslandsreisen in sozialistische Länder waren kein Problem. Einige Freiberufler konnten sich einen Lada oder, wie Kolozs, wenigstens einen Trabant leisten. Der relative Wohlstand hatte allerdings eine Achillesferse: In dieser Einkommenskategorie war nicht nur der Ankauf, sondern auch schon die Anmietung einer Wohnung auf dem engen freien Markt schier unvorstellbar. Und mit Gegebenheiten, die unvorstellbar waren, wollte Kolozs seine Phantasie nicht belasten.

Manchmal aber, fast aus naturwissenschaftlicher Neugier, dachte er darüber nach, wie die Leute, vor allem in dem übervölkerten Budapest, wohl an ihre Wohnungen gekommen waren – schließlich wohnten ja alle irgendwo. Diesbezüglich konnte er verschiedene Varianten beobachten. Die erste war, dass junge Leute nach dem Beginn ihrer eigenständigen Laufbahn weiterhin mit ihren Eltern zusammenlebten. Manche Eigentumswohnungen oder Mietobjekte wurden zwischen drei Generationen geteilt, was in einem Familienhaus mit zwei Etagen sogar ideal sein konnte, in einer typischen Budapester Mietskaserne mit ihrer auf der Hofseite umlaufenden Galerie jedoch schnell zur Hölle werden konnte. In ein solches Arrangement hatte Kolozs 1968 eingeheiratet, um bald darauf die Flucht zu ergreifen, als er das Zusammenleben mit der großen Familie seiner jungen Frau nicht mehr aushielt.

Daneben gab es einige Kommilitonen aus Moskau oder junge Kollegen aus dem Institut, deren Eltern vermögend genug waren, um ihren flügge gewordenen Kindern bei der Nestsuche finanziell kräftig unter die Arme zu greifen. Außerdem konnte man als angehende Fachkraft beim Bezirksrat eine Sozialwohnung beantragen. Kolozs versuchte sich auf diesem Weg, stellte den Antrag 1970 und war sogar damit einverstanden, in eine der neuen Wohnsiedlungen am Rand der Stadt zu ziehen. Allerdings erhielt er im Moment der Registrierung die Nummer 39 415, und als er sich fünfzehn Jahre später einfach mal aus Neugier nach dem Stand der Dinge erkundigte, war er noch bei der Nummer 25 201. Aus dieser Dynamik konnte er errechnen, dass seine erhoffte Wohnungseinweihung irgendwann um das Jahr 2000 zu erwarten war, für das bereits der vollständige Sieg des Sozialismus versprochen wurde.

Doch man durfte die Misere nicht einzig dem alten Regime anlasten. Wäre Kolozs zielstrebiger gewesen, so hätte er die Möglichkeit gehabt, an einem Baukreditprojekt des Kommunistischen Jugendverbands teilzunehmen, und dann hätte er nach einigen Jahren für zweihundertsechzigtausend Forint eine Zweizimmerwohnung mit Vollkomfort am Stadtrand erwerben können. Mehr noch: Im Fall einer zweiten, glücklicheren Ehe hätte der Staat den zurückzuzahlenden Kredit mit jedem neugeborenen Kind deutlich ermäßigt. Diese humane Geste zielte darauf, einerseits der jungen Generation eine ermunternde Perspektive zu bieten, andererseits die bedrohliche Verringerung des Bevölkerungswachstums aufzuhalten. Kolozs hatte jedoch vorerst keine Lust auf eine neue Ehe, und noch weniger war er geneigt, seine etwaigen Kreditschulden sozusagen auf dem Weg der Vermehrung zu reduzieren. Dann lieber die Freiheit hinter der dünnen Wand, die Einsamkeit der kleinen Zelle in der Klauzál-Straße mit dem einen Fenster, dachte er. Später folgte für ihn noch eine glückliche Fügung. Laci Bakos, der ehemalige Moskauer Kommilitone, übernahm einen umfassenden Auftrag, der auch an einen westlichen Auslandsaufenthalt gebunden war, und überließ für diese Zeit Kolozs seine geräumige Eigentumswohnung in der Wesselényi-Straße. Kolozs musste nur für die Betriebskosten aufkommen und fühlte sich wie im siebenten Himmel. Dieser selige Zustand, nur gelegentlich durch kurze Aufenthalte von Laci und seiner Familie in Budapest unterbrochen, dauerte bis 1982. Dann wurde der Freund aus unbekannten Gründen abberufen und zum stellvertretenden Leiter einer staatlichen Buchhandelskette ernannt. Kolozs zog daraufhin traurig, aber ohne mit seinem Schicksal zu hadern, wieder zu seinen Eltern, deren Wohnung er kurz darauf dem maroden Staat für den Spottpreis von neunzigtausend Forint abkaufen konnte.

Die freiberufliche Existenz hatte außer ihren begrenzten Aufstiegsmöglichkeiten noch einen Nachteil. Mit der Entlassung von Kolozs aus der Hochschule verringerte sich sein zusammenhängendes, gebundenes Arbeitsverhältnis, die Studentenjahre einbegriffen, automatisch auf sechzehn Jahre – alles danach wurde nicht als Arbeitsverhältnis im Sinne des Erwerbs von Rentenansprüchen anerkannt. Kolozs dachte niemals darüber nach. Ebenso wie ein neugeborener Säugling keine Vorstellung von sich selbst als Maschinenschlosser, Schauspielerin oder Verkäufer hat, entstand vor den Augen des damals vierunddreißigjährigen Mannes, der keinerlei gesundheitliche Probleme kannte, nicht einmal entfernt das Bild seines Ichs nach drei Jahrzehnten – möglicherweise als Rentner, der von einer Krankheit in die andere fiel. Obwohl Kolozs seinen Vater des Öfteren zum Arzt begleitete, weil dieser manchmal nicht zu bewegen war, allein hinzugehen, fiel ihm niemals ein, dass er vielleicht selbst einmal als Patient dort erscheinen musste. Kolozs wurde von Krankheiten strikt gemieden, selbst banale Erkältungen blieben ihm erspart. Bei seiner letzten offiziellen ärztlichen Untersuchung als parlamentarischer Mitarbeiter im Jahre 1994 diagnostizierte der untersuchende Arzt fast kopfschüttelnd, dass der damals immerhin schon einundfünfzigjährige Patient, dem Lebensalter nach zu einer Risikogruppe gehörend, eine völlige Freiheit von Symptomen aufwies. Für alle Fälle empfahl der Doktor in seinem Abschlussbericht eine Lesebrille von 1,5 Dioptrien sowie zur Verhinderung der Herausbildung eines Plattfußes eine entsprechende Schuheinlage. Auch in den nachfolgenden sechs Jahren konnte Kolozs keine Änderung seines Gesundheitszustands feststellen.

»Ich möchte mit mir selbst klarkommen«, hatte er zu Márta gesagt und wusste, dass besagtes Selbstgespräch, auf das er sich seit der Beerdigung des Vaters innerlich vorbereitete, unerbittlich und unaufschiebbar auf ihn wartete. Denn was ist der gegenwärtige Zustand?, fragte er sich an einem Abend Ende November, als er vor seinem Computer saß und gerade die Einzelheiten und Kosten einer Rundreise durch Lateinamerika kalkulieren wollte. Die Situation ist so, versuchte er die Frage zu beantworten, dass die Rente des Vaters für November noch überwiesen worden ist, aber im Dezember schon ausbleibt. Das Schweizer Geld kommt noch bis zum Jahresende, und so ist die Bilanz auf dem Konto zunächst positiv. Aber ab dem 1. Januar 2002 beginnt ein neues Zeitalter – das des absoluten Geldmangels. Was sich dann auftut, ist jenes schwarze Loch, das die Astronomen mit dem Zusammenbruch der Gravitation, dem Verglühen eines Planeten erklären. Plötzlich merkte Kolozs, dass er sich vom Internettourismus angeödet fühlte. Er eliminierte die Website mit den bolivianischen Hotelangeboten. Dann fuhr er mit einer entschlossenen Handbewegung den Computer herunter und setzte sich auf sein Bett.

Nach allem, was ich früher schon unternommen habe, um an Geld zu kommen, dachte er weiter, bleiben mir nur zwei geringfügige, sehr unbefriedigende Möglichkeiten: erstens ein Antrag auf Sozialhilfe, zweitens im Januar oder Februar, mit etwas Glück, nächtliches Schneeschaufeln. Die Sozialhilfe beträgt dreißigtausend Forint, die Hälfte der Rente des Vaters, weit unterhalb des Existenzminimums. Bei der zweiten Möglichkeit kommt es auf den Versuch an. Ich bin, dachte Kolozs, trotz meines ausgezeichneten Gesundheitszustands ein Schwächling, ein unfähiger Intellektueller, der niemals körperliche Arbeit geleistet hat. Und außerdem ist es mit dem Schnee so eine Sache. Manchmal fällt er tagelang unaufhörlich, manchmal bleibt er jahrelang aus. Schließlich leben wir, wenn man den Prophezeiungen im Internet Glauben schenken kann, in einer Zeit allgemeiner Erwärmung. Wer weiß, was aus den potenziellen Schneeschauflern im Jahr 2020 geworden sein wird.

Angenommen die Welt würde in den nächsten Jahren nicht untergehen, dann musste sie sich nach menschlichem Kalkül auch im Januar 2007 noch im Weltall drehen. Das war für Kolozs der magische Monat, in dem er den Gegenwert seines sechzehn Jahre währenden Arbeitsverhältnisses, die Altersrente von sechzigtausend Forint, erhalten würde mitsamt den bis dahin aufgelaufenen Inflationszuschlägen. Gleichzeitig wäre er als Betroffener einer der beiden von den Politikern sogenannten »Willkürherrschaften« berechtigt, rund zehntausend Forint zusätzlich zu bekommen. Ebenfalls als Betroffener konnte er auch Medikamente kostenlos bekommen, obwohl er diese Vergünstigung im besten Fall gar nicht brauchen würde. Insgesamt hätte er dann ungefähr die Einkünfte, über die der Vater verfügte, bis ihm Dr. Freiburger – Friede seiner Asche! – die um einiges höhere Summe aus dem Schweizer Fonds beschert hatte. Das Fehlen dieser Wiedergutmachung, mit der sie zu zweit ausgekommen waren, wog wesentlich schwerer als das Fehlen der Rente, weil … ja, warum eigentlich? Weil der Schweizer Franken eine bärenstarke Währung ist? Kolozs fuhr sich nervös durch das Haar und biss sich auf die Unterlippe, ehe er bereit war, sich selbst einzugestehen: Die Wiedergutmachung ist deshalb so wichtig, weil sie sich jetzt als die einzige Einnahmequelle darstellt, die mir im Prinzip noch zugänglich ist. Im selben Moment, als Kolozs dieser Gedankenblitz kam, wurde ihm klar, dass ausgerechnet in diesem Umstand auch die Unaufschiebbarkeit des Selbstgesprächs begründet war. Und er wusste, dass er noch im Laufe des Abends eine Entscheidung treffen musste.

Was die Wiedergutmachung betraf, so hatte Kolozs einmal jährlich eine wichtige Aufgabe: Spätestens Ende November ging er in die Villa am Schwabenberg, in dem die Schweizer Stiftung residierte, und übergab dort einer alten Dame, die sich ihm als Frau Weiss vorgestellt hatte, ein vom Vater unterzeichnetes Blatt Papier, den sogenannten Lebensnachweis. Das war im Grunde ein kurzer Fragebogen mit den wichtigsten Daten des Begünstigten, so wie sie in seinem Personalausweis standen. Auch dieser musste vorgezeigt werden, damit Frau Weiss die Daten miteinander vergleichen konnte. Die Stiftung verschickte den Fragebogen jedes Jahr nach den Herbstfeiertagen, und der Empfänger der Wiedergutmachung oder dessen Bevollmächtigter musste ihn persönlich in der Villa abgeben. Frau Weiss prüfte den Ausweis, nahm den Lebensnachweis entgegen, und die Stiftung setzte im darauffolgenden Jahr ihre Überweisungen fort. Wenn sich der Begünstigte innerhalb der angegebenen Frist nicht meldete, dann stoppte die Stiftung automatisch die nächste Zahlung, weil sie davon ausgehen musste, dass ihr Klient nicht mehr unter den Lebenden weilte. Der Fragebogen war bereits vor Wochen in Kolozs' Briefkasten gelandet, und nach der Beerdigung wollte er umgehend die Stiftung vom Tode des Vaters telefonisch informieren. Aber dann verschob er das Vorhaben – schließlich hatte er noch Zeit bis Ende November.

Am Abend der Entscheidung kramte er aus den Schubladen seines Schreibtisches den Personalausweis des Vaters hervor, wie er es zu dessen Lebzeiten jährlich einmal getan hatte. Während er das dunkelbraune Dokument mit dem festen Einband aus der Nähe betrachtete, überkam ihn heftiges Herzklopfen. Diese seltsame Reaktion erklärte er sich zunächst damit, dass er den Personalausweis des gefallenen Regimes nicht leiden konnte. Das äußere Erscheinungsbild und der übertriebene Umfang des Büchleins widerten ihn an – es umfasste dreißig Seiten, von denen die Hälfte für Vermerke der Behörden – polizeiliche Verwarnungen, Aufenthaltsverbote – vorgesehen war. Auch gefiel ihm das reliefartig gedruckte Staatswappen nicht, diese unnatürliche Mischung aus sowjetischer und ungarischer Heraldik: oben der rote Stern, darunter ein mittelalterliches Schild und die ungarischen Farben. Und außerdem regte er sich immer wieder maßlos über die Rubrik »Wissenswertes« auf Seite neunundzwanzig auf, darunter vor allem über den ersten Punkt: »Der Besitzer des Personalausweises ist verpflichtet, diesen aufzubewahren, bei sich zu tragen und auf Verlangen an behördliche Personen zwecks Identifizierung zu übergeben.« Genau mit dieser Maßnahme hing eines von Kolozs' peinlichsten Schlüsselerlebnissen zusammen.

Das Ereignis datierte auf den 15. März 1973, als Kolozs schon seit einigen Jahren am Lehrstuhl als Mitarbeiter der Forschungsgruppe von Frigyes Endrei arbeitete, der von allen Onkel Frici genannt wurde – kurz bevor der Alte aufgrund einer Intrige seiner Kontrahenten in Pension geschickt wurde. Gegen vier Uhr nachmittags kam eine Studentin, die er von der Ökonomischen Universität Karl Marx kannte, schluchzend in Kolozs' Büro und erzählte, ihr Freund sei auf dem Weg zur Bibliothek von Polizisten auf der Straße angehalten und nach dem Ausweis gefragt worden. Weil er diesen nicht bei sich trug, wurde er in das Polizeipräsidium am Deák-Platz eingeliefert. Das Mädchen berichtete weiter, draußen herrsche eine Art Ausnahmezustand, die Bullen seien in Bereitschaft aufgrund der Vermutung, dass etliche Studenten den Tag der Märzrevolution 1848 zu systemfeindlichen Demonstrationen missbrauchen wollten. Sie schikanierten die jungen Leute, und wenn ihnen eine Nase nicht gefiel, verfrachteten sie denjenigen sofort in den nächsten Polizeiwagen. Das Mädchen bat nun Kolozs, mit ihr in das Polizeipräsidium zu gehen und für ihren Freund, der regelmäßig die Seminare von Onkel Frici besuchte, zu bürgen. Kolozs packte seine Sachen, und in wenigen Minuten waren sie vor Ort.

Der von der Pforte telefonisch benachrichtigte diensthabende Offizier hörte ruhig Kolozs' Argumente zur Verteidigung des jungen Kollegen an und bat ihn dann höflich um seinen Ausweis. »Aha«, sagte er nach einigem Herumblättern mit unverhülltem Spott, »der Herr ist auch Ökonom.« Damit riss er zwei Seiten aus dem Ausweis heraus und fuhr in trockenem amtlichem Ton fort: »Hiermit leite ich gegen Sie ein Verfahren ein wegen mutwilliger Beschädigung eines amtlichen Dokuments!« Einige Tage später erhielt Kolozs eine offizielle Aufforderung, eine Geldstrafe über dreitausend Forint zu zahlen – alternativ bot man ihm dreißig Tage Internierungslager an. Er legte sofort Beschwerde ein, aber das war völlig sinnlos, und auch die inzwischen rar gewordenen Parteikontakte von Onkels Frici halfen nicht weiter. Irgendwie gelang es ihm, die Summe zusammenzuborgen, aber er wusste, dass sich Dutzende von Studenten zwangsweise für die Haft entscheiden mussten.

Nach der Wende ließ er sich sofort einen neuen Personalausweis ausstellen mit dem Staatswappen der Republik. Allerdings kam der Umtausch der Personalausweise wegen mangelnder Druckkapazitäten nur langsam voran. Für alte Leute wurden gar keine neuen Ausweise ausgestellt, sondern es wurde lediglich auf der letzten Seite die Gültigkeit des alten Dokuments, das nur mit einem neuen Foto und einem Stempel mit dem neuen Staatswappen versehen wurde, als unbefristet bestätigt. Auch das Personaldokument des Vaters, 1969 ausgestellt, war im Dezember 1991 auf diese Weise ergänzt worden. Die Behörde arbeitete rasch und machte Fehler. So beließ man auf Seite zwei des Ausweises den Familienstand als »verheiratet«, aber Seite dreißig wies ihn bereits als »verwitwet« aus, ohne deshalb den Namen und die Lebensdaten der 1988 verstorbenen Magdolna Glücklich zu streichen.

Kolozs hatte gerade begonnen, über die Merkwürdigkeiten des offiziellen Umgangs mit Personaldokumenten nachzudenken, als sein Blick plötzlich auf einer Eintragung haften blieb: »Geburtsdatum: 4. November 1906«. Und obwohl er seit Jahren alle Daten für den auszufüllenden Fragebogen der Schweizer Stiftung auswendig wusste, betrachtete er nun diese banalen Angaben, als sähe er sie zum ersten Mal. »Geburtsdatum: 4. November 1906. Geburtsort: Košice (Kassa), Tschechoslowakische Sozialistische Republik«, das Teilwort »Tschecho« und das Beiwort »Sozialistische« handschriftlich durchgestrichen – eigentlich eine Urkundenfälschung. Vor seinen Augen verschwammen die Buchstaben und auch das Ausweisfoto von Dr. Dániel Kolozs, mit dem unbeweglichen Blick eines Greises, der die letzte Station seines steinigen Lebenswegs erreicht hat. Plötzlich sah es für ihn aus, als hätten sich die Augen des Vaters bewegt. »Er sieht mich an!«, sagte er laut, beinahe erschrocken, und er brauchte nicht viel Phantasie, um eine Erklärung für diese Wahrnehmung zu finden. Du musst überleben, mein Junge!, tönte diese Erklärung mit der leisen und weichen Stimme des Alten, ich wollte doch immer dein Bestes! Natürlich, dachte Kolozs, er hätte mich unbedingt in dem bestärkt, was ich jetzt vorhabe. Und die Stimme des Vaters tönte weiter in seinem Inneren: Ich habe es in Mauthausen erlebt, als der erste amerikanische Soldat das Tor des Lagers durchschritt. Und ich dachte vorher, dass das Leid ewig dauern und ich nie lebend von dort wegkommen würde. Du hingegen weißt ganz klar das Datum deiner Befreiung: den ersten Januar 2007, wenn du die Rente bekommst. Es reicht doch, wenn du mich kurz vorher für tot erklärst. Das ist alles nicht sehr schön, aber die Not zwingt dich. *Mazel Tov!*

Ein schäbiges Kindheitserlebnis drängte sich in Kolozs' Bewusstsein – der Augenblick, in dem er die Unterschrift des Vaters fälschte, um ein unentschuldigtes Fernbleiben vom Sportunterricht des Gymnasiums Benedek Virág zu vertuschen. Doch der Betrug flog auf, es kam zu einem Skandal, und er entging nur knapp dem Schulverweis. Aber jetzt musste es gelingen! Mit einigem Geschick konnte er die Unterschrift fälschen. Nur beim »D« des Doktors musste man ein wenig kräftiger drücken, ebenso beim »K« im Namen Kolozs. Ja, er brauchte eben die Buchstaben des Vaters, wie er sie heute schreiben würde! Das »K«, dessen rechter oberer Strich verkrampft in das Nichts greift, das »o«, aus dem seine Hände einen kaum sichtbaren Punkt machen, das zwischen den benachbarten Buchstaben frei schwebende »l« und schließlich die fest aneinandergedrückten Buchstaben »z« und »s«. Der Vorname Dániel war bei ihm in letzter Zeit eine beinahe senkrechte Linie geworden, ein Haken und ein peitschenähnliches Zeichen, der von jedem sein konnte. Wer, um Himmels willen, und mit welcher Vorlage soll denn den Krakel des armen Vaters vergleichen?, dachte Kolozs. Es muss einfach gelingen. Wenn die Unterschrift zu primitiv aussieht und ich einfach nicht hingehe, dann wird die Zahlung automatisch eingestellt, und alles bricht zusammen. Nein, das darf nicht geschehen!

Er stand abrupt auf und ging er zum Bett des Vaters hinter dem Vorhang, als wolle er sich davon überzeugen, dass die soeben gehörte Stimme nicht von innen, sondern direkt von dort kam. Aber das Bett war leer. »Warum, zum Teufel, musstest du gerade jetzt den Löffel abgeben?«, fragte er halblaut, kopfschüttelnd. »Ein paar Jahre mehr, was hätte dich das gekostet? Ich hätte dich mit meinem finanziellen Genie, mit meiner Einteilungskunst noch jahrelang am Leben halten können. Dort, wo es für einen reicht, genügt es auch für zwei – das haben wir ja lange genug durchgespielt. Ich hätte gut gewirtschaftet! Und ab 2007 hätten wir auch noch meine Altersrente gehabt, und mit unserem gemeinsamen Geld hätten wir lustig und lange gelebt, wie die Propaganda-Methusalems vom Kaukasus unter dem Sowjetregime. Hat nicht etwa der Ewig-Seiende, an den du bis zum letzten Atemzug geglaubt hast, manchen seiner Geschöpfe Hunderte von Jahren geschenkt? Ich weiß, du hast viel gelitten und damit ein Recht auf moralische Vorbehalte erworben. Aber in Geldfragen – das habe ich bewiesen – bin immer noch ich der Experte.« Damit setzte er blitzschnell unten auf das Blatt Papier den Namen »Dr. Dániel Kolozs« und hielt die Fälschung im Lichte seiner Leselampe hoch. Buchstabe »D« gedrückt, Buchstabe »K« gedrückt, »Dániel« eben nur ahnungsvoll gezeichnet – alles stimmte, es war fast unmöglich, damit aufzufliegen.

Am nächsten Morgen begab Kolozs sich zu der Villa am Schwabenberg, um die erlösende Wiedergutmachung für das Jahr 2002 zu beantragen.

ZWEITER TEIL

1962–1967

Wenn dieses Wort überhaupt auf ihn angewendet werden kann, so hatte der Vater eine Leidenschaft: Schach. Er war versessen auf das uralte Brettspiel und versuchte auch den elfjährigen Kolozs einzubeziehen, aber der Junge fand wenig Geschmack daran. Im Gymnasium wurde er Mitglied im Schachkreis nur deshalb, um dem Lehrer Illés zu gefallen, der die von Kolozs besonders gefürchteten Fächer Mathematik und Physik unterrichtete. Der Vater sah bald ein, dass der Kleine keine Lust hatte, sein Schachpartner zu werden, und huldigte diesem Sport von da an allein. Die Art und Weise, wie er seine Spielleidenschaft auslebte, war ungewöhnlich. In einem Antiquariat am Museumsring hatte er das Vorkriegsbuch *Die hundert berühmtesten Schachpartien* aufgetrieben und stellte ein Spiel nach dem anderen mit Hilfe eines kleinen Schachbretts auf dem Küchentisch nach. So verfolgte er zum Beispiel das Match in Rotterdam von 1938 zwischen Michail Botwinnik und José Capablanca und drehte das Schachbrett nach jedem Zug um. Da diesen Kampf der »weiße« Botwinnik gewonnen hatte, versuchte der Vater nun das Spielglück zugunsten des Kubaners zu gestalten. Er forschte nach dem Augenblick, in dem Capablanca noch imstande gewesen wäre, seinem sowjetischen Herausforderer Paroli zu bieten. Bald jedoch begriff er, dass der kubanische Großmeister bereits kurz nach der Eröffnung durch Botwinniks Nimzowitsch-Indische Verteidigung jede Chance verspielt hatte. Der Vater bemühte sich noch, mit einem Läufer die schwarze Dame vor dem weißen Turm zu schützen, dann aber stellte er die Figur zurück und sagte kopfschüttelnd: »Unvermeidliches Schachmatt. Genau wie im Leben.« Mit einer Handbewegung wischte er die Figuren in die Holzschachtel, gerade rechtzeitig, denn die Mutter begann den Tisch für das Abendbrot zu decken.

Gábor Kolozs erinnerte sich noch in seinem späten Erwachsenenalter an die wenigen Momente im Leben des Vaters, in denen dieser wie elektrisiert wirkte, und er stellte sich immer wieder die Frage, wann, wo und mit welchem falschen Zug der Vater sein eigenes Spiel verloren hatte. Die einfache Antwort auf diese Frage lautete, dass alles so geschehen musste, wie es geschah, weil der Mensch das Schicksal niemals austricksen kann. Die komplexere Lösung muss aber jeder bei sich selbst suchen: Was hat er vermasselt? Was hätte er tun oder lassen sollen? Da Kolozs über seinen Vater fast nichts wusste, begann er seine eigene Laufbahn zu analysieren und betrachtete als ersten, wenn auch nicht einzigen Fehlschuss den Augenblick, in dem er ein gewisses Blatt Papier unterzeichnete und damit für fünf Jahre das eigene Lebensprogramm besiegelte.

Es geschah im April 1962 während einer Russischstunde. Die Lehrerin Genrietta Wassiljewna, die mit den Schülern gerade den großen Dichter Puschkin behandelte, begann soeben Jewgenij Onegins Depression zu betrachten und zitierte die berühmten Zeilen: »Die Krankheit, deren Grund zu kennen / Wir sollten mühen uns schon lang, / Die Engelländer Spleen benennen, / Chandra, auf Russisch (Grillenfang), / Begann ihn langsam zu ergreifen …«* Dabei starrte sie Kolozs an, als seien sie geheime Verschwörer, denn Kolozs, das wusste die ganze Klasse, lebte im Banne des russischen Dichterfürsten und wollte sich, falls er zum Studium zugelassen wurde, speziell mit ihm beschäftigen. »*Nasch buduschij Puschkinist*«,

* Aus dem Russischen von Rolf-Dietrich Keil

unser zukünftiger Puschkin-Forscher – mit diesen Worten dirigierte Genrietta Wassiljewna ihren Lieblingsschüler zur Tafel und stellte ihm die Frage: »Warum hat Puschkin ein englisches Wort in seinen Vers eingefügt?« Kolozs war bereits beim Aufstehen fertig mit der Antwort, dass hier der Dichter offensichtlich den Petersburger Dandy ironisieren wollte, und soeben im Begriff, diese Idee zu entfalten, als der Lautsprecher an der Wand schnarrte: »Der Schüler Kolozs der Klasse 4a wird gebeten, in das Büro des Schulleiters zu kommen.«

In diesem Schuljahr war bereits nicht mehr István Ludasi Direktor des Gymnasiums Benedek Virág, weil er inzwischen zum stellvertretenden Bildungsminister ernannt worden war. Sein Nachfolger war Kornél Illés, der zuvor neben seiner Rolle als Mathematik- und Physiklehrer sowie Leiter des Schachkreises auch Parteisekretär des Lehrkörpers gewesen war. Vorerst hatte man ihn allerdings nur zum kommissarischen Schulleiter ernannt, als sei sich die Obrigkeit nicht ganz sicher, ob man Ludasi, diesen Wunderkader mit seinen vielfältigen politischen und beruflichen Verdiensten, überhaupt ersetzen konnte. Tatsächlich konnte Illés einem Vergleich mit jenem nicht standhalten. Er galt als hölzerner Sturkopf, und sein oberstes Prinzip hieß, dass alles in bester Ordnung sein sollte, damit die Obrigkeit des Stadtbezirks und auf Landesebene nichts gegen seine Amtsführung vorzubringen hatte.

Zum letzten Mal war Kolozs noch zu Ludasis Zeiten im Zimmer des Direktors gewesen – offensichtlich, so seine Vermutung, sollte nun irgendeine Veranstaltung des Kommunistischen Jugendverbands besprochen werden. Das hintere Büro, vom Lehrerzimmer durch das Sekretariat getrennt, galt als Allerheiligstes, und ein gewöhnlicher Schüler durfte den Raum nur selten betreten. Es musste um eine sehr wichtige und dringende Angelegenheit gehen, wenn man Kolozs über den Lautsprecher, der in allen zwanzig Klassenräumen des Gymnasiums zu hören war, ausrufen ließ. In der ersten oder zweiten Klasse hätte Kolozs noch glauben können, dass man ihn wegen schlechter Leistungen oder eines skandalösen Verstoßes gegen die Schulordnung zum Direktor zitierte, aber jetzt entbehrte eine solche Befürchtung jeder Grundlage. Seit seine Schulnoten sich erheblich verbessert hatten, er sich außerdem als Kulturverantwortlicher der Jugendorganisation betätigte und aus dem Wettbewerb »Wer weiß mehr über die Sowjetunion?« als Bezirkssieger hervorgegangen war, lächelten ihm selbst die strengsten Lehrkräfte höflich entgegen, wenn sie ihn auf dem Korridor trafen. Mit Kolozs verband sich die Legende, Ludasi habe ihn geformt, indem er Makarenkos pädagogische Methoden auf ihn anwendete, so dass er von einem notorischen Versager zu einem guten Schüler wurde. Böse Zungen brachten sogar die günstige Entwicklung seiner Körpermaße damit in Verbindung. In der Zeit, als Kolozs, Schandfleck des Gymnasiums, zu dessen Vorzeigeschüler mutierte, wuchs er in einem einzigen Schuljahr um neun Zentimeter, und obwohl er mit seinen hundertsiebenundsechzig Zentimetern immer noch kein Riese war, tat doch der körperliche Zuwachs seinem Selbstbewusstsein gut. Sein Wunsch war es, bis zum Abitur die Hundertsiebzig-Zentimeter-Marke zu erreichen, die Körperlänge des größten Mädchens, das mit Einführung der Koedukation in das Gymnasium aufgenommen worden war.

Im Büro des Direktors bemerkte Kolozs als Erstes, dass Makarenko, dessen Foto früher an der Wand hing, verschwunden war. An seiner Stelle schmückte das Zimmer ein großformatiges Foto von Gagarin, signiert mit der Stempelunterschrift: »*Wengerskim towarischam na dobruju pamjatj, Ljotschik-Kosmonawt Major Jurij Gagarin*« – den ungarischen Genossen in gutem Gedenken, Fliegerkosmonaut Major Jurij Gagarin. Ludasi hatte wahrscheinlich das Ebenbild seines vergötterten Lehrmeisters mit ins Ministerium genommen. Bestimmt wollte er den bebrillten Mann in der Uniformjacke mit dem Querriemen keinesfalls seinem mittelmäßigen Nachfolger überlassen. Als Kolozs dies durch den Kopf ging, begann er sich ernsthaft zu fragen, was der neue Schulleiter von ihm wollte.

Illés reichte ihm einige zusammengeklammerte Blätter, bat ihn, sich zu setzen, nahm selbst hinter seinem Schreibtisch Platz und sagte: »Antrag auf Studium an einer sowjetischen Universität. Genosse Ludasi hat ihn mit Kurier geschickt und lässt dir ausrichten, dass du dir alles gut überlegen sollst. Obwohl ich mit dem Genossen Ludasi in allem einverstanden bin, würde ich dir in diesem Fall empfehlen, gar nicht zu überlegen.« Illés sah Kolozs triumphierend an, als hätte er etwas besonders Schlaues gesagt, und fuhr dann fort: »Man bekommt im Leben nicht viele solcher Angebote. Jedenfalls solltest du die Sache mit deinen Eltern besprechen. Melde dich morgen früh bei mir, und alles wird seinen Gang gehen. Selbstverständlich musst du es auch selbst wollen.« Damit erhob er sich, für Kolozs das Zeichen, dass die Audienz beendet war.

Bei dem vierseitigen Dokument handelte es sich um eine Information des Unterrichtsministeriums und den dazugehörigen Fragebogen. Daraus ging hervor, dass der Kandidat im Juni eine Sprach- und eine Weltanschauungsprüfung ablegen sollte und anschließend, sofern das Ergebnis zufriedenstellend war, vor einer Jury erscheinen würde, die darüber zu entscheiden hatte, ob man ihn für fünf Jahre mit einem Stipendium nach Moskau an die Ökonomische Fakultät schickte.

Kolozs war tief berührt, dass Ludasi ihn sogar auf dem Gipfel der Macht nicht vergessen hatte. Die Tatsache, dass er den Fragebogen persönlich an ihn schicken ließ, legte den Schluss nahe, dass er Kolozs eine realistische Chance zubilligte und ihn, Geschöpf seiner erzieherischen Glanzleistungen, im Zweifelsfall auch unterstützen würde. Zwar hatte er sich, nachdem er an Kolozs sein Wunder vollbracht hatte, nicht mehr persönlich mit ihm beschäftigt, aber dieser hatte es ihm nicht nachgetragen. Schließlich kann es sich ein Schulleiter nicht erlauben, unter achthundert Schülern einen einzelnen über einen längeren Zeitraum hinweg zu bevorzugen. Dabei hätte Kolozs durchaus den Wunsch gehabt, einige Fragen, die ihn quälten, direkt mit Ludasi zu besprechen: Kann man einen Atomkrieg verhindern? Wann wird in Ungarn der Sozialismus endgültig siegen? Wer macht den besten Sozialismus: die Ungarn, die Tschechoslowaken oder die DDR-Deutschen? Wie ist es zu bewerten, dass er, Gábor Kolozs, obwohl er Majakowskij mag, Puschkin doch viel besser findet? Und schließlich, in behutsamer Formulierung: Ist es sehr schlecht, wenn ein Jungkommunist mit achtzehn Jahren noch niemals verliebt war?

Aber die glänzende Aussicht, dass er vielleicht in einem halben Jahr auf dem Roten Platz und der Gorkistraße spazieren ging, dass er dem Elend der Klauzál-Straße entkommen könnte, dass es für ihn einen Aufbruch geben würde in die große weite Welt mit ihren wichtigen Ereignissen, brachte sein Blut in Wallung. Das war ein Erlebnis wie ein Weltraumflug, und ein Studium in Moskau würde das Leben völlig neu gestalten, ihm Sinn und Inhalt verleihen. Alles andere, was danach kommen sollte, wäre auch gesichert: eine vernünftige Arbeit, gutes Geld, eine eigene Wohnung. Auch die noch kaum vorstellbare große Liebe würde sich ganz von selbst ergeben. Und wenn Kolozs alles erreicht hatte, was er wollte, würde er auch dafür sorgen, dass seine Eltern aus jenem schrecklichen Loch ausziehen konnten, um ihre alten Tage in einer komfortablen Wohnung unter menschenwürdigen Bedingungen zu verbringen. Möglicherweise brauchen sie dazu nicht einmal Geld, denn sie alle zusammen würden noch eine Gesellschaft erleben – so formulierte es Ludasi, und so stand es auch im Programm der sowjetischen KP –, in der jeder entsprechend seinen Bedürfnissen an den materiellen Gütern teilhaben konnte, ob er nun ein armer Rentner oder ein erfolgreicher Ökonom war. Ökonom! Dieses Wort war das Einzige, was ihn beunruhigte, als er nach der Schule auf dem Weg nach Hause auf einer Bank im »Erdbeergarten« saß und die vier Seiten des Antrags wieder und wieder las. Vor seinen Augen verschwammen die Buchstaben, und für eine Sekunde meinte er in der entsprechenden Sparte zu lesen: »Russische Literatur«. Am liebsten hätte er sich für dieses Fach beworben, und zwar an der Universität von Budapest, Szeged oder Debrecen – je nachdem, wo er bei dem riesigen Ansturm von Bewerbern am ehesten einen Platz finden würde. Das Risiko der männlichen Schulabsolventen bestand darin, dass sie gleich nach einer Ablehnung mit der Einberufung in die Volksarmee rechnen mussten, und Kolozs mit seiner inzwischen erworbenen Gesamtlänge wäre sicherlich dort akzeptiert worden, was in keiner Weise seinen Wünschen entsprach. Gleichzeitig musste er sich ehrlich eingestehen, dass er keine blasse Ahnung von Wirtschaftswissenschaften hatte und diesem Gegenstand auch nichts abgewinnen konnte. Das erschien ihm zunächst als moralisches Problem: Eigentlich wusste er ja, was ihn wirklich interessierte. Und wenn er nun etwas in Anspruch nahm, was ihm nicht entsprach, dann behinderte er damit einen begabteren Kandidaten.

Noch mehr als diese ethische Erwägung beschäftigte ihn aber Folgendes: Wenn er mit seiner Bewerbung Erfolg hatte und tatsächlich für fünf Jahre nach Moskau geschickt wurde, musste er seine Eltern verlassen. Obwohl er die Mutter nicht besonders mochte und ihn auch mit dem Vater keine starken und tiefen Gefühle verbanden, sah er doch ein, dass diesen Menschen, die ihn erzogen hatten, viel Schlimmes widerfahren war.

Besonders tat ihm der Vater leid mit seiner ramponierten Gesundheit. Mit Beginn der Invalidenrente hatte er die Schwelle des Alters bereits überschritten, und angesichts seines schlechten Allgemeinzustandes würde er wahrscheinlich nicht mehr lange leben. Der Alptraum seiner Kindheit, sich auf dem Schulweg zu verbummeln und zu Hause plötzlich den kalten Leichnam des Vaters vorzufinden, meldete sich nun in neuer Form. Irgendwann würde er von einer Vorlesung an der Uni in sein Studentenheim zurückkehren, wo ihn bereits das Telegramm erwartete: »Vater tot. Komm nach Hause. Mutter.« Er würde sich schuldig fühlen, weil er den Vater im Stich gelassen hatte. Denn man musste nicht religiös sein, um elementare Pflichten zu kennen: Es war Aufgabe des Sohnes, dem Vater die Augen zu schließen. Und es war auch seine Pflicht, die Mutter in ihrer Trauer liebevoll zu trösten. Selbst wenn sie, solange Kolozs denken konnte, den Vater mit ihren Kapricen gequält hatte, so wollte sie ihm sicherlich nur Gutes und hatte ihn auf ihre eigene Weise geliebt – vielleicht sogar auch ihn, ihren Sohn.

Gleichzeitig konnte Kolozs auch Ludasis gute Absichten nicht in Zweifel ziehen, und es schmeichelte ihm geradezu, dass dieser ohne vorherige Prüfung glaubte, sein Zögling werde einen guten Ökonomen abgeben. Dies passte immerhin zu dem obersten Prinzip seines Leitsterns Makarenko: »Ich respektiere dich, indem ich dir etwas abverlange.« Es passte auch zu dem, was er während einer Weltanschauungsstunde verkündet hatte, nachdem er jeden Einzelnen in der Klasse genauestens nach seinen Berufswünschen befragt hatte. In den Antworten der Schüler wimmelte es nur so von zukünftigen Ärzten, Schauspielern, Archäologen, Journalisten, Atomphysikern und Kybernetikern. All diese Berufswünsche fand Ludasi berechtigt und lobenswert, aber er bemerkte dennoch: »Es ist interessant, dass niemand von euch Ökonom werden möchte. Ich weiß, es ist kein populärer Beruf – schade! Sicherlich braucht der Sozialismus gute Ärzte, Schauspieler oder gar Kybernetiker. Aber wie das Land in zehn oder zwanzig Jahren leben wird, darüber entscheidet die Produktion. Industrie und Landwirtschaft sind die maßgeblichen Faktoren! Wer sich damit beschäftigt, arbeitet an der Zukunft.«

Auf diese Episode zurückblickend, stellte Kolozs für sich fest, dass die aus dem Ministerium geschickten Antragspapiere als eine Botschaft Ludasis zu verstehen waren. Offenbar erwartete er von seinem ehemaligen Schüler, dass er sich den Herausforderungen des anspruchsvollen Wettbewerbs stellte und, falls er aufgenommen würde, auch den hohen Anforderungen der Moskauer Universität entspräche. Dann könnte er nach seiner Rückkehr unmittelbar an der Gestaltung der Zukunft mitwirken. Ludasi war für Kolozs die Verkörperung, die Fleischwerdung des sozialistischen Systems, und plötzlich hatte er das Empfinden, das System selbst hätte ihn zur Bewerbung in Moskau ermuntert, und eine Ablehnung dieses Vorschlags käme einer Flucht vor der eigenen Zukunft gleich. Auch wenn der neue Direktor Illés wahrscheinlich so beschränkt war wie sein Ruf, so hatte er doch diesmal den Nagel auf den Kopf getroffen: »Man bekommt im Leben nicht viele solcher Angebote.«

Ein gutes halbes Jahr später lag Kolozs auf seiner Pritsche in einem Moskauer Studentenheim und versuchte, sich seinen künftigen Beruf schmackhaft zu machen: »Die Arbeit ist eine zielgerichtete Tätigkeit, in deren Verlauf der Mensch die Objekte der Natur verändert.« Die Definition hatte er dem Lehrbuch *Politische Ökonomie für Studenten von Universitäten und Hochschulen* entnommen. Im ersten Studienjahr wohnte er noch nicht im Hauptgebäude, sondern im sogenannten Kollegium am Lomonossowskij-Prospekt. Zurzeit befand er sich allein in dem ihm zugewiesenen Dreibettzimmer, denn die Kommilitonen Slawa und Kolja waren mit ihrer Studentenbrigade zu einer Kolchose in der Nähe von Moskau gefahren, um Kartoffeln zu ernten. Kolozs blätterte wahllos in dem Buch herum, weil er herausfinden wollte, ob es ihm überhaupt gelingen würde, zusammenhängende russische Sätze über ein Wirtschaftsthema zu formulieren. Auf den Knien hielt er das zweibändige russisch-ungarische Wörterbuch von Hadrovics-Gáldi, aber er war zu faul nach Vokabeln zu suchen. Mit seinen Gedanken war er woanders, er befand sich auf den hauptstadtnahen Kartoffelfeldern, wo seine Mitbewohner für eine ganze Woche abgetaucht waren. Kolozs fragte sich: Warum brauchen die Kolchosen so viele Hilfskräfte, dass sie sogar zu Beginn des Studienjahres Studenten anfordern? Vielleicht hängt das ja mit der guten Ernte zusammen.

Diese Vermutung hatte er seinen Kommilitonen am Vorabend ihres Kolchosausflugs mitgeteilt. Der blonde Slawa, ein kleiner und magerer junger Mann, der bereits den Armeedienst hinter sich hatte, zuckte die Achseln und sagte: »Kolchos und gute Ernte – das sind Begriffe, die sich ausschließen.« Kolja reagierte heftig: »Erzähl doch bitte unserem volksdemokratischen Freund nicht so dummes Zeug! Unsere Kolchosen haben üppige Ernten, und bei uns gibt es alles: Kartoffeln, Getreide, Weintrauben, sogar Granatäpfel.« Slawa lachte und äffte Kolja nach: »Granatäpfel … Hast du schon jemals einen Granatapfel gesehen?« Kolja schüttelte den Kopf und erwiderte sanft: »Schließlich müssen wir den Brudervölkern helfen.« – »Und dafür leben wir selbst wie die Bettler!«, konterte Slawa. Kolozs hörte zu, erahnte erstmals den Unterschied zwischen der propagandistisch vorgegaukelten und der realen Sowjetunion. In den Streit mischte er sich nicht ein und sagte am frühen Morgen, als die beiden ihre Sachen packten: »Bringt für alle Fälle ein paar Kartoffeln mit.« In den nächsten Tagen legte sich seine anfängliche Verblüffung über den Unterschied zwischen Wunschtraum und Realität, und nun sah er neben den Wolkenkratzern auch die armseligen Holzhäuser, die Schlangen vor den Lebensmittelläden, die Autobusse, in denen die Leute wie Sardinen zusammengequetscht standen, und an Wochenenden ganze Horden von Betrunkenen, die durch die Straßen taumelten. Er war keineswegs im Gelobten Land gelandet, das er aus der Ferne vermutet hatte.

Aus den Erzählungen von Slawa lernte er auch die wenig heroischen Seiten der Vergangenheit kennen. Der Kommilitone schilderte offen die Schrecken der Entkulakisierung*, der Hungersnöte und später der stalinistischen Säuberungen, von denen kaum eine Familie verschont geblieben war. Auch von der Gegenwart war Slawa alles andere als begeistert. Aus seinem Munde hörte Kolozs, dass vor kurzem die Armee in Nowotscherkassk auf Demonstranten, die gegen Preiserhöhungen protestierten, das Feuer eröffnet hatte. Offizielle Informationen darüber gab es natürlich nicht, aber Gerüchten zufolge sollte das Blutbad Hunderte von Todesopfern gefordert haben. Und das alles nur wegen ein paar Kopeken Teuerung? Ein Arbeiterstaat, der auf demonstrierende Arbeiter schießen lässt? Kolozs war zwar entsetzt, konnte das alles aber nicht ganz glauben.

Mit vielen anderen Eindrücken ging es ihm ähnlich. Er nahm die neue Welt, deren Sprache er nun richtig lernte, mit durstiger Neugier auf, und dieses gespannte kontinuierliche Interesse bewahrte ihn vor einer Enttäuschung, die manchen sensiblen ungarischen Studenten krank machte. Auch hatte er Glück mit seiner unmittelbaren Umgebung, es gab für ihn kaum negative persönliche Erfahrungen. Laci Bakos zum Beispiel kam fast jeden Tag mit einer Hiobsbotschaft: Mal waren einem ungarischen Studenten der Historischen Fakultät alle Kleider gestohlen worden, mal durfte er selbst, der seinen Studentenausweis im Kolleg gelassen hatte, nicht das Hauptgebäude betreten – eine Tragödie deshalb, weil er zu einem Kinobesuch mit einem Mädchen namens Swetlana verabredet war, und das ausgerechnet, um einen amerikanischen Film anzusehen, was ohnehin eine Seltenheit war. Dann wiederum hatte er zu vermelden, völlig außer sich, dass er auf ein Telefongespräch mit Budapest im zentralen Fernmeldeamt drei Stun-

* Stalinistische Terrorkampagne ab Ende der zwanziger Jahre, vor allem gegen wohlhabende Bauern

den warten musste, während die »Mädels« am Tresen unbeirrt ausführlich miteinander plauderten. Feri Túróczi hörte sich diese Berichte mit der Überlegenheit dessen an, der über das sowjetische System ohnehin bereits alles weiß. »Was erwartest du von denen?«, fragte er herausfordernd. »Sie haben achthundert Jahre Zarenherrschaft und fünfzig Jahre Stalinismus hinter sich!« Im Zusammenhang mit den Ereignissen in Nowotscherkassk kanzelte er Kolozs spöttisch ab: »Du zweifelst daran, dass ein Arbeiterstaat auf Arbeiter schießen lässt? Und was ist deiner Meinung nach 1956 in Ungarn passiert?« – »Das war doch eine Konterrevolution!«, protestierte Kolozs. »Ach so!«, stritt Feri weiter. »Pardon, das ist natürlich ganz etwas anderes! Da kann man das Feuer eröffnen. Ruhig abknallen, die Konterrevolutionäre!« Und als Kolozs im Kaufhaus Gum für zwanzig Rubel die erste Armbanduhr seines Lebens erwarb, eine »Pobjeda«, bewunderte Feri die Anschaffung und grinste dazu zynisch: »Na sieh mal einer an, eine echte Uhr! Im Krieg haben sie die Dinger überall als Trophäen geklaut – jetzt sind sie immerhin schon imstande, sie selbst zu produzieren.«

Wie würde Ludasi diese Widersprüche erklären? Darüber grübelte Kolozs jeden Tag während der Fahrt in der Metro oder in der Schlange vor der Essensausgabe der Mensa. Wahrscheinlich würde er ähnlich wie Kolja argumentieren, mit den internationalen Verpflichtungen der UdSSR – damit dass sie arme, aber fortschrittliche Staaten unterstützten. Außerdem sind auch Waffen nicht für ein paar Kopeken zu haben. Wer die amerikanische und westdeutsche Politik beobachtet, der weiß, wie notwendig Kriegsgerät ist, dass man sogar Raketen und Atombomben braucht, um den Gegner abzuschrecken. Leider, dafür war die jüngste kubanische Krise der beste Beweis, konnte man den Frieden auf andere Weise nicht aufrechterhalten. Dabei waren die Russen, die im Krieg so viel gelitten hatten, zweifellos ein sehr friedliebendes Volk. Womöglich würden zehn oder zwanzig Jahre vergehen, bis der Sozialismus weltweit die Oberhand gewann. Erst dann musste man nicht mehr andauernd auf der Hut sein. Der morsche Kapitalismus würde einfach zusammenbrechen, und die Menschheit marschierte gemeinsam in die schon von den Klassikern vorgezeichnete lichte Zukunft. Ungefähr so hätte Ludasi sicherlich den Beweis geführt, und Kolozs würde ihm so gerne Glauben schenken! Aus purem Taktgefühl hätte er sich sogar die Frage verkniffen, warum die sowjetische Führung dem Volk gegenüber nicht ehrlich war und wozu diese unaufhörliche Erfolgspropaganda gut sein sollte, die einen aus jeder Zeitung und vom Bildschirm des Fernsehers ansprang – im Studentenheim auf jeder Etage im jeweiligen Klubraum.

Trotz der vielen Zweifel genoss Kolozs das Leben mitsamt seinen Hindernissen, und er war beeindruckt von der Tatsache, dass er am Alltag eines Landes teilnehmen konnte, das die Größe eines Kontinents hatte. In der überfüllten Metro nahm er mit Respekt zur Kenntnis, dass die Fahrgäste, ob sie nun saßen oder standen, die ganze Zeit lasen, und zwar nicht nur Zeitungen, sondern auch dicke Literaturzeitschriften und Bücher – der eine Galsworthys *Forsyte-Saga*, ein anderer den *Schwejk*. Trotz der langen Schlangen in der Mensa fand er es beeindruckend, dass die Studenten Tee, Sauerkraut, Senf und Schwarzbrot kostenlos verzehren durften und höchstens für Würfelzucker eine Kopeke zahlen mussten. Das war eine wahre soziale Wohltat, denn die Einheimischen bekamen bestenfalls fünfunddreißig Rubel Stipendium, die ungarischen Studenten immerhin das Doppelte. Die Glücklicheren konnten mit Geldüberweisungen ihrer Eltern rechnen, *perewodi*, für die sie wiederum im Postamt der Universität Schlange stehen mussten.

Die anfängliche Missstimmung, der Kolozs verfallen war, wurde schon bald dadurch gemildert, dass er in den internationalen Mikrokosmos der Universität eintauchen konnte. In seinem Jahrgang studierten Polen, Vietnamesen, Mongolen und Ostdeutsche, und man traf viele Araber und Afrikaner aus solchen Ländern der Dritten Welt, die den »nichtkapitalistischen Entwicklungsweg« gewählt hatten. Kolozs nutzte so weit wie möglich die Infrastruktur der Universität: Er lernte Ski fahren, besuchte regelmäßig das Schwimmbad und ging zu den großen Veranstaltungen in der Aula, die zum Bersten voll war, wenn Gäste wie der Lyriker Jewgenij Jewtuschenko, der Revolutionär Fidel Castro oder der italienische Sänger Domenico Modugno die Leninberge besuchten. An Samstagabenden schloss er sich dem Häuflein Studenten an, das in einem Klubraum kleinen Konzerten zuhörte, bei denen jemand bittersüße Romanzen aus dem 19. Jahrhundert oder Lagerlieder aus den dreißiger Jahren zur Gitarre vortrug. Auf gemeinsamen ungarisch-polnischen Abenden tanzte er zu seiner eigenen Überraschung ganz ungezwungen, unter anderem auch Rock 'n' Roll und Twist, Tänze, die in der konservativen sowjetischen Gesellschaft ebenso als Ketzerei galten wie zum Beispiel abstrakte Malerei, gegen die der Staatschef Chruschtschow soeben während einer Ausstellung in der *Manege* heftig polemisiert hatte. Dies geschah im Dezember 1962, und Kolozs schätzte sich glücklich, dass er die modernen Kunstwerke noch einige Tage vor dem öffentlichen Verdammungsurteil hatte betrachten können.

Wäre die Ökonomische Fakultät nicht im Stadtzentrum gewesen, dann hätte er ab dem zweiten Studienjahr, als er selbst in das Hauptgebäude der Universität zog, keinen Grund mehr gehabt, die Leninberge zu verlassen. So aber brauchte er täglich für seinen Weg eine gute Stunde, ebenso für den Rückweg, und selbst bei klirrender Kälte fuhr er sehr gern in die Stadt. Besonders liebte er den Moskauer Frühling, der von einem Tag auf den anderen einsetzte. Nach den Vorlesungen und Seminaren fuhr Kolozs nicht sofort in das Studentenheim zurück, sondern aß in einer bescheidenen Kantine in der Herzenstraße und machte lange Spaziergänge in den winzigen Gassen um den Arbat. Im Mai und Juni, zur Zeit der Vorbereitung auf die Prüfungen, setzte er sich mit seinen Lehrbüchern auf Bänke in Parks oder auf dem Gogol-Boulevard. Seine Russischkenntnisse verbesserten sich von Tag zu Tag, und er war sehr stolz, als man ihn in einem Laden fragte, ob er aus dem Baltikum stamme. Manchmal spielte er mit dem Gedanken, er könnte eigentlich auch hier geboren sein, und dann wäre er ein Sowjetmensch – einer von zweihundertfünfzig Millionen.

In der kleinen Mensa der Fakultät sprach er eines Tages mit Laci Bakos darüber, warum sie beide hierher gekommen seien. Kolozs gestand seinem Kumpel, er habe sich ursprünglich mit Puschkin beschäftigen wollen, aber man habe ihn überredet, sich für dieses Fach zu bewerben. Laci schüttelte mit dem Kopf und bekannte offenherzig: »Nur komplette Idioten wollen wirklich Ökonom werden. Ich zum Beispiel möchte am liebsten bei der ungarischen UNESCO-Vertretung in Paris arbeiten, wenn es geht, als Direktor. Und weißt du, was ich glaube? Wenn ich etwas ganz unbedingt will, dann kann daraus auch etwas werden.« Um der Sache noch weiter auf den Grund zu gehen, teilte Kolozs seine Sorgen um die Berufswahl auch Feri Túróczi mit, der zu seiner größten Überraschung ebenfalls behauptete, in dem Fach, das er studierte, nicht heimisch werden zu wollen. »Vor allem nicht im Themenbereich ›politische Ökonomie des Sozialismus‹«, fügte er verächtlich hinzu. »Das ist nichts als Propaganda.« – »Was stellst du dir denn vor, was du werden möchtest?«, fragte Kolozs zurück. Feri antwortete: »Journalist natürlich, am liebsten für das Fernsehen. Wieso fragst du? Möchtest du etwa ein Leben lang *Das Kapital* studieren oder gar unterrichten?« Kolozs wurde knallrot, als hätte man ihn auf frischer Tat ertappt, und sagte verlegen lächelnd: »*Das Kapital* an sich ist gar nicht so schlecht, obwohl Puschkin sicherlich besser schreiben konnte als Karl Marx.«

Zu seiner eigenen Beruhigung beschloss er, auf seinen ursprünglichen Plan nicht ganz zu verzichten, und er bestellte in der Akademiebuchhandlung in der Gorkistraße Puschkins *Gesammelte Werke*. In den ersten Bänden stöberte er noch herum, aber je näher das Examen heranrückte, desto mehr widmete er sich den Pflichtgegenständen, und das nunmehr alle zwei Monate ankommende Buchpaket ließ er mit schlechtem Gewissen ungeöffnet.

Er schämte sich ein wenig, dass er Karl Marx gegenüber Túróczi in Schutz genommen hatte, ohne dessen Hauptwerk ganz gelesen zu haben. In Wirklichkeit hatte er immer nur die in den Fußnoten des Lehrbuches angegebenen Seitenzahlen aufgeschlagen. Die Universität erwartete auch nicht von den Studierenden, mehrheitlich aus der Provinz stammenden Jungen aus einfachen Verhältnissen, dass sie gleich in den kompliziertesten Teil der Lehre eintauchten. Vielen Studenten lag bereits das Wertgesetz im Magen, und solch abstrakte Materie wie der tendenzielle Fall der Profitrate und die ihm entgegenwirkenden Faktoren erwiesen sich für beinahe alle als unverdaulich. Kolozs widmete sich seinem Studium mit großem Fleiß und war, wie an seinen Zeugnissen zu erkennen, auch sehr erfolgreich, aber Freude hatte er daran nicht. Auf Disziplinen wie den dialektischen und historischen Materialismus sowie den wissenschaftlichen Kommunismus hatte er gleich gar keine Lust, und er bemerkte erschrocken, wie der eingepaukte Stoff sofort nach der jeweiligen Prüfung, sobald er wieder die Straße betrat, aus seinem Kopf verschwunden war. Am ehesten hätte ihn noch die Geschichte der KPdSU interessiert, aber nicht in der amtlichen Version. Er war neugierig darauf, was die offiziell verteufelten Renegaten und Abweichler der verschiedenen Jahrzehnte gesagt oder geschrieben hatten. Doch selbst in der Leninbibliothek wurde kein einziges dieser Werke an gewöhnliche Sterbliche ausgeliehen.

Anfangs schrieb er wöchentlich, später jede zweite Woche eine Postkarte an Vater und Mutter, auf der er meist nur knapp mitteilte, er lerne viel, und es gehe ihm gut. Ab und zu enthielten seine Botschaften auch einen persönlichen Satz oder eine Frage: »Ich hoffe, Mutter schuftet sich nicht zu Tode«, oder: »Wie steht es um deine werte Gesundheit, Vater?«, oder gar: »Soll ich in den Winterferien ein bisschen Kaviar mitbringen?« Im November schickte er ein Grußtelegramm zu Vaters Geburtstag, und Mitte Dezember schrieb er in fast lyrischem Ton: »Der Winter beginnt und damit die Prüfungszeit. Ich glaube, Vater, nun brauche ich doch den Segen, mit dem du mich im August verabschiedet hast.« Grundsätzlich war der Vater von der Karriere des Sohnes angetan. »Welch ein glückliches Geschick!«, hatte er mit Tränen in den Augen am Tag der mit Erfolg bestandenen Aufnahmeprüfung ausgerufen. »Wenigstens dir kann etwas gelingen!« Und in der Tat hatte der Alte ihn, den Atheisten, bevor sie damals zum Ostbahnhof gefahren waren, formvollendet in hebräischer Sprache gesegnet. Anschließend sagte er einen für seine Wortkargheit erstaunlich langen Satz: »Ich weiß, dass du nicht gläubig bist, aber ich bitte dich, unseren Gott nicht ganz zu vergessen. Er ist überall, selbst bei den Sowjets.«

Doch tatsächlich war Gott bei den Sowjets eher abwesend – in fünf Jahren traf Kolozs keinen einzigen Menschen, der sich als gläubig erklärt oder gezeigt hätte, abgesehen vielleicht von den bärtigen Mönchen, die er bei einem Ausflug der ausländischen Studenten im Kloster von Wladimir erblickt hatte. Nicht einmal einen sowjetischen Juden konnte er irgendwo ausmachen, obwohl er diese Leerstelle eher in seiner eigenen Wahrnehmung vermutete. Zu Hause, ob er sich nun in der Stadt bewegte, im Gymnasium oder im Jugendverband, reichte oft ein kurzes Gespräch, manchmal auch ein unerwarteter Blickkontakt, um diejenigen herauszufinden, bei denen ebenfalls eine jüdische Herkunft zu vermuten war. Von diesem Augenblick an kam alles nur darauf an, ob das Gegenüber diese Erkenntnis bestätigte und der Moment eintrat, in dem beiden das prickelnde Erlebnis der Zusammengehörigkeit zuteil wurde. Dabei hatte Kolozs gedacht, seit er sich als Jungkommunist begriff, die Sache mit der Bindung an die früheren Glaubensgenossen ein für alle Mal geklärt zu haben. Die Judenverfolgung und die Tragödie seiner Familie integrierte er in die heroische Weltanschauung des Antifaschismus und glaubte fest daran, das Martyrium der Juden werde, ebenso wie das verschiedener anderer Völker, mit der Verwirklichung des Kommunismus ein Ende finden und sich in der Harmonie einer glücklichen Zukunft auflösen. Deshalb stand er seiner eigenen Neugier für das Judentum verständnislos gegenüber und fragte sich, ob es an diesem Interesse nicht etwas Krankhaftes oder moralisch Verwerfliches gebe.

Warum beispielweise war für ihn relevant, dass der Rundfunksprecher Lewitan, dessen donnernde Stimme vor allem außergewöhnlichen Ereignissen vorbehalten war – große Siege im Krieg, Weltkrisen und kosmische Flüge – ebenso jüdischer Abstammung war wie der Schriftsteller Ehrenburg, die Filmdiva Bystritzkaja oder der unlängst bei einem Autounfall zu Tode gekommene Kernphysiker Landau? Warum war es ihm wichtig, während seiner Spaziergänge wie zufällig am Gebäude der Moskauer Choral-Synagoge vorbeizukommen und mit heftigem Herzklopfen zu registrieren, dass der Gottesdienst soeben angefangen hatte, während er es zugleich niemals wagte, das Gebäude auch nur zu betreten? Was bewegte ihn dazu, dem Zeitschriftenregal in der Leninbibliothek den Jahrgang 1953 der *Prawda* zu entnehmen und im Lesesaal verstohlen die Hetzartikel gegen die als »Mörder im weißen Kittel« verunglimpften jüdischen Kremlärzte herauszusuchen? Und warum las er mit glücklicher Genugtuung in späteren Ausgaben derselben Zeitung, dass die Anklage völlig unbegründet war, die Geständnisse der armen Doktoren unter Folter erpresst wurden und die Opfer der Verleumdung inzwischen auf freiem Fuß waren? Was nur hatte er damit zu tun – abgesehen davon, dass diese traurige Episode zur Geschichte des Landes gehörte, in dem er gerade die wertvollsten Jahre seiner Jugend verbrachte?

Obwohl er sich nach und nach von fast allen Illusionen über die sowjetische Wirklichkeit befreit hatte, hielt er seltsamerweise an seinem Glauben, der einzelne historische Legenden betraf, unerschütterlich fest. So bezweifelte er nicht, dass die Russen nach 1917 den Antisemitismus restlos liquidiert hätten – das Verfahren gegen die Ärzte hielt er nur für eine Folge von Stalins pathologisch argwöhnischer Tyrannennatur und beurteilte es nicht als Äußerung des Judenhasses. Folglich glaubte er in diesem Land unbefangen über seine Abstammung reden zu können. So erzählte er Slawa, im Unterschied zur Sowjetunion gäbe es in Ungarn keine jüdische Nationalität – Religion sei Privatsache und habe im Personalausweis nichts zu suchen. »Zum Beispiel«, sagte er, »bin ich jüdischer Abstammung, aber das ist nirgendwo schriftlich dokumentiert.« – »Du bist Jude?«, wunderte sich Slawa und fügte hinzu: »Meinetwegen kannst du auch Georgier oder Kirgise sein, aber es ist besser, du erzählst das nicht herum.« – »Wieso denn?«, fragte Kolozs überrascht zurück, »gibt es bei euch etwa Antisemiten?« Und Slawa breitete beide Arme aus, als wolle er ein besonders großzügiges Angebot machen, und sagte: »So viele du willst!«

Na gut, dann erzähle ich niemandem davon, dachte Kolozs. Schließlich hätte eine solche Selbstauskunft ohnehin keine Bedeutung. Was heißt das schon: Ich bin Jude? Ich glaube an keinen Gott, und die israelitische Religion ist mir ebenso fremd wie die christliche oder muslimische. Wenn ich an etwas glaube, dann an die Utopie des Kommunismus, und selbst da kommen mir manchmal Zweifel. Meine Sprache und Kultur sind ungarisch, meine Sympathie gilt den Sowjets und den unterdrückten Völkern auf allen Kontinenten. Tatsächlich, was ist an mir jüdisch? Seine erste spontane Antwort auf diese Frage lautete immer: Nichts. Aber in den Tiefen seines Bewusstseins hörte er eine leise Stimme sagen: Was an dir jüdisch ist? Nicht was, sondern wer: dein Vater. Leider stand der Vater für lauter Eigenschaften und Lebensumstände, von denen Kolozs sich verabschieden wollte: die Gebrechlichkeit, die Hilflosigkeit, die Armut, die unbewohnbare Ödnis der Klauzál-Straße 13 a – all das, wovor er bis nach Moskau geflohen war.

Kolozs wurde in diesen Jahren von immer demselben Widerspruch eingeholt: Während er versuchte, einer Idee nach bestem Wissen und Gewissen zu folgen, die das Glück für die ganze Menschheit verkündete, wusste er genau, dass er selbst nicht glücklich war. Gleichzeitig war er auch nicht vollkommen unglücklich – schließlich hatte das Leben durchaus angenehme Seiten. Während er jedoch über die Welt inklusive der Sowjetunion dachte, sie würde die Enge der Gegenwart in absehbarer Zeit überwinden, verfügte er angesichts der eigenen Zukunft über keine klare Prognose. Am meisten zweifelte er an seiner Berufswahl. Anders als Feri Túróczi und Laci Bakos betrachtete er das Moskauer Studium nicht als eine Art Vorbereitungsstadium für eine Wunschkarriere. Als Kolozs sich für dieses Fach bewarb, wollte er Ökonom werden – das war für ihn ein kategorischer Imperativ. Leider hatte er nicht die geringste Vorstellung davon, wie er mit Hilfe dieser Wissenschaft nützlich und erfolgreich sein konnte.

Mittlerweile begann im dritten Studienjahr die engere Spezialisierung, und die drei ungarischen Gaststudenten bekamen die Themen ihrer Diplomarbeit. Feri sollte über die Planwirtschaft in den Kolchosen schreiben, und Laci bereitete sich auf eine Abhandlung über die Marxsche Rezeption der bürgerlichen Ökonomen Adam Smith und David Ricardo vor.

Der Titel von Kolozs' künftigem Elaborat stammte vom Leiter des Lehrstuhls für Politische Ökonomie des Sozialismus: »Waren- und Geldbeziehungen im entwickelten Sozialismus«. Alle diese Arbeiten, die hundertfünfzig bis zweihundert Seiten umfassen sollten, wurden nach demselben Schema geschrieben. Als Leitfaden dienten die zum Thema gehörenden Aussagen von Marx, Engels, Lenin, außerdem des amtierenden neuen Generalsekretärs der KPdSU, Leonid Breschnew, sowie die Materialien des letzten Parteitags und die Werke von Koryphäen der sowjetischen Wirtschaftswissenschaften. In weltanschaulichen Disziplinen sollten vor allem die Kenntnisse über das Thema ersichtlich werden. Originalität und kritischer Geist waren nicht gefragt, und der wissenschaftliche Betreuer sorgte dafür, dass allzu subjektive Gedanken aus dem Text herausgefiltert wurden, noch bevor der Verfasser sein Werk in drei Exemplaren abtippen ließ und in die Buchbinderei der Universität brachte. Kolozs war sicher, dass er die Aufgabe bewältigen und seine Arbeit vor dem wissenschaftlichen Rat des Lehrstuhls verteidigen würde, sah jedoch seine persönliche Zukunftsperspektive sehr skeptisch. Die Frage war, wer in Ungarn eine theoretische Wirtschaftslehre brauchen würde, die im Kontext der dortigen materiellen und geistigen Verhältnisse wohl kaum interpretiert und zur Anwendung gebracht werden konnte.

Kolozs fuhr zweimal im Jahr nach Hause – im Winter verbrachte er einen, im Sommer zwei Monate in Budapest. Bereits in den Tagen des ersten Urlaubs im Januar 1963 begriff er, dass er sich in einem völlig anderen Milieu befand als in Moskau. In Ungarn war der Alltag leichter, alles drehte sich um Konsum, in den Kinos wurden weit mehr westliche Filme gezeigt. Im Restaurant musste man nicht warten, bis man platziert wurde, um dann mit wildfremden Leuten zusammenzusitzen und von lustlosen Kellnern im Schneckentempo bedient zu werden. Nein, hier konnte er jede Gaststätte betreten, die nicht einmal übermäßig teuer war, die Speisekarte aufschlagen, und wenn er dem Ober sagte, er wolle Leber à la Marschall mit Bratkartoffeln, dann wurde das Gericht umgehend serviert. Es war auch möglich, dass der Kellner fragte, ob der verehrte Gast sich nicht zufällig einen Aperitif gönnen wolle, zum Beispiel einen Kognak »Kettenbrücke«, oder ob er nach dem Essen einen Likör Hubertus oder Unicum wünsche. Und es gab Cafés und Espressobars, in denen man bei einem einfachen oder doppelten Kaffee stundenlang sitzen konnte. Allein auf dem Großen Ring waren mehr davon als in der gesamten sowjetischen Hauptstadt, und sie hießen *Gong, Royal, Bonbon, Berlin, Insel* oder *Luxor*. Die Intellektuellen waren vergleichsweise offen bis hin zur Großmäuligkeit, manchmal zynisch. Aus dem Westen wurden modische Regenmäntel, Anoraks, Schallplatten und Kugelschreiber mit nackten Frauen nach Budapest geschmuggelt, und die illegale Ware wurde vor der Nase der Polizisten schwarz verkauft. Die Jugend verteidigte den Twist ebenso wie vor ein paar Jahren die Jeans, und nach der trübseligen jüngsten Vergangenheit blühte zumindest an der Oberfläche eine Art Boheme- oder Biedermeiersozialismus. Das Ganze wirkte wie eine spöttische Botschaft an die benachbarten Bruderländer: Seht her, man kann es auch machen wie wir! Man muss nicht in allem die Sowjets nachäffen. Seht her, in Ungarn verfolgt niemand die abstrakten Künstler. Alle, die wollen, sehen sich ihre Bilder an, während Leute mit anderem Geschmack eine realistische Ausstellung bevorzugen. Und moderne Filme werden gezeigt, zum Beispiel die der ungarischen »Neuen Welle« von Miklós Jancsó und anderen. Anlässlich des Theater-Sommerfestivals in Szeged wird von einer britischen Theatertruppe das amerikanische Musical *West Side Story* gespielt, und die Welt geht deshalb nicht unter.

Allerdings wurde Kolozs' Ungarn-Begeisterung durch Erzählungen von Gleichaltrigen etwas gedämpft. So berichtete ihm sein ehemaliger Schulkamerad Tamás Cohen, der jetzt an der Budapester Universität Philosophie studierte, dass die große Freiheit auch an ihre Grenzen stieß. Obwohl die Schriftsteller, die man nach 1956 eingesperrt hatte, inzwischen alle die Gefängnisse verlassen hatten und die Literaten sicherlich freier atmen konnten als in der Sowjetunion, war trotzdem nicht alles eitel Sonnenschein. Manchmal schlief die Zensur, und dann gab es nachträglich großen Ärger. So publizierte der Autor Iván Mándy, der jahrelang nur Kinderbücher herausgeben durfte, eine Novelle in einem Journal, was den Genossen Szirmai vom ZK dazu veranlasste, öffentlich die Redakteure zu beschimpfen. Die Schelte galt dem Umstand, dass der ansonsten völlig unpolitische Autor ein heikles Thema berührt hatte. Und jetzt sei fraglich, ob ein Erzählband des Autors mit dieser Novelle erscheinen konnte. »Aber lies lieber selbst«, schlug Cohen vor und gab Kolozs die Zeitschrift mit der inkriminierten Prosa, dazu den Zeitungsausschnitt mit der Schimpftirade des hohen Funktionärs.

»Mädchen aus dem Schwimmbad« war der Titel der Kurzgeschichte, die Kolozs auf der Straßenterrasse des Cafés *Insel* in einem Rutsch durchlas. Ausgangspunkt ist, dass ein junger Mann im Schwimmbad ein Mädchen kennenlernt. Er möchte sie mit nach Hause nehmen und mit ihr allein sein. Allerdings wohnt er mit seinen alten Eltern zusammen, der Vater ist sogar blind, und er schickt beide spazieren. Aber die Alten wissen nicht genau, wie lange sie draußen bleiben sollen, und stören andauernd das intime Zusammensein der Jugendlichen, so dass der Sohn sie wieder wegschickt: »Geht doch noch ein bisschen spazieren!« Was nur hatte der Genosse Szirmai am Text von Mándy* auszusetzen? Nun, er war der Meinung, die Geschichte sei »inhuman«, verunglimpfe die sozialistische Gesellschaftsordnung.

* Mándy, Iván (1918–1995), ungarischer Autor, Meister der Kurzprosa

»Das ist doch ein Vollidiot!«, sagte Kolozs laut und war von seiner Empörung selbst überrascht. Aber mindestens ist er ein Pharisäer, dachte er. Er lebt in seiner Villa am Rosenhügel und sieht nicht oder will nicht sehen, unter welchen Bedingungen viele junge Menschen leben und leiden. Anstatt die Wohnungsmisere unmenschlich zu nennen, verurteilt er denjenigen, der die Wahrheit darüber sagt. Kolozs wusste aus eigener Erfahrung, dass Mándy keineswegs übertrieb. Er selbst war zum Glück noch niemals verliebt gewesen, aber es konnte auch ihm passieren, dass er zum Beispiel im Sportschwimmbad auf der Margareteninsel, wo er mit einer Studentenkarte während des Urlaubs öfters schwimmen ging, ein Mädchen kennenlernte. Zwar konnte man im Stadtpark auf einer Bank sitzen und sich küssen, aber was, wenn die Affäre nach einer Fortsetzung verlangte? Wo sollte dann der Liebesakt stattfinden? Mándys junger Held hatte für Kolozs zweifellos etwas Unsympathisches. Indem er die Alten mehrmals abwimmelte, demütigte er nicht nur sie, sondern auch das Mädchen und sogar sich selbst. Kolozs wäre zu einer solchen Haltung niemals fähig, er konnte nicht zulassen, dass Vater und Mutter auf der Straße herumlungerten, während er selbst … Nein! Dann hatte er nur noch die Möglichkeit, und dies auch nur im günstigsten Fall, seine Geliebte in irgendeine gemietete Absteige mitzunehmen, für ein paar Stunden oder für eine kurze Nacht. Also, so zog er die Konsequenz, das Ganze war die Misere zum Quadrat, und es war immer noch besser, wenn die beiden chronischen Mängel, Weib und Wohnung, einander im Gleichgewicht hielten.

Dennoch fand Kolozs seine Aufenthalte in der Heimat eher erfrischend und fühlte sich gleichzeitig auf dem Budapester Pflaster etwas verstaubt und gealtert. Bei jeder Rückfahrt, wenn der Budapest-Moskau-Express den Ostbahnhof verließ, und noch mehr, wenn der Zug über die Tisza-Brücke bei Záhony fuhr und die Grenze passierte, spürte er den Sog des Riesenlandes beinahe körperlich. Dann schlürfte er seinen heißen Tee aus dem Glas mit dem silbernen Teeglashalter und zündete sich die Filterzigarette Lajka an, mit der berühmten weltraumerprobten Hündin auf der Dose. »Ich bin völlig sowjetisiert«, knurrte er mit koketter Selbstzufriedenheit, »ich müsste nur noch die Lajka gegen Papyrossi eintauschen.« Ungarn erschien ihm allmählich nicht wie ein Nachbarland, sondern wie ein anderer Kontinent, den er sich später zurückerobern musste. Im vierten Studienjahr fühlte er, dass sich diese als Gast in der Fremde verbrachten schönen Jahre ihrem Ende zuneigten. Die als unendlich empfundene wohlig-warme Gegenwart musste er schon bald verlassen, und er würde in eine unbekannte Zukunft ohne Weib und Wohnung eintreten.

In dem internationalen Studentenheim in der Zsombolya-Straße, wo hundertundzwanzig ungarische Stipendiaten, Mädchen wie Jungen, auf die Jahre in der UdSSR vorbereitet worden waren, hatte der Genosse Gyallai, ein jovialer Beamter aus dem Unterrichtsministerium, behutsam die voraussichtlichen Schwierigkeiten des dortigen Alltagslebens erörtert. Er hatte von gelegentlichen Problemen beim Einkauf gesprochen, von der Langsamkeit amtlicher Prozeduren, und auch nicht den heroischen Kampf des Sowjetstaates gegen die Trunksucht verschwiegen und offen zugegeben, dass besonders in den Studentenheimen der Provinzstädte ab und zu Wanzen in den Schlafräumen und Schaben in der Küche auftreten könnten. Er hatte des Weiteren empfohlen, sich im Einvernehmen mit den sowjetischen Kommilitonen Türriegel für die Schlafräume zu beschaffen. Zwar gehörten Einbruch und Diebstahl nicht zum Alltag in der Sowjetunion, aber man wisse doch: Der Teufel schläft nie! Als er all diese heiklen Themen zumindest berührt hatte, hatte er sich plötzlich geräuspert, da er das Wichtigste und Prekäre noch vor sich hatte, und mit leiser Stimme gesprochen: »Was ich jetzt sagen werde, gilt nicht so sehr den

Damen wie den Herren. Um es ohne Umwege auszudrücken: Die sowjetischen Mädchen sind sehr hübsch. Das Ministerium kann nicht verbieten, dass Sie sich mit ihnen in Verbindung setzen, aber bitte achten Sie darauf, dass das Hofieren und so weiter nicht zu Lasten der Studienergebnisse geht. Hier denken wir hauptsächlich an allzu frühe Eheschließungen und bitten alle Genossen, das Problem, soweit möglich, irgendwie zu überbrücken.«

Nachdem sich die drei ungarischen Ökonomiestudenten an den Alltag des Studentenlebens gewöhnt hatten, wurden ihre Begegnungen außerhalb der Vorlesungen oder der Treffen mit ungarischen Kommilitonen anderer Fachrichtungen seltener, und jeder begann eigene Wege zu gehen. Dies bezog sich vor allem auf ihr Verhältnis zu den Frauen. Die Vorschläge des Genossen Gyallai zum »Überbrücken« des Problems schien Feri Túróczi am besten gelöst zu haben. Während auf ihn zu Hause eine treue Braut wartete, wie er betonte, und die beiden Familien bereits für eine kleine Wohnung sparten, in die das junge Paar nach der Hochzeit einziehen sollte, verbrachte er wöchentlich zwei Nächte bei einer verheirateten Frau, deren Mann als Materialbeschaffer einer Fabrik ständig in der Provinz unterwegs war und die keine Kinder hatte. Indem er die Gattin in ihrer Einsamkeit tröstete, befriedigte er zugleich die eigenen sexuellen Bedürfnisse. »Wir sind ganz offen miteinander«, erklärte er Kolozs, »wir wissen ganz genau, was wir voneinander wollen.« Und er fügte selbstsicher hinzu: »So muss ich wenigstens nicht den Mädchen nachjagen und kann mich in Ruhe dem Studium widmen.« Eine ähnlich praktische Lösung suchte er für das Berufsleben nach der Universität. Da er über eine gute Schreibfertigkeit verfügte, verfasste Feri regelmäßig Artikel für eine populäre Budapester Wirtschaftszeitung. In seinen Berichten verschwieg er wohlwollend die Versorgungsprobleme der Sowjetunion, die ohnehin nicht publiziert werden durften, übernahm jedoch nicht den triumphalen Stil der sowjetischen Presse. Die Redakteure des Blattes wussten seine dem ungarischen Geschmack entsprechende Schreibweise zu schätzen, und zu Beginn des letzten Studienjahres erhielt er das Angebot, als Hilfsredakteur bei ihnen anzufangen. Obwohl man ihm gegenüber kein Wort in dieser Richtung verlauten ließ, verstand er doch von selbst, dass es für seine Anstellung hilfreich wäre, als junges Parteimitglied in der Redaktion zu erscheinen. Als ihm 1966 der Genosse Tóth, Leiter der ungarischen Parteiorganisation in Moskau, das Aufnahmeformular überreichte, zögerte Feri keine Minute.

Anders als er schien Laci Bakos kein besonderes Interesse an einer Karriere zu verfolgen, obwohl er anfangs ziemlich hochtrabend geplant und sogar den Direktorensessel der UNESCO-Vertretung in Paris angestrebt hatte. Zu diesem Zweck ließ er sich sogar für Sprachstunden am französischen Lehrstuhl einschreiben. Doch viel mehr kümmerte er sich um die Welt außerhalb der Universität und um die Frauen. Allerdings hielt er sich diesbezüglich fast völlig bedeckt und ließ nur erahnen, dass ihm der Liebesgenuss in völlig universitätsfernen Kreisen auf mysteriösen Moskauer Partys zuteil wurde. »Ich denke gar nicht daran, irgendeine dämliche Studentin aufzureißen, die gleich schwanger wird. Und ich muss dann entweder ein öffentliches Disziplinarverfahren vor der Jugendorganisation über mich ergehen lassen oder die Tussi gleich heiraten«, lautete sein Kommentar. Zu den Vorlesungen erschien er immer wie aus dem Ei gepellt, frisch rasiert, mit weißem Hemd und Krawatte, und benutzte nur Parfums, die man in den Berjoska-Läden kaufen konnte. Diese exklusiven Geschäfte durfte er selbst nicht betreten, aber ein Kumpel aus Senegal, der über westliche Währung verfügte, kaufte für ihn ein und ließ sich die Waren in Rubel weit über dem offiziellen Kurs bezahlen. Damit begann Lacis ausgedehntes Tauschverhältnis mit seinem Umfeld.

Bevor er in den Ferien zu seinen in Kispest wohnenden Eltern fuhr, kaufte er spottbillige sowjetische Gitarren, Armbanduhren und modischen Bernsteinschmuck, allesamt Waren, für die er mit Sicherheit Abnehmer und manchmal vorher sogar Besteller finden konnte. Von dem eingenommenen Geld kaufte er Strumpfhosen, Amo-Seifen, Trikotagen, knitterfreie Wollhüte, Unicum-Likör oder Damenschuhe und erzielte damit in Moskau schnell den erwünschten finanziellen Erfolg – er musste nur die paar Minuten der Zollkontrolle an der jeweiligen Grenze überleben. Von einem Teil des Profits kaufte er mit Hilfe des senegalesischen Freundes weitere westliche Schätze – Filterzigaretten, feine Spirituosen, bügelfreie Hemden –, und irgendwann kaufte er auch Dollars. Über eine leichtlebige Krankenschwester hatte er Verbindungen zum Kremlkrankenhaus und versorgte sich mit Lebensmitteln aus der dortigen Kantine. Einmal lud er Kolozs mit schlauem Lächeln zum Abendessen in sein Zimmer ein.

»Komm rüber«, rief er fröhlich, »so etwas hast du noch nicht erlebt: Würstchen aus sowjetischer Produktion, die auch nach Würstchen schmecken!« Das mit den Jahren entstehende kleine Vermögen legte er in Ungarn in einem Sparbuch an und bezeichnete es als Grundstein seiner zukünftigen Eigentumswohnung. Als er gegenüber Kolozs damit prahlte, schüttelte dieser ungläubig den Kopf. Selbst die billigste Wohnung kostete um Längen mehr, als Laci mit seinen Geschäften jemals beschaffen konnte. Durch seine Skepsis fühlte der Kumpel sich herausgefordert und entnahm seinem Bettkasten eine kleine, sichtlich alte und wertvolle Ikone. »Das ist bereits die dritte«, sagte er und ließ sich sogleich von Kolozs sein Ehrenwort geben, dass er über die Beschaffung niemandem etwas sagen würde.

Kolozs schwieg wie ein Grab. Offensichtlich hatte Laci aber auch weniger zuverlässige Gesprächspartner, denn er flog kurz vor der Verteidigung seiner Diplomarbeit auf. Der Fall verlief ziemlich undurchsichtig. Eines Morgens wurde Laci in die Botschaft beordert, und als Kolozs nach den Vorlesungen in das Hauptgebäude zurückgekehrt war, fand er an seiner Tür einen Zettel: »Ich muss mit dem Nachtzug nach Hause. Sag nur, dass meine Mutter plötzlich krank geworden ist.« Eine Woche lang gab es keine Nachricht von ihm, dann aber bekam Kolozs ein Telegramm: »Sache geklärt. Morgen 13.30 Kiewer Bahnhof, bitte abholen. Laci.« Unterwegs zum Hauptgebäude erzählte er im Taxi knapp, was geschehen war: »Diese verdammten Huren – sie haben mich beim Ministerium wegen der Geschäfte denunziert. Aber sie fanden keine Beweise, und selbst die sowjetischen Genossen mussten das einsehen. Nun verteidige ich meine Diplomarbeit und fahre dann sofort nach Hause. Diese beschissene Stadt will ich nie im Leben wiedersehen.«

Aufgrund seiner aus der Gymnasialzeit stammenden strengen moralischen Auffassungen verurteilte Kolozs innerlich die Untreue von Feri Túróczi gegenüber seiner Braut und auch seinen opportunistischen Parteibeitritt, und der unsittlichen Lebensweise und zweifelhaften Geschäftemacherei von Laci Bakos konnte er ebenfalls nichts abgewinnen. Gleichzeitig musste er einsehen, dass beide über hinreichend ausgereifte Vorstellungen zum Leben nach dem Studium verfügten und auf ihre Weise Energien in die Zukunft investierten. Sie waren erwachsener als er und wussten vielleicht schon seit ihrer Kindheit, dass zum Leben Kunst gehört, oder wie es Laci auszudrücken pflegte: »Wer die Augen auftut, dem steht die Welt offen.« Wenn Feri sich bewusst an einem Ehebruch beteiligte, Laci wiederum die Befriedigung offensichtlich bei zweifelhaften Weibern suchte und dafür auch noch Geld bezahlte, dann »überbrückten« sie ganz im Sinne des Vorschlags des Genossen Gyallai ein Problem, das Gábor Kolozs zumindest in der gegebenen Etappe seines Lebens zu lösen nicht imstande war.

Kolozs' Übergang von der Kindheit zur Pubertät hatte sich ebenso in die Länge gezogen wie sein körperliches Wachstum. Mit siebzehn oder achtzehn Jahren, als die Mitschüler bereits mit ihren ersten Liebesbeziehungen prahlten, hatte er die Mädchen nur deshalb zur Kenntnis genommen, weil sie mit Einführung der Koedukation im Herbst 1960 die Korridore des Gymnasiums Benedek Virág füllten. Sie erweckten seine Neugier, er starrte auf ihre kleinen Brüste unter dem dunkelblauen Schulmantel oder betrachtete, wenn sie auf dem Hof Korbball spielten, ihre Pos und Schenkel. Er dachte aber nicht daran, schon in der vierten Klasse eines dieser viel jüngeren Küken anzubalzen, die auf dem Schulhof meist im Kreis und Hand in Hand spazieren gingen, die ganze Zeit kicherten und flache Blicke in Richtung der Jungen warfen. Er traute sich nicht, sie anzusprechen, sie auf den Kulturabenden des Gagarin-Schulklubs zum Tanzen aufzufordern, und wenn es zur Damenwahl kam, versuchte er, sich unsichtbar zu machen. Inzwischen wurden seine Nächte unruhiger, aber sein erster, mit einem Samenerguss endender erotischer Traum fand in einer Umarmung mit der Chemielehrerin statt. Diese war mit üppigen Formen gesegnet, die er in wachem Zustand gar nicht anziehend fand.

In seinen Moskauer Jahren kam er dennoch, beinahe unvermeidlich, zu jenen Erfahrungen, die mit dem Mannwerden einhergehen. Ksjuscha, das erste Mädchen, das sich nach einer mit viel Wodka begangenen Fete vor den Augen der strengen Portiersfrau in sein Zimmer geschlichen hatte, gefiel ihm. Da sie keine Jungfräulichkeit mehr zu bewahren hatte, war sie genau die Richtige, um ihn in die Praxis der Liebe einzuführen. Sobald Kolozs jedoch die erste Angst vor dem Leistungsdruck im Bett überwunden hatte, meldete sich bei ihm die zweite Befürchtung, das Mädchen mangels verfügbarer Kondome zu schwängern. Ksjuscha erläuterte ihm zuversichtlich das zweifelhafte Verhütungsmittel des »Aufpassens« und übernahm es zum Glück selbst, auf ihn aufzupassen, aber unmittelbar nach dem Akt ereilte Kolozs die dritte Besorgnis. Die sogenannte »operative Gruppe«, eine Art freiwilliger Studentenpolizei, die jeden Abend nach dreiundzwanzig Uhr für die Trennung der Geschlechter sorgte, hatten sie bereits überstanden. Wie aber würde nun sein nächtlicher Gast wieder durch die Tür kommen, wo man um den Ausweis gebeten wurde? Und wenn tatsächlich alles glatt ablief, dann lauerte schon der vierte, besonders bedrohliche Schreck: Was, wenn sich Ksjuscha mit ihm im Bett allzu gut fühlte und sich Hals über Kopf in ihn verliebte? Denn schließlich hängen körperliche und seelische Anziehung, so weit war Kolozs im Bilde, ziemlich eng zusammen. So konnte die Liebe, wenn sie schon eine körperliche Gestalt angenommen hatte, konsequent zur Ehe führen, und dies nicht nur über eine eventuelle Schwangerschaft, die wie ein Damoklesschwert über den Köpfen der Liebenden hing. In diesem Fall musste er sich bei Ksjuscha – später hießen die Damen Tanja, Wika, Olja und Inna, wobei Letztere bereits nach der ersten gemeinsamen Nacht von Heirat und Kindern schwatzte – sehr gründlich auskennen. Und das war die schwierigste Aufgabe.

Es war doch möglich, dass ein Mädchen eine hervorragende Braut abgab, sich aber kurz nach den Flitterwochen als Xanthippe entpuppte. Schließlich war seine Mutter ursprünglich auch nicht so unerträglich gewesen, wie Kolozs sie bereits seit frühester Kindheit kannte. Auf den Jugendfotos aus Košice sah sie ausgesprochen hübsch und charmant aus und war auch sonst in Ordnung, wovon der Vater gelegentlich erzählte. Ganz knapp und wie nebenbei kamen erstmals Worte zu diesem Thema zwischen seinen Zähnen hervor, als er mal wieder Schach mit sich selbst spielte. Er stellte gerade das Match zwischen Alexander Aljechin und Max Euwe aus dem Jahr 1935 nach. Der Vater dachte mit einem Turm in der Hand über einen Zug des holländischen Großmeisters gegen

Aljechin nach und sagte plötzlich: »Aljechin hat alles versaut. Obwohl er das Spiel so schön eröffnet hatte! Anfänge sind überhaupt schön. Auch deine Mutter und ich haben uns geliebt, damals in Kassa!« – »Und warum jetzt nicht mehr?«, fragte prompt der zehnjährige Kolozs, der sofort seine Chance erkannte, etwas über die Eltern zu erfahren. Der Vater schien die Frage überhört zu haben, oder er war bereits wieder bei seinen Figuren, denn er sagte nur: »Aljechin war schuld, er hat das Spiel dann auch verloren. Dabei war Euwe nicht einmal Profispieler.« Damit versenkte er die Figuren wieder in ihrer Schachtel.

Dennoch dachte der Vater wohl nie daran, die Beziehung zur Mutter wegen der vielen erlittenen Demütigungen abzubrechen, und er wäre wohl ohne sie auch nicht lebensfähig gewesen. Die Mutter betrachtete die Bindung ebenfalls als unauflösbar, und das war für Kolozs ganz in Ordnung. Was sollte das für ein Leben sein, in dem die Familienmitglieder dauernd wechselten? Er selbst wollte sich nur einmal für eine Frau entscheiden und damit alle seine körperlichen und seelischen Probleme lösen. Und eigentlich wäre es ein großes Unglück, wenn er bereits in Moskau die wahre Liebe gefunden hätte. Schließlich hatte er keine Ahnung, wohin das junge Paar nach der kurzen Trauungszeremonie im Standesamt am Kutusowskij-Prospekt ziehen sollte. Auch für den möglichen Ort der Hochzeitsnacht hatte er keine Idee und musste traurig einsehen, dass hier in der sowjetischen Metropole jegliche Paarbildung völlig sinnlos war.

Gleichzeitig fand er, dass eine russische Hochzeit hinreißend schön sein konnte. Einmal hatte ihn ein ungarischer Kommilitone von der Historischen Fakultät gebeten, sein Trauzeuge zu sein, und lud ihn natürlich zum Hochzeitsmahl ein. Man hatte einen Festraum in der elften Etage gemietet, und die Freundinnen der Braut bereiteten das Essen für fünfzig Gäste vor. Sie kamen mit Borschtsch, ganzen gebratenen

Hühnern, und als Dessert gab es Honigpalatschinken. Zu trinken gab es außer dem obligatorischen Wodka auch leichte georgische Weine, Zinandali und Mukuzani. Die ungarischen Kommilitonen organisierten den Brauttanz, bei dem zur Kostenbeteiligung ein Hut mit Drei-, Fünf- und Zehnrubelscheinen gefüllt wurde. Die Russen sangen sentimentale Romanzen und ermunterten ab und zu das junge Paar mit dem Ruf »*Gorko! Gorko!*«, sich öffentlich zu küssen. Kolozs blickte das Brautpaar vorsichtig und neidisch an, als wolle er von ihren Gesichtern das Glück ablesen. Dazu hatten sie seiner Meinung nach jeden Grund: Die Eltern des frischgebackenen Ehemannes lebten in Debrecen und hatten ein kleines Wochenendhaus in der Nähe der Stadt. Der Vater war stellvertretender Direktor der dortigen pharmazeutischen Fabrik. Wenn schon nicht anders, dann würden sie beide über seine Kontakte eine gute Stelle finden. Ich jedenfalls, dachte Kolozs, wäre heilfroh, wenn für mich jemand mit solchen Aussichten diese Honigpalatschinken gebacken hätte.

Eine Stelle würde er auf jeden Fall kriegen, denn in Ungarn gab es keine Arbeitslosigkeit. Auch mussten diejenigen, die ihn hierhergeschickt hatten, sicherlich eine klare Vorstellung davon haben, wozu die Ausbildung ihres Kaders, die den Staat mehrere Hunderttausend Forint gekostet hatte, gut sein sollte. In seinem letzten Gespräch im Ministerium hatte man ihm unter anderem die Frage gestellt, ob er bereit wäre, mit seinem frischen Diplom irgendwo in Süd- oder Ostungarn einen Job anzunehmen – schließlich wolle man den Sozialismus nicht allein in der Hauptstadt aufbauen. Diese Routinefrage traf vor allem bei den aus Budapest stammenden Studenten einen empfindlichen Nerv, die Provinzphobie war bei ihnen wie bei den meisten Hauptstädtern stark ausgeprägt. Als im Herbst 1963 ein Personenzug wegen defekter Bremsen vom Westbahnhof aus direkt auf dem Leninring landete, wo er zum Glück außer dem Schrecken keinen Schaden anrichtete, lästerte der Volksmund, selbst die Eisenbahn wolle nicht in die Provinz. Besonders nach seinen Moskauer Jahren konnte sich Kolozs das Leben in einer Kleinstadt nur schwer vorstellen, und außer Budapest waren alle ungarischen Städte klein. Wenn man im Ministerium feststellte, dass es ausgerechnet in Hódmezővásárhely oder Zalaegerszeg vakante Plätze gab, dann würde man ihn dorthin schicken. Und weil er die Frage nach seiner Bereitschaft, in der Provinz zu arbeiten, mit einem eindeutigem Ja beantwortet hatte, galt für diese Entscheidung dasselbe wie für die Berufswahl: Er musste sich an das Gesagte halten. Das bedeutete, dass er sich nun für fünf oder zehn Jahre verpflichtet hatte, als Ökonom in der Provinz mit niedrigem Gehalt und zur Untermiete in einem denkbar reizarmen Umfeld zu leben. Damit es nicht so weit käme, war schon ein Wunder erforderlich.

Und dieses Wunder geschah tatsächlich.

Im März 1967 bat Professor Ginzburg, Leiter des Lehrstuhls für Ökonomie an der Moskauer Universität, Feri Túróczi möge als Dolmetscher sechs Tage lang einen ungarischen Genossen durch Moskau, Leningrad und Tallinn begleiten. Der Genosse wolle vor allem mit Betriebswirtschaftlern sprechen. Feri nahm sonst gerne solche Aufträge wahr, zumal diese mit einem zusätzlichen Einkommen verbunden waren. Jetzt aber fühlte er sich angesichts der bevorstehenden Verteidigung seiner Diplomarbeit überfordert und bot die Arbeit lieber Kolozs an, dessen hundertfünfzig Seiten lange Abhandlung bereits in der Buchbinderei lag. Dieser bedankte sich bei Feri für die freundschaftliche Geste und fragte, wer der Mann sei, den er begleiten solle. »Ein knochentrockener Ökonom«, antwortete Feri. »Er heißt Frigyes Endrei und will verschiedene Fabriken besuchen. Irgend so ein Langweiler.«

Am nächsten Morgen fuhr Kolozs zum Flughafen Scheremetjewo und hielt bei der Ankunft eine Papptafel mit der

Aufschrift »Prof. Endrei« hoch. Bald trat ein schlanker, weißhaariger Mann durch die Tür, und Kolozs war sich sicher, dass es sich um seinen Gast handelte.

»Ich bin gar kein Professor«, sagte er und reichte Kolozs die Hand. »Bitte nenne mich Onkel Frici, so ist es am einfachsten. Meine Studenten sagen das auch.« Unterwegs zum Hotel sprachen sie kaum, der Mann nickte sogar ein. Als er vor dem Hotel aufschrak, schob er sich auf dem Sitz nach oben, und Kolozs bemerkte, dass die Finger der linken Hand verstümmelt waren wie nach einer missglückten Operation. Onkel Frici fing seinen Blick auf, reagierte aber nicht darauf.

Während der gemeinsam verbrachten Woche besuchten sie eine Vielzahl von Betrieben in den drei Städten. Onkel Frici wollte überall erfahren, ob diese Gewinne produzierten, und wenn ja, welche Prämien sie den Werktätigen zahlten – ob bei ihnen der Grundsatz der materiellen Stimulierung funktionierte. In einem graubraun melierten Schreibheft machte er sich Notizen mit großen, groben Buchstaben. Seine Haltung war in der Tat starr und förmlich, die Gespräche verliefen protokollarisch korrekt. Einzige Ausnahme war die Begegnung mit Ginzburg. Bei ihm schlug er einen direkteren Ton an, stellte gezielte Fragen über den Stand der Reformen, während er das Notizbuch in die Tasche steckte. »Jaja«, nickte Ginzburg, »Professor Liberman hat bereits das Drehbuch ausgearbeitet und Genosse Kossygin unterstützt ihn, aber an gewissen Orten ist der Widerstand der Materie zu groß.« Diesen der Physik entliehenen Terminus konnte Kolozs nicht gleich übersetzen, er fühlte das Wort bereits auf der Zungenspitze, als plötzlich Onkel Frici half. »*Soprotiwlenije*«, kam akzentfrei aus seinem Mund. Der Lehrstuhldirektor lächelte breit: »Genosse Endrei, Sie machen Fortschritte. Wozu brauchen Sie einen Dolmetscher?« Kolozs war wie vom Donner gerührt, und als ihn Onkel Frici zum Mittagessen ins Restaurant *National* einlud, stellte er zwischen Kiewer Hähnchenkotelett und Apfelstrudel die

Frage: »Wo haben Sie so gut Russisch gelernt?« Darauf antwortete der Mann mit ironischem Lächeln: »Ich habe in der nördlichsten Sprachschule der Sowjetunion studiert, im Lager Norilsk II.« Dann zeigte er auf die Rumpffinger an der linken Hand: »Sie sind dort abgefroren, beim Roden.« Nun begann er, Kolozs über seine Erfahrungen mit der sowjetischen Wirklichkeit auszufragen. Kolozs geizte nicht mit der Schilderung seiner Beobachtungen und mit kritischen Bemerkungen an die Adresse des Systems. Er rügte die Propagandalügen, die Absurditäten der Warenverteilung, den Mangel an geistigen Freiheiten und vor allem den offiziellen Dogmatismus, der ganze wissenschaftliche Disziplinen wie Genetik oder Kybernetik als »bürgerliche Pseudolehren« verbot und damit aus seiner Sicht dem Sozialismus enormen Schaden zufügte. Seine Philippika endete mit den Worten: »Ich glaube nicht, dass Marx oder Lenin sich so den Sozialismus vorgestellt haben.« Und Onkel Frici bemerkte: »Marx sicherlich nicht, und Lenin nicht ganz so.« Im weiteren Verlauf des Gesprächs kamen sie auf die gerade beendete Diplomarbeit, und Onkel Frici bat Kolozs, ihm eine Kopie zu leihen, damit er zwischendurch hineinlesen könne. In seinem Hotelzimmer in Leningrad beschäftigte er sich tatsächlich damit. Auf dem Rückweg von Leningrad nach Moskau, im Expresszug *Roter Pfeil*, blätterte er noch einmal in dem Konglomerat herum und fasste dann seine Eindrücke zusammen:

»Weißt du, mein Junge, ich bin sicher, dass du deine Diplomarbeit gut verteidigen und das Diplom erhalten wirst. In der Arbeit versuchst du – wie soll ich sagen? – du versuchst, ehrlich den Anforderungen der Universität gerecht zu werden. Was ich dir aber sagen will, hängt eher damit zusammen, was du mir über die hiesige Lage erzählt hast. In diesem Lande, Gábor Kolozs, laufen die Dinge schon lange nicht mehr gut. Klar, bestimmte böse Dinge machen sie nicht mehr«, und er zeigte auf seine abgefrorenen Finger, »aber zu wirklich guten

Taten sind sie noch nicht bereit. Liberman ist gewiss ein kluger Mensch, aber er wird seine Reformen nicht durchsetzen können. Nicht mit diesem Apparat. Bei uns hingegen beginnen sogar die hohen Herren einzusehen, dass man einiges an der Struktur der Wirtschaft ändern muss. Sonst sind wir zu ewiger Stagnation verurteilt, und außerdem, da brauchen wir uns nichts vorzumachen, zu ewiger Abhängigkeit von Moskau. Allerdings weiß ich nicht, wie entschlossen die Genossen wirklich sind. Ich jedenfalls wurde vom Genossen Ajtai, Mitarbeiter des ZK, ausdrücklich beauftragt, an meinem Lehrstuhl junge Fachleute zu beschäftigen, bei denen das Engagement mit kritischer Vernunft einhergeht. Ich habe den Eindruck, dass dies bei dir der Fall sein kann. Wenn du zurück bist, kommst du mit deinem Diplom bei mir vorbei, ich rufe im Ministerium an, und wir machen einen Arbeitsvertrag. Vorläufig kann ich dich leider nur für die Dokumentation einstellen und dir monatlich eintausendzweihundertachtzig Forint Gehalt garantieren. Nehmen wir an, und so viel Optimismus kannst du mir abnehmen, dass die Reform gelingt – dann ist deine Laufbahn gesichert. Anderenfalls fliegen und stürzen wir gemeinsam.«

DRITTER TEIL

1968

Sie hatten es vorher genau berechnet: Für den Weg von der Csaba-Straße zum Ostbahnhof mussten sie, um den *Chopin*-Express mit der Abfahrtszeit 6.40 Uhr zu erreichen, um fünf Uhr aufstehen. Die beiden Koffer standen bereits verschlossen und mit Riemen zusammengebunden im Vorraum. Während Márta noch duschte, füllte Kolozs das Kaffeepulver in die Espressomaschine und löste dann seine Frau im Badezimmer ab. Als er sich gewaschen, rasiert und abgetrocknet hatte, dampfte der Kaffee bereits auf dem Küchentisch. Frühstücken wollten sie so früh noch nicht. Márta packte für die Reise Schinkenbrote und zwei Flaschen Orangensaft ein. Sobald sie im Abteil saßen, war bis Komárom Zeit, um in Ruhe zu frühstücken. Dann begann die Pass- und Zollkontrolle, aber sie hatten ja nichts zu befürchten: Über jeden umgetauschten Złoty hatten sie einen Beleg, und die Tschechoslowaken wollten nur selten etwas von Durchreisenden. Am späten Nachmittag würden sie die polnische Grenze erreichen, bis dahin nickten sie vielleicht ein bisschen ein, weil sie wegen der aufwendigen Reisevorbereitungen wenig geschlafen hatten. Am späten Abend würden sie in ihrer Krakauer Pension eintreffen. Wenn sie ihr Gepäck im Zimmer abgestellt hatten, konnten sie in der Stadt einen ersten Spaziergang machen – wenigstens hatten sie so die Ouvertüre ihrer Hochzeitsreise geplant. Auf dem Rückweg würden sie sich eine Flasche Sekt kaufen und im Zimmer, endlich einmal allein, den Beginn ihres gemeinsamen Lebens feiern.

Vor nunmehr einem Monat, unmittelbar nach der Eheschließung mit Márta Tarnai, war Kolozs in die Wohnung ihrer Eltern gezogen. Zur Verfügung stand ihnen dort die ehemalige Dienstmädchenkammer, hinter der Küche gelegen, die früher von Mártas Großmutter bewohnt worden war und die man nun für das junge Paar renoviert hatte. Von der Küche führte ein Ausgang zum Treppenhaus, und die andere Tür öffnete sich zu einem länglichen Vorzimmer, von dem drei kleine Türen seitlich zu anderen Räumlichkeiten ausgingen: zur Speisekammer, zur Toilette und zum Bad. Der Vorraum war vom Wohnzimmer durch eine zweiflügelige Glastür getrennt. Dahinter gab es einen Musikschrank und einen Duna-Fernseher. Nach rechts führte eine Tür in das weiträumige Schlafzimmer des Ehepaars Rezsö und Vilma Tarnai. Der Schlafraum, auch Durchgangszimmer zum Arbeitsraum des Architekten Tarnai, verfügte über einen Balkon. Vom Wohnzimmer links ging es noch in einen kleineren Raum, der früher Mártas Kinderzimmer gewesen war und den man jetzt für die Großmutter, die Witwe von Rezsö Tarnai senior, eingerichtet hatte.

Die Idee, dass die Oma nun dort wohnen sollte, fanden Kolozs und Márta überaus vernünftig. Zwar war die Kammer hinter der Küche winzig, tatsächlich nur halb so groß wie das frühere Kinderzimmer, und der Platz reichte eindeutig für zwei Personen nicht aus. Aber der direkte Zugang zu ihrer Behausung über die Küche erschien ihnen günstig, und sie konnten sich so am besten von den übrigen Teilen der Familie separieren. Allerdings stand Mártas Kleiderschrank nun im Vorzimmer, und auch ihre Bücher fanden nur noch dort Platz. Ihr intimes nächtliches Zusammensein störte aber niemanden, und wenn sie tagsüber das ausziehbare Bett zusammengeschoben hatten, konnte Kolozs in der Kammer stundenlang westliche Sender mit seinem aus Moskau mitgebrachten Transistorradio empfangen, während Márta an ihrem Schreibtisch sitzend Polnisch lernte oder ihre polnischen Lieblingsautoren las. Sie betrachteten die Wohnverhältnisse als provisorisch und wollten sich, was ein größeres Unterfangen war, um ein geräumiges Untermietszimmer bemühen, aber dies stand erst nach ihrer Rückkehr von einer sorglosen Hochzeitsreise auf der Tagesordnung. Márta würde im September in einem Gymnasium zu unterrichten beginnen, zunächst mit Einzelstunden in den Fächern Geschichte und Geographie. Kolozs arbeitete seit einem Jahr am Lehrstuhl von Onkel Frici. Aktuell musste er gerade einen Aufsatz zu Ende schreiben, in dem er die Aussichten der selbständigen Exporttätigkeit von sozialistischen Unternehmen analysierte. Diese Untersuchung sollte dazu beitragen, bei der Partei einige Entscheidungen durchzusetzen, die mit der Liberalisierung des Marktes zu tun hatten.

Mit den Koffern in der Hand sowie ihrem Handgepäck über der Schulter fuhren sie mit der Straßenbahn 6 vom Moskauer Platz bis zum Marxplatz und von dort aus mit dem Trolleybus 73 direkt zum Ostbahnhof. Es war ein strahlender Sommermorgen, von der Margaretenbrücke schauten sie auf die blau funkelnde Donau, darauf Ruderer, die nach Norden in Richtung Szentendre unterwegs waren. »Hoffentlich ist das Wetter in Krakau genauso schön«, flüsterte Márta Kolozs zu. »Ganz bestimmt«, antwortete er, und ihre Herzen füllten sich mit dem aufregenden Vorgefühl der bevorstehenden Reise. Die junge Schaffnerin nahm etwas von ihrer Stimmung auf, denn sie lächelte die beiden freundlich an, während sie die Fahrkarten entwertete. Kolozs kam für einen Augenblick in den Sinn, dass sie zu dieser angenehmen Jahreszeit nicht unbedingt ins Ausland reisen mussten, zehn Tage in einer Pension am Balaton oder im Mátra-Gebirge wären auch schön gewesen. Aber Márta, die für die polnische Sprache und für polnische Bücher und Filme schwärmte, für Jerzy Andrzejewski und Andrzej Wajda, hatte seit Jahren von einer Reise nach Polen geträumt.

Als sie die Halle des Bahnhofs betraten, empfing sie dort ein seltsamer Anblick. Das Gleis 8, von dem aus der *Chopin*-Express abfahren sollte, war leer. Auf dem Bahnsteig standen aufgeregte Menschen mit Koffern und Handtaschen, neben ihnen gestikulierten Eisenbahner und Polizisten, die sie offensichtlich beschwichtigen wollten. Unter den Wartenden befanden sich neben tschechoslowakischen und polnischen auch Reisegruppen aus der DDR. Vor allem die Polen verlangten vehement von einer ängstlich wirkenden Dolmetscherin eine sofortige *»informacja«*. Um sieben Uhr kam aus dem Lautsprecher in mehreren Sprachen die Nachricht, die Abfahrt des *Chopin* sei »aus technischen Gründen« zunächst verschoben, und die verehrten Passagiere würden gebeten, sich in den Kultursaal des Bahnhofs zu begeben, der gegenüber von Gleis 9 zu finden sei. Die Menschenmenge mit ihrem vielen schweren Gepäck kam nur langsam zwischen den beiden Gleisen voran. Ein Pole hielt ein kleines Transistorradio mit Kurzwellenantenne ans Ohr und begann plötzlich lautstark und aufgeregt den neben ihm Gehenden etwas zu erklären. Márta hörte mit ihren Anfängerkenntnissen nur *»inwazja«* heraus. Sie sagte es Kolozs weiter, und aus diesem Wort begriffen sie sofort, dass ihre Hochzeitsreise gefährdet war. Inzwischen hatte die Nachricht auch die tschechoslowakische Gruppe erreicht: Einige begannen zu weinen, andere schimpften mit wutverzerrtem Gesicht und erhobener Faust auf *»Moskwa«*.

Das Ereignis schlug wie eine Bombe ein, obwohl es seit Januar in der Luft hing. Onkel Frici hatte sich im Zeitungskiosk am Marxplatz jeden Tag die in Bratislava in ungarischer Sprache erscheinende Tageszeitung *Új Szó* gekauft, die systematisch die Berichte der tschechoslowakischen Nachrichtenagentur CTK und der Prager Presse übernahm. Angesichts der immer eindeutiger werdenden Reformpläne sagte er zu seinen Mitarbeitern: »Ich weiß nicht, ob ich mich freuen oder eher fürchten soll.« Seine Befürchtungen galten nicht so sehr den wirtschaftlichen Vorstellungen der Parteiführung um Aleksander Dubček – diese liefen schließlich parallel zu den ungarischen Projekten –, sondern eher der von Tag zu Tag wachsenden Medienfreiheit. »Das werden die Sowjets nicht dulden«, prophezeite er. Nachdem im Mai die Gegensätze zwischen der Moskauer und der tschechoslowakischen Parteiführung öffentlich geworden waren, blätterte er immer unlustiger in seiner Zeitung. Einmal brachte er eine aktuelle Nummer der Ostberliner Satirezeitschrift *Eulenspiegel* mit, auf deren Titelblatt sich der sudetendeutsche Adler und die tschechoslowakische Taube küssten, und sagte in bestimmtem Ton: »Sie werden einmarschieren.« Anfang August verbrachte Onkel Frici seinen Urlaub wie gewohnt in einer bescheidenen Pension am Neusiedler See und fuhr mit seinem Wartburg durch die nahe gelegenen Dörfer und Städte, vor allem auf der Suche nach alten Schlössern. Diesmal kehrte er mit beunruhigenden Beobachtungen zurück. »Die ganze Grenzzone ist gespickt voll mit Panzern und Soldaten«, erzählte er Kolozs. »Es ist nur eine Frage von Wochen, wenn nicht Tagen, wann die Invasion stattfindet. Und ich habe den Verdacht, dass diesmal auch wir daran teilnehmen müssen.«

Seit er 1955, aus dem sowjetischen Arbeitslager in Norilsk entlassen, wieder nach Ungarn zurückgekehrt war, hielt Onkel Frici sich fern von jeder Politik. Er trat der Partei nicht bei, obwohl man ihm im Zuge der Rehabilitierung neben zehntausend Forint Schmerzensgeld und einer winzigen Wohnung auch das rote Parteibüchlein angeboten hatte. Aber auch die Einladungen der damaligen Oppositionellen nahm er nicht an. Die Andersdenkenden des sogenannten Petőfi-Kreises sahen Wissenschaftler, die in der Sowjetunion viel gelitten hatten, gern in ihren Reihen und hätten auch ihn gern zu ihren Anhängern gezählt. »Fachliche Beratung von meiner Seite jederzeit«, pflegte er zu sagen, »aber ich habe keine Lust, mit einer Weltmacht einen Streit vom Zaun zu brechen.« Deshalb waren viele erstaunt gewesen, als er seine Erfahrungen und Kenntnisse der offiziell angekündigten Wirtschaftsreform zur Verfügung stellte, deren Vorbereitung mehrere Jahre dauerte. Unmittelbar vor dem Stichjahr 1968 nahm er an Beratungen des Zentralkomitees teil. Er war jedoch der Meinung, seine Tätigkeit habe nichts mit Politik zu tun. »Stell dir vor«, erklärte er Kolozs, »ich bin Automechaniker und soll eine kaputte Kiste reparieren. Dann muss ich feststellen, ob man neue Zündkerzen braucht, die Kardanwelle austauschen muss oder gar den ganzen Motorblock. Oder ob es am besten ist, die Karre gleich auf dem Schrottplatz abzugeben und ein neues Auto zu kaufen. Ob der Besitzer selbst an einem Auffahrunfall schuld war, ob er besoffen gefahren ist, ob er früher schon mal Unfälle verursacht hat oder ob es andere dunkle Flecken in seiner Vergangenheit gibt, ob er seine Frau oder gar das Finanzamt betrügt – das alles geht mich nichts an. Ich kümmere mich nicht einmal um die Frage, ob er auf meinen fachlichen Rat hört. Also, ich beteilige mich an der Sache, solange ich eine Chance sehe, etwas zu reparieren, und solange meine Meinung gefragt ist.«

In der Vorahnung einer Katastrophe in Prag wurde der Alte dennoch zunehmend skeptisch. »Pass auf, mein Lieber«, sagte er zu Kolozs an einem Abend Mitte Juli, als sie sich zufällig in der Bibliothek des Lehrstuhls trafen, »die da oben in der Parteizentrale initiieren einen Prozess, den man heute noch rückgängig machen kann. Sie verstehen, dass die Wirtschaft modernisiert werden muss, und würden damit gerne fachkundige Leute beauftragen – vorausgesetzt, ihre Macht bleibt unangetastet. Wenn aber eine ähnliche Idee bei den Nachbarn scheitert oder von Panzern niedergewalzt wird, dann wird sie auch bei uns untragbar. Das heißt, diejenigen, die woanders mehr Freiheit wollen, vereiteln auch unsere bescheidenen Freiheitswünsche. Die Genossen werden die Reform langsam zurückschrauben und dabei gewohnheitsgemäß eine Weile so tun, als wäre alles beim Alten geblieben. Ich werde am Ende, sagen wir, mit einem Orden in Pension geschickt, und das wäre nicht einmal die schlechteste Lösung. Aber du, Gábor, hast viel mehr zu verlieren. Eigentlich hätte ich dir raten müssen, für den Fall der Fälle eine andere Stelle zu suchen. Du bist jung und hast gerade geheiratet. Ich nehme an, ihr wollt bald ein Kind haben, ihr braucht eine Wohnung, ein gutes Gehalt und stabile Bedingungen. Bei mir zu arbeiten ist keine Lebensversicherung.«

Kolozs protestierte heftig gegen den Vorschlag seines Mentors, woanders zu arbeiten: Onkel Frici konnte doch nicht im Ernst annehmen, dass er für das eigene Wohlergehen sein wissenschaftliches Gewissen preisgeben würde. Doch in Wirklichkeit ging es für ihn eher um persönliche Dankbarkeit gegenüber diesem Menschen. Onkel Frici hatte sich in Kolozs' letztem Moskauer Studienjahr für ihn interessiert, ihm eine Stelle angeboten und damit verhindert, dass er in irgendeinem Provinzkaff strandete. Er hatte ihn, nachdem er zunächst mit Hilfstätigkeiten beschäftigt gewesen war, schon bald zum hauptamtlichen Mitarbeiter gemacht, der alle verfügbaren Unterlagen nach Statistiken und Produktionsziffern der Unternehmen durchstöberte. Kolozs war sein Vertrauter, sein Famulus, und Onkel Frici war für ihn der erste Mensch in seinem Leben, der ihm in dieser komplizierten Welt überhaupt ermöglichte, einem Ideal oder einer Person die Treue zu halten. Der verschlossene alte Mann mit seinem Leidensweg und Ethos erinnerte ihn an seinen Vater, nur mit dem Unterschied, dass der eine voll und ganz am Gängelband seines Gottesglaubens hing, während der andere auf dem sicheren Boden einer vermeintlich exakten Wissenschaft stand. Wäre Onkel Frici nicht sein Arbeitgeber und Vorgesetzter gewesen, dann hätte Kolozs ihn als älteren Freund betrachten können. Vielleicht schielte er auf diese Möglichkeit, als er ihn darum bat, bei der

Eheschließung mit Márta als Trauzeuge mitzuwirken. Onkel Frici nahm die Rolle gerne an, bemerkte nur süffisant auf dem Weg zum Standesamt: »Nicht dass ich als Junggeselle eurer Ehe Schaden zufüge.«

Mártas Zeugin bei der Eheschließung war ihre Freundin Detty. Kolozs hatte beide Mädchen am gleichen Abend des Sommers 1967 im Jugendpark kennengelernt, wohin ihn Laci Bakos eingeladen hatte, um nach den reizarmen Moskauer Jahren sozusagen das Budapester Dolce Vita zu genießen. Detty war Lacis Mitschülerin auf dem Gymnasium in Kispest gewesen, und eine zufällige Begegnung hatte sein Interesse für das schlanke blonde Mädchen geweckt. Er bat um ihre Telefonnummer, und einige Tage später lud er sie für Freitagabend zum Tanzen ein. »Okay«, sagte Detty, »aber ich bringe meine Freundin Márta mit. Die muss unbedingt unter Leute!« – »Das ist super!«, rief Laci, »ich bringe dann einen Freund mit. Der kann auch ein bisschen Abwechslung gebrauchen. Aber am wichtigsten ist«, fügte er mit schlauem Lächeln hinzu, »dass wir beide uns wohlfühlen, meine Liebe!« – »Pass nur auf, du Gangster!«, sagte Detty und drohte ihm mit erhobenem Zeigefinger, »der Krug geht so lange zum Brunnen, bis er bricht!« Sie lachte schallend und etwas künstlich und zeigte ihre schneeweißen Zähne. »In Moskau drückt man das anders aus«, sagte Laci, »die Henne überlegte so lange, bis sie in die Suppe fiel!« Und Detty erwiderte: »Henne oder Hahn – das wird sich noch zeigen!«

Den frotzelnden Ton behielt Laci auch bei der Begegnung vor dem Eingang des Jugendparks bei, wo er mit vier Eintrittskarten, die er bereits gekauft hatte, auf die anderen wartete. So stellte er Kolozs vor mit den Worten: »Er ist mein bester Freund und der moralischste Mensch, dem ich je begegnet bin.« Detty brach in Gelächter aus: »Das ist nicht die beste Reklame für einen Jungen! Aber vielleicht stimmt es gar nicht – jedenfalls hoffe ich das!« Kolozs errötete bis zu den Haarwurzeln und stotterte: »Ich habe schon einige Prinzipien, aber es gibt keinen vollkommenen Menschen.« – »Da hast du dich aber gut aus der Affäre gezogen«, lächelte Detty und applaudierte, während das andere Mädchen mit den kurzen braunen Haaren einen tiefen, staunenden Blick auf ihn warf.

Kolozs fand an Detty eindeutig mehr Gefallen als an Márta. Er wollte jedoch auf keinen Fall Laci in die Quere kommen, und außerdem war das blonde Mädchen gut fünf Zentimeter größer als er, die hochtoupierte Frisur noch nicht mitgerechnet. Márta war kleiner und hatte eher rundliche Formen, und ihr plötzlicher staunender Blick ließ den Schluss zu, dass sie zumindest neugierig auf Kolozs war. Das war möglicherweise ein besserer Ausgangspunkt für den Beginn einer Bekanntschaft als Dettys Gelächter über seine Moral. Kolozs tanzte mit den beiden je ein schnelles und ein langsames Stück und begriff, dass es mit Márta auf dem Parkett einfacher war. Ihre Taille schmiegte sich sanft in seine Hand, und wenn sie lächelte, wirkte ihre Heiterkeit natürlicher als das unbändige Temperament des anderen Mädchens. Besonders bei dem schnelleren Tempo schien sich Márta von ihrer Ängstlichkeit zu befreien, sie ließ sich auf den Rhythmus ein und bewegte ihre Lippen, als wolle sie mit dem Schlagerstar Kiry Ambrus singen: »Der Anfang ist so gut, was wird am Ende sein? / Ich wünsche mir den Mut, zu bleiben immer dein, / Bleib du auch stets bei mir, wenn auch der Jazz verklingt, / Der Abend ist so schön, wenn in uns Liebe singt.«

Nach zehn Uhr wollten sich die Freundinnen auf den Heimweg machen, damit sie noch vor Mitternacht nach Hause kämen. Als sie den Park verlassen hatten, wandte sich Laci an Detty und sagte entschlossen: »Wir Bürger von Kispest haben dieselbe Richtung, nicht wahr?« Detty lächelte und nickte eifrig, und Kolozs begriff, dass er nun Márta zu begleiten hatte. Es war ein lauwarmer Abend, sie gingen am Donauufer entlang, dann durch die Straße der Märtyrer bis zum Moskauer Platz und plauderten locker miteinander. Das Mädchen sprach über ihre Schwärmerei für die polnische Literatur und schien in diesem Thema ziemlich versiert zu sein. Kolozs erzählte über seine Jahre in Russland und erwähnte fast nebenbei, obwohl er diplomierter Ökonom sei, habe er ursprünglich Puschkin-Forscher werden wollen. Nun sei es anders gekommen, aber er habe immer noch ein Herz für das russische Dichtergenie, das übrigens mit seinem polnischen Pendant Adam Mickiewicz befreundet war, bevor die beiden wegen politischer Meinungsverschiedenheiten miteinander brachen. Márta fand dies sehr bedauerlich und versprach, sobald ihre Polnischkenntnisse hinreichend gediehen wären, unbedingt herauszufinden, was man in Mickiewicz' Heimat über diesen Konflikt dachte. Kolozs befragte Márta, wo und mit wem sie zusammenwohne und was das für eine Wohnung sei. »Was soll damit sein?«, gab das Mädchen zurück. »Normal, Eigentumswohnung, Vollkomfort, viereinhalb Zimmer, für eine Familie völlig ausreichend. Wieso fragst du? Wie wohnst du denn?«, fragte sie nun den jungen Mann. Angesichts dessen, was Márta an Wohnfläche für »normal« hielt, traute sich Kolozs nicht, die ganze Wahrheit zu sagen. So behauptete er: »Ich lebe auch mit meinen Alten, aber wir haben nur zweieinhalb Zimmer.« Dann atmete er tief ein, und damit wenigstens etwas stimmte, fügte er hinzu: »Es ist eine staatliche Mietwohnung in Elisabethstadt.«

Sie hatten fast nicht bemerkt, dass sie bereits am Moskauer Platz waren, gegenüber dem Postpalast, hinter dem in der Csaba-Straße Mártas Haus stand. Sie verabschiedeten sich mit einem Händedruck, aber das Mädchen schrieb ihre Telefonnummer auf ein Blatt Papier. »Du kannst ruhig anrufen«, ermunterte sie ihn. »Wenn ich nicht zu Hause bin, hast du Mama oder Papa am Telefon, aber sie beißen nicht.« Über die letzte Bemerkung musste sie selbst lachen, und dann verschwand sie, in der rechten Hand das Handtäschchen schwenkend, im halbdunklen Flur. Kolozs stand noch eine Weile fasziniert vor dem fünfstöckigen Budaer Haus und betrachtete die Fenster und Balkone. »Viereinhalb Zimmer, viereinhalb Zimmer«, summte er halblaut vor sich hin, als handele es sich um einen Schlager. Und noch bevor er in sich hineingefühlt hatte, wie er zu Márta stand, kam ihm ungewollt die Frage in den Kopf: Wie wäre es, wenn er jeden Abend in eine solche Luxuswohnung heimkehren könnte?

Während des nun folgenden heißen und verrückten Sommers küssten sie sich fast jeden Abend nach Eintritt der Dunkelheit am Donauufer und erlaubten sich, je später und leerer der Ort war, auch kühnere Handlungen. Márta lehnte sich auf dem Geländer zurück und ließ zu, dass Kolozs' Hände unter ihrem Rock ungehindert ihren Weg suchten. »Keine Sorge, mein Schatz«, flüsterte sie, »ich kenne mich aus, und die große Liebe kommt schon noch. Hauptsache, es geht dir gut.« Sie erreichte bei Kolozs mit verschiedenen Praktiken das, was sie für die Hauptsache hielt, während sie selbst immer an der schmalen Grenze zwischen Begehren und Erfüllung verharrte. »Es ist nicht ganz einfach«, erklärte sie ihm, »für gewöhnlich schreie ich laut, wenn ich komme. Das kann man nicht am Donauufer, sonst landen wir beide im Sittendezernat. Dazu brauchen wir vier dicke Wände.«

Als es draußen kühler wurde, kam immer drängender die Frage auf, wo und unter welchen Bedingungen sie ungestört allein sein konnten. Während der Filmreihe im Polski Institut konnten sie nur ihre heißen Hände ineinander verschränken, ebenso wie im Lichtspieltheater *Erster Mai*, in dem das Melodram *Ein Mann und eine Frau* des Oscar-Preisträgers Claude Lelouch lief, mit ergreifenden Bettszenen und jener bizarren Freiheit, die in jeder Geste und jedem Blick der ansonsten komplett unglücklichen Helden aufblitzte. Jawohl, hier lagen zwei tragische Gestalten nebeneinander, aber dass sie keinen

Platz gefunden hätten, um sich zu vereinigen, war bei Lelouch kein Thema. Auch schien für Kolozs offensichtlich, dass in Pariser Hotels erwachsene Paare keine Heiratsurkunde vorzeigen mussten, um gemeinsam ein Zimmer nehmen zu können.

In der Klauzál-Straße geht gar nichts, entschied Kolozs, selbst wenn die Mutter tagsüber arbeitet, sitzt der Vater zu Hause. Rein physisch wäre ein Beischlaf in Kolozs' Pappschachtel möglich gewesen, aber wenn sie sich danach waschen wollten oder mal raus mussten, trafen sie auf den Alten. Außerdem musste Mártas Geschrei im Augenblick des Orgasmus, von Kolozs als Beweis seiner Leistung gern gehört, auf jeden Fall unterdrückt werden, um den Vater nicht zu brüskieren. Das war auch Márta klar, die er inzwischen mit seiner Wohnmisere vertraut gemacht hatte. Sie reagierte verständnisvoll, wusste jedoch auch keinen Rat. »Bei uns gibt es schon Platz«, sagte das Mädchen, »aber ungestört sind wir dort nicht. Selbst wenn Papa zur Arbeit ist und Mama Einkäufe tätigt, ist noch die Oma da, die in der Kammer hinter der Küche wohnt und dauernd in der Wohnung herumwandert. Was meine Alten betrifft, so sind sie schwer in Ordnung, aber, wie soll ich sagen, etwas prüde, oder spießig, vor allem die Mama. Dem Papa ist es egal, ihn interessiert nur der Zeichentisch und ob er zum Fernsehen immer ein kaltes Bier aus dem Kühlschrank holen kann. Wahrscheinlich wissen sie, dass ich keine Jungfrau mehr bin, und würden unser Liebesleben in ihrer Abwesenheit tolerieren. Aber übernachten dürftest du bei mir nicht. Für die Nächte könnte ich dich keinesfalls als Liebhaber, sondern nur als Ehemann mitbringen. Damit will ich nicht sagen, dass du mich gleich heiraten sollst, wir kennen uns ja auch noch nicht lange. Also, ich weiß nicht …«

Liebe sollte auch vollzogen werden, beschloss Kolozs, und Márta war einverstanden. Laci Bakos konnte helfen: Ein Bekannter von ihm, ein angehender Bildhauer, war offensichtlich wegen mangelnder Aufträge bereit, ihnen für hundert Forint sein Atelier in Kispest einen ganzen Tag lang zu überlassen. Sie fänden den Schlüssel unter der Fußmatte, das Geld könnten sie auf dem Tisch hinterlegen. An dem verabredeten Tag Anfang November hatte die Lehramtsstudentin Márta keine Vorlesungen, und Kolozs ließ sich von Onkel Frici für ein paar Stunden beurlauben. Im Nieselregen fuhren sie mit der Straßenbahn nach Kispest, wo sie rasch das Atelier fanden, einen Ladenraum im Parterre. Als sie mit dem rostigen Schlüssel die Tür aufsperrten, schreckten sie zurück. Sie sahen sich einer Reihe fast lebensgroßer Tonfiguren gegenüber: junge badende Arbeiterinnen mit großen Busen, muskulöse Spitzensportler, ein Ball spielender Junge und dazu der anderthalb Meter hohe Bauernführer György Dózsa auf einem brennenden Thron als Podest. Hinter den Statuen befand sich die Liege des Künstlers, eine breite Matratze mit einer schmuddeligen Baumwolldecke darauf. Dazu gab es einen einfachen Heizstrahler, und waschen konnte man sich mit Hilfe eines Kaltwasserhahns, unter dem ein Eimer stand. In dieser Umgebung erfüllte sich nun die Liebe von Kolozs und Márta, jedenfalls im körperlichen Sinne. Obwohl sie den lang ersehnten Gipfel erreichten, wobei Márta, um nicht zu laut zu werden, ihre Hand auf den Mund legte, zogen sie sich nach dem Liebesakt eilig an, legten das Geld auf den Tisch und verließen fluchtartig diesen tristen Ort. »Nie wieder kommen wir hierher«, sagte Márta, als sie mit der Straßenbahn Richtung Stadtzentrum fuhren.

Das war der letzte Augenblick, in dem die Frage der Eheschließung zwischen ihnen offenblieb. Márta drängte Kolozs zunächst zu nichts, aber sie überließ ihm die Entscheidung. Kolozs begann mit sich selbst zu ringen und wollte Zeit gewinnen. Vor allem war er nicht davon überzeugt, dass er sich mit dreiundzwanzig Jahren als Berufsanfänger und ohne eigene Wohnung an eine Frau gesetzlich binden sollte – eine

Beziehung, aus der sehr bald ein Kind hervorgehen konnte, das auch irgendwo wohnen musste. Zwar erzählte Laci Bakos, im Westen sei eine Tablette für Frauen erfunden worden, einfach täglich mit einem Glas Wasser einzunehmen. Sie würden dann nicht schwanger, so dass der Mann überhaupt nicht aufpassen müsse. Leider gab es diese Wunderpillen nur im Parteikrankenhaus auf Rezept, und da hatten sie als einfache Sterbliche keinen Zugang. Zudem war dieses Bisecurin, oder wie das hieß, sündhaft teuer und würde erst in anderthalb Jahren in allen Apotheken zugänglich sein. Dabei war gar nicht sicher, dass Márta so lange Geduld haben würde, vielleicht ödete sie das lange Warten an, und sie suchte sich einen entscheidungsfreudigeren Partner. Dann bliebe Kolozs allein in dem Loch in der Klauzál-Straße, dessen Ödnis um nichts dadurch gemildert wurde, dass nun der Wohnraum der Eltern und seine Bleibe durch eine dünne Pappwand getrennt waren. Der einzige Ausweg aus dieser Lage, der wenigstens das körperliche Unglück verringerte, war die Ehe. Aber was würde geschehen, wenn, wie Majakowskij in seinem berühmten Abschiedsgedicht vor dem Selbstmord schrieb, das Boot der Liebe an das Riff des Alltags stieß? Diese Version zwang ihn, seine Gefühle zu prüfen. Er konstatierte mit nicht geringem Schrecken, dass er zwar Márta mochte und begehrte, dass er sich in ihrer Gesellschaft wohlfühlte, doch es gab in dieser Anziehung nicht eine Spur von Leidenschaft der Liebenden.

Inzwischen beschleunigten sich die Ereignisse. Laci Bakos hielt Anfang Dezember völlig unerwartet um Dettys Hand an, sie planten die Hochzeit bereits für Februar und baten sie beide, ihre Trauzeugen zu sein. Márta fiel daraufhin in ein Stimmungstief und spielte immer häufiger darauf an, dass Kolozs sich in irgendeine Richtung bewegen müsse. Ihre Argumentation war einfach: Wenn sogar dieser Schürzenjäger, der windige Laci Bakos, der ebenfalls bei seinen Eltern wohnte, einen derart großen Schritt unternahm – was hielt dann Kolozs von einem entschlossenen Ja oder Nein ab? Sie, Márta, könne auch eine Ablehnung ertragen, sie wolle um Gottes willen niemanden zwangsweise an sich ketten, aber diesen Zustand, wie Mohammeds Sarg zwischen Himmel und Erde, hielte sie nicht lange aus. Möglicherweise verfügte sie noch über Dutzende ähnlicher Argumente, aber sie wurde dann plötzlich still, presste trotzig die Lippen zusammen, und Kolozs bemerkte in panischer Angst, dass sie lautlos, aber umso tränenreicher schluchzte. Stummes Frauenweinen hatte er noch nie erlebt, und solche Szenen strapazierten ihn mehr als das Gekreisch der Mutter, das seine ganze Kindheit begleitet hatte.

Wahrscheinlich führte ein vertrauliches Gespräch der beiden Freundinnen zu einem zielgerichteten Gedankenaustausch: Laci Bakos besuchte ihn unangemeldet in der Klauzál-Straße und lud ihn zum Plaudern ins Café *New York* ein. Dort las er ihm die Leviten, weil er die arme Márta, die ganz verrückt nach ihm sei, seit Monaten hinhalte. Das sei nicht nur unmoralisch, sondern auch völlig sinnlos, denn er müsse sich ohnehin früher oder später dazu äußern, und wenn er dem unglücklichen Mädchen einen Korb geben wolle, dann solle er sie doch nicht quälen. Kolozs wollte sich zuerst diese Einmischung in seine Angelegenheiten verbitten, dann aber wurde er vorsichtig, weil er glaubte, dass jedes seiner Worte über Detty an Mártas Ohren käme. Deshalb beschränkte er sich darauf, seine Lebensbedingungen zu schildern und gleichzeitig zu betonen, er wolle keiner fremden Familie zur Last fallen. Laci hörte ihm bis zu Ende zu, überlegte kurz und begann dann seine Ansichten in ernsthafter, wenngleich etwas gelehrsamer Art darzulegen:

»Sieh mal, Gábor, wenn überhaupt jemand, dann verstehe doch ich, dass du dich in einer komplizierten Lage befindest. Denn auch meine Situation ist nicht viel besser. Na gut, unsere Wohnung in Kispest ist größer und komfortabler, ich kann Detty mitbringen. Und ich habe zwar auch eine Anstellung, aber nur als Bibliothekar im Ministerium für Außenhandel.

Unsere Probleme sind ganz ähnlich. Gehen wir von den Tatsachen aus. Weißt du, wer wir sind? Wir sind marginale Intellektuelle, jedenfalls nennt man das im Westen so. Wir waren fünf Jahre lang nicht im Lande, und jetzt fällt uns die Integration schwer – das ist übrigens auch ein westlicher Begriff. Im Westen, wo der Mensch dem Menschen ein Wolf ist, hätten wir es noch schwerer. Aber glaube bloß nicht, dass du hier ganz ohne Kampf siegen kannst. Hier gibt es auch eine Gesellschaft, zudem mit ihren aus der Vergangenheit vererbten bürgerlichen Vorurteilen. Im Kapitalismus schafft man zuerst die Existenz, man kauft Haus und Auto, und erst dann denkt man an Familiengründung. Im Sozialismus ist die Sache umgekehrt. Man schließt eine Ehe, schuftet ordentlich – immerhin gibt es keine Arbeitslosigkeit. Man schafft eine solide Lebensgrundlage, und dann erkämpft sich jeder, was ihm zusteht. Beispielsweise plane ich, mit Detty gleich vom Standesamt aus zum Rat des Bezirks zu gehen und einen Wohnbezugsschein zu beantragen. Später gehen wir mit dem ersten Kind wieder dorthin und treten die Schwelle des Rathauses schief, bis sie weich werden. Irgendwelche Kontakte findet man auch an der Arbeitsstelle. Außerdem ist das Leben die eine Sache und eine andere die Romantik. Also, mein Alter, wenn du dieses Mädchen liebst, und es sieht ganz danach aus, dann lass deine Zweifel beiseite und benimm dich wie ein Mann! Freilich hat jede Ehe zwei Chancen, aber ein einsamer Mensch hat eben keine Chance. Wie sagt der Dichter: ›Das Los des Einzelnen ist kein Schicksal …‹« An dieser Stelle seines langen Monologs ging Laci endgültig die Luft aus. Kolozs war von dem Attila-József-Zitat schwer beeindruckt, denn Laci hatte bisher in keinem ihrer Gespräche zu einem literarischen Vorbild Zuflucht genommen.

Ein paar Tage lang schwankte er noch, aber dann gab er klein bei. Márta war überglücklich und meldete die große Nachricht ihren Eltern. Kolozs stattete daraufhin der Wohnung in der Csaba-Straße seinen Besuch ab und hielt bei dem Ehepaar Tarnai förmlich um die Hand ihrer Tochter an. Es war der erste Weihnachtstag, und Kolozs geriet in feierliche Stimmung. Im Wohnzimmer roch es nach der drei Meter hohen Fichte, auf dem Tisch standen Sekt und Stollen. Frau Tarnai gab im Gespräch den Ton an – nicht ohne ironisch zu bemerken, heutzutage sei es natürlich nur eine Höflichkeitsgeste, um die Hand eines Mädchens anzuhalten. Den Jugendlichen von heute könne man bereits dankbar sein, wenn sie den Eltern überhaupt etwas von ihren Plänen mitteilten. Sie hätten eigentlich nichts dagegen, wenn ein seriöser junger Mann wie Kolozs in die Wohnung mit einzöge. Allerdings wollten sie im Frühjahr alles renovieren und erst dann die Räume neu aufteilen. Am besten wäre es, das junge Paar würde sich erst für den nächsten Sommer im Standesamt anmelden. Kolozs hörte aus dem Ton der Frau Tarnai, dass diese die Zeit bis zum Sommer, mehr als ein halbes Jahr, für eine geeignete Probezeit hielt, und er hatte nichts dagegen, weil diese Vorstellung sich mit seinen eigenen Vorbehalten hinsichtlich einer frühen Eheschließung deckte. Immerhin noch mal ein Aufschub, dachte er.

Im Kultursaal des Ostbahnhofs warteten fast hundert Passagiere, Ungarn und Ausländer, in mehreren Gruppen. Zu dieser Zeit ging die Nachricht von der Invasion bereits um, und es stellte sich heraus, dass, ähnlich wie Onkel Frici vorhergesagt hatte, nicht allein die Sowjets einmarschiert waren, sondern sie hatten ihre Verbündeten in die Aktion mit hineingezogen – einzig Rumänien tanzte aus der Reihe. So blieb nur noch die Frage offen, was aus den durch den historischen Augenblick vereitelten Reiseplänen werden sollte. Neben Eisenbahnern und Polizisten tauchten auch Diplomaten der betroffenen Länder mit Dolmetschern auf. Man sah sogar durch das Fenster, wie schwarze Autos mit dem Kennzeichen CD – *Corps Diplomatique* – vor dem Kultursaal stoppten.

Schließlich betrat ein schlaksiger, kahlköpfiger Mann in Zivil, aber mit soldatischen Schritten den Saal, was seine Zugehörigkeit zur Geheimpolizei ahnen ließ. Er bot den anwesenden Amtspersonen Platz an einem länglichen Tisch an und sagte mit blecherner Stimme: »Verehrte Genossen. Wie Sie vielleicht bereits wissen, oder falls nicht, dann von mir jetzt erfahren, haben fünf Mitgliedsstaaten des Warschauer Vertrags beschlossen, dem tschechoslowakischen Volk in seinem Kampf gegen die konterrevolutionäre und revanchistische Bedrohung brüderliche Hilfe zu leisten. Dies hat gewisse militärische Schritte erforderlich gemacht, inklusive einer provisorischen Einschränkung des zivilen Grenzverkehrs. Die Regierung der Volksrepublik Ungarn bedauert ehrlich, dass dieser erzwungene Schritt nun auch Reisende betrifft, die nicht im Geringsten für die entstandene Situation Verantwortung tragen. Wir werden alles unternehmen, um die sichere und möglichst schnelle Heimkehr unserer Touristen aus der ČSSR, Polen und der DDR zu gewährleisten. Dies kann jedoch einige Tage in Anspruch nehmen. Während dieser Zeit werden die Botschaften der brüderlichen Staaten sowie die Reisebüros IBUSZ und Express für die Unterbringung und Verpflegung der Betroffenen Sorge tragen. Die Passagiere werden demnächst registriert. Was die ungarischen Reisenden anbelangt, so können diese ihre Reservierungen bei den Reisebüros entweder zeitlich verschieben oder aber den Gegenwert ihrer Zahlungen für Fahrscheine und Hotels zurückbekommen.«

Im Saal herrschte Chaos, besonders unter den Tschechoslowaken und Polen, die unter Flüchen und begleitet von weinenden Kindern die Fremdenführer mit ihren Fragen bestürmten, während sich die DDR-Touristen erstaunlich diszipliniert und schicksalsergeben verhielten. Die Ungarn verließen nach und nach enttäuscht den Saal. Ihr Blick streifte das Gleis 8, wo nun der internationale Zug nach Bukarest und Warna stand, bis zum Bersten gefüllt mit jungen Rucksacktouristen.

Vor den Gleisen fanden sich die Ungarn noch zu einer Beratung zusammen und tauschten Gerüchte aus. Jemand wollte gehört haben, dass am Abend ein Sonderzug über Uschgorod und Lwow nach Polen fahre, und dieser könne eventuell auch ungarische Reisende mitnehmen. Andere waren der Meinung, mit diesem Zug würden ausschließlich DDR-Bürger und Polen befördert, während die Tschechen angeblich in plombierten Waggons über die Grenze gebracht würden. »Sie haben es nicht anders verdient!«, rief ein stämmiger Mann, dem es offensichtlich bereits zu dieser frühen Stunde gelungen war, sich einen hinter die Binde zu gießen. »Das ist die Strafe für Trianon!« Andere zischten ihn aus. Währenddessen geleiteten einige Polizisten, beiläufig über ihre Gummiknüppel streichend, die Gruppe behutsam aus der Halle des Bahnhofs heraus. Es war nun bereits acht Uhr.

Kolozs und Márta standen auf dem Baross-Platz, neben sich ihre zwei Koffer, auf den Schultern das Handgepäck, und blinzelten in die plötzliche Helligkeit, die einen heißen Tag versprach. Jemand Außenstehendes hätte denken können, sie seien junge Reisende, die soeben angekommen waren, auf ein Taxi warteten oder einfach den ersten Blick auf die schöne breite Straße genossen, an deren Ende die Donau und gegenüber der Gellértberg sichtbar wurden. »Wir sollten noch nicht aufgeben«, sagte Kolozs, »vielleicht klappt die Variante mit dem Sonderzug.« Márta war ihm in diesem Augenblick dankbar, dass er sie trotz der hoffnungslosen Lage aufmuntern wollte. Sie beschlossen, ihr Gepäck nicht gleich mit nach Hause zu nehmen, sondern in der Gepäckaufbewahrung zu lassen, um eventuell später Zeit zu sparen. Nach Abgabe der Koffer und des Handgepäcks gingen sie zu Fuß zur Zentrale des Reisebüros IBUSZ in der Innenstadt. Das Büro öffnete um neun Uhr, und sie waren zwanzig Minuten vorher da. Doch dort gab es bereits eine eindrucksvolle Schlange, die bis zum Katona-József-Theater reichte. Die meisten hatten die

Nachricht vom Einmarsch in die Tschechoslowakei am Morgen gehört und kamen hierher, um Informationen einzuholen, wobei viele erst für den nächsten oder übernächsten Tag ihre Reise planten. Die Abfertigung verlief im Schneckentempo, die Rückzahlungen verzögerten sich durch Mangel an Bargeld. In den beiden Etagen des Büros war die Atemluft knapp. Während Márta vor der Kasse den Platz in der Schlange hielt, versuchte sich Kolozs durch die formlose Menge vor dem Informationsschalter durchzuschlagen. Gegen elf Uhr erfuhr er, dass der Umweg über die Karpaten nur eine schöne Legende war. Wenn überhaupt, dann wurden die in Polen oder der DDR weilenden ungarischen Reisenden auf diese Weise zurückgeholt.

Als er sich wieder Mártas Schlange anschloss, waren noch zehn Leute vor ihnen. In der verbleibenden Wartezeit besprachen sie die Möglichkeit, mit dem zurückerhaltenen Geld eine andere Reise zu finanzieren, vielleicht nach Siebenbürgen oder an die bulgarische Küste. Ihr Reisepass hätte zu diesem Zweck ausgereicht. Dies war jedoch auch anderen eingefallen, und fast alle sollten bald enttäuscht werden. Alle Züge waren restlos ausgebucht, Unterkünfte standen erst morgen oder übermorgen zur Verfügung, und zwar nur dann, wenn jemand seine Anreise kurzfristig absagte. Selbst in diesem Fall hätten sie vor einem anderen Schalter Schlange stehen müssen, um ihre Złoty in Forint zurückzutauschen und um entsprechend dem ungewissen Reiseziel Leu oder Lewa zu erwerben. Während die Kassiererin, die hinter dem kleinen Fenster trotz des Ventilators schweißüberströmt war, ihnen die Hundert-Forint-Scheine zurückgab, entstand in Kolozs' Kopf als rettende Idee ein Bild von Szeged und Umgebung. Er fragte Márta vorsichtig, was sie von dieser Lösung hielte. Sie reagierte – zum ersten Mal seit dem Beginn ihrer Beziehung – mit einem hasserfüllten Blick und zischte zwischen den Zähnen: »Dir ist offensichtlich egal, wo wir unsere Flitterwochen verleben.

Selbst die Hochzeitreise ist dir egal, du willst sie nur hinter dich bringen.«

Zum ersten Mal in seinem Leben spürte Kolozs am eigenen Leib, dass er in einer verschlossenen Welt lebte, in einem Land, das man heute, selbst wenn man im Besitz eines gültigen Reisedokumentes war, in keine Richtung binnen eines Tages verlassen konnte. Die Stornierung seiner Hochzeitsreise erlebte er als eine peinliche persönliche Niederlage und zerbrach sich bereits den Kopf, wie er das Geschehen in den nächsten Tagen seinen Bekannten erklären konnte, ohne in den Ruf eines lächerlichen Pechvogels zu kommen. Gleichzeitig forschte er nach seinem eigenen Anteil an dem Desaster. Heute war Montag, und gestern war folglich Sonntag. Wären sie gestern abgereist, hätten sie alle Grenzen glatt passiert, wären längst in Krakau, und er hätte sich diesen hasserfüllten Blick aus Mártas Augen erspart. Eigentlich war ihm nur der Freitag wichtig gewesen, weil er am Freitag den Entwurf seines Aufsatzes an Onkel Frici abzuliefern hatte, in dem es um die selbständigen Exportmöglichkeiten der sozialistischen Unternehmen ging. Dies war eine Idee, die sein Mentor seit langem in seinem Herzen bewegte. Kolozs hatte sogar am Modellfall des Betriebs Ikarus kalkuliert, wie profitabel eine Kooperation der ungarischen Busgesellschaft mit österreichischen, schweizerischen oder gar mit westdeutschen Partnern wäre. Dazu müsste Ikarus nur über eigene Devisenkonten bei ausländischen Banken verfügen und über die Bestimmung dieser Schilling-, Francs- und DM-Beträge autonom entscheiden. Schilling, Francs, Deutsche Mark – ach wo! Złoty, Leu und Lewa. Und Panzer, damit sich nichts zum Besseren verändern konnte. Wenn er aber diesen verdammten Entwurf bereits am Freitag abgegeben hatte – warum, zum Teufel, waren sie nicht am Samstag oder Sonntag gefahren? Den Samstag hatte Kolozs als Reserve eingeplant, um etwaigen Stress zu vermeiden. Und dann der Sonntag! Am Sonntag feierte die Volksrepublik den Tag der sozialistischen Verfassung, früher Tag des heiligen Stephan. An diesem Feiertag gab es immer Feuerwerk, und die Familie Tarnai pflegte die Tradition, dieses todlangweilige Spektakel gemeinsam vom Balkon aus zu genießen. Nun gehörte auch Kolozs zur Familie und hatte nicht einmal Márta gegenüber zugegeben, dass ihn dieses staatlich inszenierte Familienereignis nicht interessierte. So hatte er seine Vorbehalte aus reinem Opportunismus verschwiegen. Oder hatte er unbewusst, selbst nachdem die Entscheidung zur Eheschließung längst getroffen war, immer noch die Hochzeitsreise, das bereits unvermeidliche Zusammenleben vor sich hergeschoben?

Am frühen Nachmittag holten sie das Gepäck vom Ostbahnhof wieder ab. Der Baross-Platz sah inzwischen wie ein einziger Riesenmarkt für Obst und Gemüse aus. Zu Spottpreisen verkaufte man an provisorischen Ständen bulgarische und rumänische Pfirsiche, Marillen und Kirschen. Offenbar wollte man die wegen der Grenzsperre in Budapest liegen gebliebenen Exportwaren loswerden. In jeder anderen Situation hätten sie in rauen Mengen Obst gekauft, jetzt würdigten sie die frischen Früchte kaum eines Blickes.

Mártas Eltern wussten bereits alles aus den Nachrichten und erwarteten die jungen Leute mitleidig und mit einem üppigen Mittagessen. Márta hatte keinen Appetit, Kolozs hingegen stopfte sich voll. Dann zogen sie sich in das Dienstmädchenzimmer zurück. Diesmal saß das Mädchen auf dem Sofa und Kolozs mit dem Rücken zu ihr am Schreibtisch. Den ganzen Nachmittag hindurch drehte er an den Knöpfen seines Radios, um möglichst detaillierte Nachrichten über die Ereignisse zu bekommen, die das Drehbuch der großen Wende ihres Lebens so gründlich umgeschrieben hatten. Nach jeder Neuigkeit, die er für wichtig hielt, wandte er sich an Márta und teilte sie ihr mit. Márta nickte nur apathisch.

Gegen acht Uhr abends nahm Kolozs eine Flasche Tokajer Lindenblätter aus dem Kühlschrank und brachte sie zusammen mit zwei Gläsern in ihr Zimmer. Sie tranken, rauchten und lüfteten, immer in dieser Reihenfolge. Am späten Abend ging Márta zum Waschen und Zähneputzen ins Bad und kehrte im Pyjama zurück. In der Zwischenzeit zog Kolozs die Klappcouch auseinander und bereitete das Bett vor. Sie schalteten die Tischlampe aus. Kolozs umarmte das Mädchen mit einer spontanen Bewegung und spürte gleichzeitig ihre heißen Tränen im Gesicht. Obwohl seine Männlichkeit sich vorher geregt hatte, verließ ihn in diesem Augenblick jede Lust. Dabei wollte Márta ausgerechnet jetzt seine Umarmung, stimulierte den Mann mit Hand und Mund, um wenigstens den Beischlaf über die gescheiterte Hochzeitsreise hinüberzuretten. Und Kolozs sagte verzweifelt in die lauwarme Stille der Augustnacht hinein: »Verdammter Breschnew – er macht mich noch impotent!«

VIERTER TEIL

1977/1978

»Hier ist der Anschluss von Dr. László Bakos. Bitte hinterlassen Sie nach dem Signalton eine Nachricht mit Ihrem Namen und Ihrer Telefonnummer. Ich rufe Sie dann zurück.« Dieselbe Ansage gab es auch in französischer Sprache, wobei Lacis markanter ungarischer Akzent seiner Stimme besonderen Charme verlieh. Kolozs rief seinen Freund nur selten an, weil das Gespräch mit Paris teuer war. Er wartete lieber darauf, dass Laci sich meldete, was dieser einmal wöchentlich tat, und dann plauderten sie auf Kosten der UNESCO manchmal eine ganze Stunde. Laci erkundigte sich jedes Mal nach seiner Post und ließ einige Briefe sogar öffnen, um ihren Inhalt zu erfahren. Die anderen musste Kolozs sammeln und in das Ministerium bringen. Von dort aus gelangten sie mit der diplomatischen Kurierpost an den Adressaten. Jetzt, Mitte Dezember 1977, hatte er jedoch eine dringende Anfrage, und diese sprach er aus Kostengründen rasch auf den Anrufbeantworter, eine technische Neuerung, die er zum ersten Mal erlebte und die ihn in Verlegenheit brachte: »Ich möchte im engen Freundeskreis Silvester feiern. Geht das in deiner Wohnung? Bitte um Rückruf. Gábor.«

Laci hatte sein Glück gemacht, wie Kolozs ohne eine Spur von Neid feststellte. Vielmehr war er stolz auf seinen Freund, der mit kaum dreißig Jahren als Angestellter einer internationalen Organisation arbeitete, offensichtlich ein hübsches Gehalt verdiente und damit Detty und ihre zwei Kinder versorgte, die bereits in die – französische – Schule gingen und perfekt die Sprache des Gastlandes beherrschten. Allerdings hatte Laci wegen seiner Karriere bestimmte Kompromisse schließen müssen. Zum Beispiel war er Parteimitglied geworden und musste die Entscheidungen der Partei selbst dann vertreten, wenn er damit nicht ganz einverstanden war. Des Weiteren konnte man zu Recht die Frage stellen, wieso er mit seinem Wirtschaftsdiplom und wenig Affinität zu den Wissenschaften geschweige denn zu den schönen Künsten ausgerechnet auf diesem Terrain gelandet war. Dabei spielten neben persönlichen Kontakten vor allem seine außergewöhnliche Anpassungsfähigkeit und seine einschmeichelnden Manieren eine Rolle. Er war ein Genießer und verhehlte vor Kolozs nicht, für ein niveauvolles Leben zu vielem »mit Ausnahme von direkten Schandtaten« bereit zu sein. Kolozs lag diese lockere Auffassung fern, aber er hielt sich zurück, seinen Kumpel mit Moralpredigten zu belästigen. Schließlich entschied in einer Gesellschaft wie der ungarischen, in der man meist nur mit Trickserei weiterkam, jeder selbst am besten, mit welchen Mitteln er erfolgreich sein wollte.

Kolozs hatte zudem einen triftigen Grund, auf den Part des Richters zu verzichten, was seinen im Pariser Luxus lebenden Freund betraf. Laci hatte in den schwierigen siebziger Jahren beständig und treu zu ihm gehalten. Als er 1970 nach dem Bruch mit Márta in die Klauzál-Straße zurückging, fühlte er sich, als sei er in einen Liftschacht gestürzt. Morgens konnte er kaum aufstehen, um zur Arbeit zu gehen, und die Aufträge von Onkel Frici erfüllte er unter Aufbietung seiner letzten Kräfte. Laci schätzte die Situation adäquat ein. »Lieber Gábor«, sagte er zu ihm, »nimm das bitte ernst – das ist eine Krankheit. Im Westen hat sie sogar einen Namen und heißt Depression. Sie muss behandelt werden.« Er beschaffte, woher auch immer, ein westdeutsches Medikament, von dem Kolozs' Zustand sich ein wenig besserte. An den Wochenenden lud er ihn zum Mittagessen ein. Damals wohnten sie noch in Kispest.

Detty kochte hervorragend, Laci bot Kognak und Kaffee an. Manchmal blieb Kolozs bis zum frühen Abend. Sie sprachen über die Jahre in Moskau, über westliche Filme wie *Zabriskie Point* und *Blow up*, die sie in dem exklusiven Kino *Filmmuseum* gesehen hatten. Allein das Thema Márta vermieden sie, die bankrotte Ehe, von der wiederum Detty einiges wissen musste. Dafür redeten sie viel über Öffentliches, und Laci hörte hingebungsvoll den Ausführungen seines Freundes über den Zusammenhang zwischen Wirtschaftsreform und Demokratisierung zu. Ab und zu bemerkte er, wie schade es sei, dass ihm selbst die analytische Fähigkeit in diesem Bereich fehle, er verstünde nichts von Politik. Und er fügte schlau hinzu: »Vielleicht ist es besser so. Wer keine Ansichten hat, kann auch keine falschen Ansichten haben.«

Besonders bewegend war für Kolozs, dass sich Laci nicht nur um ihn, sondern auch um seine Eltern sorgte. Als er zum ersten Mal die Türschwelle der Wohnung in der Klauzál-Straße überschritt, konnte er seine Erschütterung über das armselige Umfeld nicht verbergen. Für ihn war es unerträglich, dass Menschen, die viel gelitten hatten, in einer solch unwürdigen Umgebung wohnen mussten. Sein Interesse war alles andere als nur Höflichkeit, er wollte alles wissen über das Leben in Kassa vor dem Krieg, über das dortige Judentum, und es war ihm gelungen, den Vater gesprächig zu machen und sogar das Herz der sonst argwöhnischen Mutter zu gewinnen.

»Er ist ein grundanständiger Junge«, sagte sie, nachdem Laci Ende 1972 mit einer großen Tüte Earl Grey erschienen war, den man in Ungarn nur in Devisengeschäften erwerben konnte. Sie schlürften fast ein Jahr lang an dem wunderbaren Getränk, dessen Duft die winzige Wohnung füllte.

Lacis eigenartige Doppelnatur und Kolozs' ambivalente Haltung dazu zeigten sich besonders deutlich, als es Laci gelungen war, für sich und seine Familie die Wohnungsfrage zu lösen. Es war beeindruckend, dass er es geschafft hatte, sich

Ende 1971 vom Rat des Bezirks eine Dreizimmerwohnung zuweisen zu lassen, an der Ecke Wesselényi-/Klauzál-Straße, fünf Minuten von der Familie Kolozs entfernt. Auf offiziellem Weg war so etwas völlig ausgeschlossen. Entweder stand Laci in der Gunst eines wichtigen Genossen oder er hatte einen Beamten bestochen, was wiederum die Frage nach sich zog, woher das Geld dazu kam. Obwohl er sich über seine Geschäfte, nachdem es in Moskau zu dem Ikonen-Eklat gekommen war, in Schweigen hüllte, sah man an seinen Kleidungsstücken und einzelnen Gegenständen, dass sie ihrer Herkunft nach nicht allein aus dem sozialistischen Handel, sondern sehr oft aus dem Westen oder aus den Devisenläden *Konsumtourist* stammten. Man musste Laci halt so nehmen, wie er war: elegant und schillernd. Und gerade die mysteriöse Beschaffung seiner Wohnung konnte Kolozs am wenigsten hinterfragen.

Ende 1973, bevor er seinen westlichen Dienstaufenthalt antrat, übergab Laci ihm den Schlüssel zu diesem Paradies und räumte ihm ein, in seiner Abwesenheit dort wohnen zu dürfen. Dabei hatte Kolozs nur die Betriebskosten zu zahlen, und einmal im Jahr, während des Sommerurlaubs der Familie Bakos, musste er die Wohnung räumen. »Du darfst auch Frauen mitbringen«, spottete Laci während ihres Abschiedsessens, »vorausgesetzt, du bist inzwischen nicht ganz auf Selbstbedienung umgestiegen.« – »Pfui!«, rief Detty empört. »Und solche fiesen Säcke werden nach Frankreich entsandt!«

Wegen der Silvesterfeier meldete sich Laci noch am Abend zurück. »Mein Lieber, du darfst einladen, wen du willst. Bitte die Wohnung nicht demolieren und keine verdächtigen Flecken auf dem Sofa hinterlassen. Aber deine Intellektuellen sind ja alle impotent, Anwesende ausgenommen.« Dann sagte er noch mit einem unüberhörbaren Stoßseufzer: »Kann sein, dass sie es besser haben …« Kolozs war von dem plötzlichen Stimmungswechsel überrascht und fragte einfach: »Ist was los?« – »Das Übliche«, gab Laci zurück, als hätten sie schon seit Jahren über dieses Thema gesprochen. »Detty. Sie geht mir mit ihrer Eifersucht auf die Nerven.« – »Wieso das?«, gab sich Kolozs naiv, »ganz ohne Grund?« – »Das habe ich nicht behauptet!«, rief Laci, und Kolozs meinte aus seiner Stimme herauszuhören, dass er getrunken hatte. »Aber egal! Wir lassen uns ohnehin nicht bei jedem Missverständnis gleich scheiden. Ich erzähle das nur, damit du weißt: Auch am Ufer der Seine ist nicht alles nur Honigschlecken. Na, dann feiert mal schön!« Damit legte er den Hörer auf.

Für den Abend des 31. Dezember hatte Kolozs etwa zwanzig Gäste eingeladen, alles Angehörige der kritischen Intelligenz und der in Entstehung befindlichen Opposition. Allerdings brachte nach Budapester Sitte jeder Eingeladene mindestens noch eine weitere Person mit. Dazu kamen Wandervögel, die eine Fete nach der anderen aufsuchten, weil sie in jeder Gesellschaft einen Freund fanden, dem zuliebe sie eingelassen wurden. Dementsprechend füllten sich die drei Zimmer und die Küche der Leihwohnung in der Wesselényi-Straße gegen zehn Uhr abends mit sehr unterschiedlichen Leuten – neben den Sechsundfünfzigern, die mehrere Gefängnisjahre hinter sich hatten, verschiedene Ketzer, darunter Soziologen und Ökonomen, die aus diversen Gründen aus der Partei geflogen waren. Daneben gab es Mitglieder von halblegalen Musikgruppen. Die Luft war voll Alkohol- und Zigarettenschwaden, und ab und zu konnte man auch den Geruch von Cannabis wahrnehmen. Kolozs freute sich, genügend Brot, Schmalz, Zwiebeln und Paprikapulver gekauft zu haben – Getränke mussten die Gäste selbst mitbringen. Während er ein wenig Angst vor der durch die Zimmer wogende berauschte Menge verspürte, war er dennoch zufrieden, dass so viele und verschiedene Menschen sein Zuhause für einen attraktiven Platz zum Feiern hielten, was wiederum mit seinem aktuellen Stellenwert in der informellen Hierarchie der Intelligenzija zu tun hatte.

Seine Bekanntheit verdankte er zwei Auftritten in diesem Jahr. Mitte Januar hatte er ein Protestschreiben zum Schutz der tschechoslowakischen Oppositionsgruppe Charta 77 unterzeichnet, und im Herbst wurde der Text seiner Studie »Was geschah mit der Wirtschaftsreform?« vom Sender Freies Europa verlesen. Diesen Aufsatz hatte Kolozs 1973 verfasst, kurz nachdem Onkel Frici verrentet, also eigentlich vom Lehrstuhl vertrieben worden war. Er hatte damals nichts anderes bezweckt, als seine Empörung aus sich herauszuschreiben. Jahre später, Onkel Frici war 1976 beerdigt worden, kramte er die Studie hervor, überarbeitete an einigen Stellen die Formulierungen und tippte sie auf dem dünnsten verfügbaren Papier in sechs Ausfertigungen ab. Jedem Exemplar fügte er ein dickeres Deckblatt hinzu und schrieb darauf mit eigener Hand das Wort »*Samisdat*«, wie er es von Titelblättern russischer Publikationen kannte, die auf irgendwelchen konspirativen Wegen aus dem Westen nach Ungarn geschmuggelt worden waren. *Samisdat* – Selbstverlag, dachte er, ich bin mein eigener Verleger. Die mit Büroklammern zusammengehaltenen Papiere gab er an seine Bekannten weiter. Einer von ihnen machte ihn darauf aufmerksam, dass Radio Free Europe in seinem politischen Magazinprogramm am Sonntagvormittag seinem Werk eine halbe Stunde widmen würde, dabei betonend, dass dies ohne Wissen des Autors, »eines namhaften Budapester Ökonomen«, geschah.

Von diesem als Lob gemeinten Titel war Kolozs irritiert, denn er war in seiner Branche so gut wie unbekannt. In dieser Zeit hielt er als Assistent wöchentlich drei Seminare über Geldtheorien für Hörer vom Fach Finanzwesen und bekam dafür ein Gehalt von zweitausenddreihundert Forint. Das war keine große Summe, aber die Tatsache, dass dafür auch nur sehr wenig von ihm erwartet wurde, bereitete ihm moralisches

Kopfzerbrechen. Weil er sich im zehnten Jahr seiner Anstellung auf derselben Stufe der Eselsleiter befand wie zu Anfang, schöpfte er einen Verdacht: Der Staat beschäftigte ihn nur, damit er nicht arbeitete, genauer, damit er nicht einer Arbeit nachging, die ihm gefiele. In der monatlichen Versorgung verbarg sich also eine Art Bestechung. Er bekam seinen Lohn, damit er den Verlust von Onkel Frici und die Anwesenheit seines neuen Chefs Elek Bakonyi ertrug, der weder Fisch noch Fleisch war. Kolozs konnte das längst renovierungsbedürftige Haus am Donauufer nicht riechen, in dem man zwischen zwei Seminaren höchstens Kaffee trinken und mit langweiligen Menschen über langweilige Dinge reden konnte. Er dachte immer häufiger darüber nach, dass die Zeit für einen Wechsel gekommen war. Wenn er schon im wissenschaftlichen Bereich keine Chance zur Beförderung hatte, weil sein Name zu eng mit Onkel Fricis gescheiterten Reformideen verbunden war, dann konnte er wenigstens versuchen, sich als Freischaffender zu verdingen. Anhand von gelegentlichen Aufträgen als Übersetzer und Dolmetscher begriff er, dass diese Arbeit ihn mehr befriedigte als die Nichtstuerei an der Universität, und wenn er ganz umsattelte, konnte er das Mehrfache seines jetzigen Gehalts verdienen. Zwar würde auch dies nicht ausreichen, einer Wohnungsbaukooperative beizutreten, aber immerhin wäre ein besserer Lebensstandard möglich, und er könnte auch seine Eltern stärker unterstützen.

Ab und zu träumte er davon, einen Touristenpass für dreißig Tage zu beantragen und, wie manche seiner Generationsgenossen, politisches Asyl in der freien Welt zu suchen. Auf diese Eventualität schielend, nahm er sogar Englischstunden in der Sprachschule der Gesellschaft zur Verbreitung wissenschaftlicher Kenntnisse, allerdings mit nur geringem Erfolg. Die englische Phonetik konnte er, anders als die russische, nicht verdauen. »*The Manchester traffic system is awful*«, wiederholte er vor dem Spiegel beim Rasieren und fügte mit gespielter Drohgebärde einen Satz aus der Lektion 6 des Lehrbuchs *Starting Strategies* hinzu: »*If the Manchester Council doesn't manage the situation, I will buy a bicycle.*« Von solch einem Satz kriegte er fast Mundsperre. Lippen, Zähne, Zunge, die ganze Mundhöhle leisteten der englischen Artikulation erbitterten Widerstand. »O Gott!«, flüsterte er, »vielleicht ist dieses Problem kein phonetisches, sondern ein rein inhaltliches. Der Teufel will als politischer Asylant in Manchester Fahrrad fahren!« Die Emigration war eine zweischneidige Waffe im *Struggle for Life*. Einigen brachte sie Erfolg – so seinem ehemaligen Klassenkameraden Robi Singer, der erst vor zwei Jahren abgehauen war und nun als anerkannter Kunsthistoriker in Wien arbeitet. Aber viele scheiterten, und seit der Westen mit dem Ostblock flirtete, war er Flüchtlingen und Asylsuchenden gegenüber weit weniger aufnahmebereit als 1956, nach der Revolution. Allerdings flüchteten damals die Leute über vermintes Terrain und durch Stacheldrahtzäune, während er mit einer Reisegenehmigung der Volksrepublik Ungarn reisen würde – vorausgesetzt er bekam einen Pass. In der Tat ein schlauer Kunstgriff: Wozu brauchte man Asyl, wenn man scheinbar sogar frei reisen durfte? Wie konnte er dies drüben erklären?

Zum Glück wurde Kolozs diese Sorge bisher immer wieder abgenommen. Jedes Jahr stellte er einen Reiseantrag, und jedes Jahr erhielt er die Ablehnung mit einer Begründung, die immer gleich klang: »Ich habe so verfügt, weil Ihre Ausreise nicht im Interesse des Gemeinwesens ist.« Ein bisschen Abwechslung in diese eintönigen Formblätter brachten nur die Stempelunterschriften. Aus irgendeinem Grund trugen sie immer Frauennamen: »Frau Drucker«, »Frau Prágai«, »Frau Borsány«. Was habe ich diesen Frauen angetan, dass sie mich so hartnäckig nicht reisen lassen?, fragte sich Kolozs einmal jährlich.

Dabei waren die Frauen, wenn auch nicht die oben erwähnten, an Kolozs' wachsender Freiheit beteiligt, die ihm die Wohnung in der Wesselényi-Straße bot. Er erlebte das Gebiet von hundertundzwanzig Quadratmetern wie eine unabhängige Republik, in deren innere Angelegenheiten sich niemand einmischen durfte. Gleichzeitig war er der Grenzwächter, von dem abhing, wer über die Schwelle kam, und der die Aufenthaltsdauer der Besucher bestimmen konnte. Und das hieß, dass die gelegentlichen Frauenbekanntschaften, die er an der Uni, im Englischkurs oder auf den Feten der Intellektuellen traf, in seiner Leihwohnung nicht heimisch und im Bett nicht warm werden durften. Er versuchte sie in das mystische Provisorium seines Lebens einzuweihen, und wenn dies nicht abschreckend genug wirkte und einer Unglückseligen gar in den Sinn kam, sich in ihn zu verknallen, dann griff er, entgegen seinen eigenen moralischen Prinzipien, auf die Notlüge zurück, eine andere unsterblich zu lieben – eine Behauptung, die er in ihrer Schicksalhaftigkeit als erratisch und nicht mehr verhandlungsfähig empfand. Mit Hilfe der Budapester Klatschgesellschaft wussten die aufeinanderfolgenden jungen Frauen früher oder später voneinander und tauschten sich aus. So kamen sie gemeinsam zu der Schlussfolgerung, Kolozs sei zwar ein netter Kerl, aber völlig durchgeknallt und vom Gesichtspunkt einer dauerhaften Beziehung aus nicht zu gebrauchen. So wurden die abgelegten Geliebten mit der Zeit ihm gegenüber immun, und zur Silvesterfete des Jahres 1977 erschienen sie mit und ohne Einladung unbefangen mit einer Flasche Wein oder Kognak, sogar an der Seite ihres jeweiligen Freundes, um das neue Jahr in angenehmer Gesellschaft zu feiern.

In dieser Nacht fühlte sich Kolozs im gesellschaftlichen Mittelpunkt seines Lebens. Die Zusammenkunft der unterschiedlichen Eliten, die seiner Einladung gefolgt waren, erhob ihn über den grauen Durchschnitt und beförderte ihn zu einer Person der inoffiziellen, aber keineswegs gesichtslosen Öffentlichkeit. Hiervon versprach er sich, was ihm im Privaten bisher misslungen war. Ein Bild aus seiner Schülerzeit erschien vor ihm: Die Kundgebung am 1. Mai 1960, als er mit der Marschkolonne des Gymnasiums Benedek Virág an der Ehrentribüne der Partei- und Staatsführung vorbeizog. Zwar war ihm damals übel geworden, so dass der Schulleiter Ludasi ihn auf seinen Armen zum nächsten Arzt bringen musste, aber bevor er in Ohnmacht fiel, erlebte eine kathartische Identifizierung, eine Auflösung in der Masse, in der sich der Schwache als stark, der Hässliche als schön, der Dumme als klug und der Feige als mutig empfindet. Und obwohl die Zeit der großen Kollektive vorbei war, zelebrierten dafür die kleinen Gemeinschaften ihre eigenen Identifikationsrituale.

Am ersten Arbeitstag des Jahres 1978 ging Kolozs zum Institut, um sein letztes Seminar abzuhalten, das bereits in die Examenszeit fiel. Auf dem langen Korridor verlangsamte er ungewollt seine Schritte vor dem kleinen Raum, in dem eine Stunde später das Seminar stattfinden sollte. An der Tür war mit einer Reißzwecke ein Zettel angebracht: »Die Stunde des Assistenten Kolozs fällt aus.« Warum haben sie mich nicht benachrichtigt?, empörte er sich, jetzt bin ich umsonst hierhergekommen. In dieser Zeit hätte ich fünf Seiten übersetzen können. Da er nun schon mal da war, wollte er Professor Bakonyi gleich nach den Themen fragen, die geprüft werden sollten, aber zuvor ging er in sein Büro, zog den Mantel aus und stellte seine Aktentasche auf den Lehnstuhl. Dann sah er einen zweiten Zettel auf dem Schreibtisch: »Bitte ruf mich sofort an und komm vorbei. Prof. Dr. Elek Bakonyi.«

So ein Arschloch von Wichtigtuer, dachte Kolozs. Warum schreibt er den ganzen Namen und sämtliche Titel auf einen Zettel, als wäre es sonst rätselhaft, wer er ist – wie in Vörösmartys* Ballade: »Wer ist er, und wo ist seine Heimat?« Wozu diese Umstände? Warum soll ich bei ihm anrufen, wenn sein

* Mihály Vörösmarty (1800–1855), Lyriker der ungarischen Romantik

Vorzimmer zwanzig Meter entfernt ist? Immer wenn er etwas von Bakonyi wollte, musste er sich vorher bei seiner Sekretärin anmelden. Dazu hatte er jetzt keine Lust – er ging diesmal hin, ohne vorher anzurufen. Bereits vor der Tür des Sekretariats ahnte er jedoch, dass das seltsame Verfahren diesmal einen Grund hatte. Dass es sich um eine wichtige Angelegenheit handelte, entnahm er dem verlegenen Gesichtsausdruck der Sekretärin und der weichen Handbewegung, mit der sie die gepolsterte Tür zu Bakonyis Büro ein wenig öffnete und vorsichtig hineinschaute. Als er das Zimmer betrat, erblickte er dort neben dem Lehrstuhlleiter zwei weitere Männer, die sich auf dem Sofa platziert hatten.

»Die Genossen sind aus dem Ministerium«, erklärte Bakonyi und war leichenblass. Für Kolozs drängte sich zunächst die Frage auf, um welches Ministerium es sich handelte, aber einer der Männer kam ihm bekannt vor. Binnen einer Sekunde kam er darauf: Dieser hagere Glatzkopf war derselbe, der am 21. August 1968 im Kultursaal des Ostbahnhofs das gestrandete Reisepublikum des *Chopin*-Express instruiert hatte. Bereits damals war klar, dass es sich um einen hochrangigen Offizier der Staatssicherheit handelte, obwohl er unhöflicherweise darauf verzichtet hatte, sich vorzustellen. Kolozs war zufrieden mit seinem visuellen Gedächtnis, dank dessen er sich nun besser auf das Gespräch einstellen konnte. Das Thema, vollkommen klar, konnte nur die Silvesterparty sein. Kolozs war auch von Bakonyis verstörtem Stottern nicht überrascht, als dieser sagte: »Dann würde ich Sie jetzt allein lassen«, und aus dem eigenen Zimmer schlich wie jemand, der sich bei einem intimen Rendezvous überflüssig fühlt.

Sobald er die gepolsterte Tür leise hinter sich geschlossen hatte, fragte der kahlköpfige Sicherheitsoffizier mit jovialem Lächeln und der blechernen Stimme: »Na, Herr Kolozs, wie haben Sie die Silvesternacht verbracht?« – »Durchaus angenehm, wie immer«, gab Kolozs zur Antwort und ahnte wohl, dass die beiden Anwesenden bereits alle möglichen Informationen von den ungefähr achtzig Personen gesammelt hatten, die in der Wohnung in der Wesselényi-Straße gewesen waren. »Dass es angenehm war, bezweifeln wir nicht«, ergriff der andere spöttisch das Wort, ein jüngerer, dicklicher Mann mit krausem Haar. »Auffällig ist, Herr Kolozs, dass sich bei Ihnen noch nie eine solch illustre Gesellschaft eingefunden hatte. Das sei Ihnen gegönnt, aber uns wird niemand übelnehmen, wenn wir gerne wissen möchten, wie Sie diese Kumpanei ausgewählt haben.« Damit nahm er aus der Innentasche seiner Jacke einen Zettel. Ein Augenblick lang schien es, als wolle er eine Liste verlesen, dann aber steckte er das Blatt wieder weg. »Ist das ein Verhör?«, warf Kolozs ein und maß die beiden Männer mit einem schneidenden Blick. »Noch nicht«, grinste der Hagere vergnügt und griff sich, als sei ihm plötzlich etwas eingefallen, an den Kopf. »Ach, Entschuldigung!«, rief er aus. »Wir haben komplett vergessen, uns vorzustellen.« Er zeigte auf sich: »Oberst Kovács«, dann auf seinen Begleiter: »Leutnant Varga.« Oder umgekehrt, oder auch ganz anders, ging es Kolozs durch den Kopf. Diese hier nennen nicht einmal zufällig ihre richtigen Namen. Jedenfalls versuchte er so zu tun, als sei dies ein normales Gespräch in einer zivilen Umgebung. »Womit kann ich Ihnen helfen?«, fragte er.

»Sie – uns? Mit nichts«, antwortete der mit dem Namen Varga. »Sich selbst können Sie helfen. Zum Beispiel, indem Sie Ihre Lebensumstände besser ordnen. Stunden haben wir gebraucht, um herauszufinden, wo Sie wohnen, denn unter der Meldeadresse Klauzál-Straße 13a waren Sie nicht anzutreffen. Und wir haben uns auch Gedanken gemacht, mit welchem Recht Sie in einer fremden Wohnung Zusammenrottungen organisieren.« – »Die Wohnung ist nicht fremd«, warf Kolozs ein, »sie gehört meinem besten Freund.« – »Das wissen wir«, entgegnete der Leutnant. »Sie gehört Dr. László Bakos, der sich zeitweilig in Paris aufhält als Entsandter unserer Volksrepublik. Er muss also ein zuverlässiger Genosse sein. Obwohl«, fuhr er fort, während er sich eine *Szimfónia* anzündete, »auch an ihn hätten wir einige Fragen. Zum Beispiel: Wieso vertraut er seine Wohnung jemandem an, der nicht einmal provisorisch dort gemeldet ist? Wir hätten als Behörde jede Möglichkeit, Sie als Unberechtigten dort zu entfernen und das Objekt bis zur Rückkehr des Herrn Bakos zu versiegeln. Und zwar deshalb«, nun erhob er seine Stimme, »weil wir es nicht mögen, dass man unter dem Vorwand von Silvesterfeiern verkappte Staatsfeinde zusammenbringt.« Und nun brüllte er: »Unter ihnen berüchtigte Konterrevolutionäre, die sich nur dank unseres Humanismus auf freiem Fuß befinden! Haben Sie verstanden?«

»Nicht so hitzig«, winkte der Oberst ab, und Kolozs begriff, dass das Geschrei reines Theater war. Die leise vorgetragene Drohung jedoch, dass er aus der Leihwohnung hinausgeworfen werden könnte, ließ ihn aufhorchen. Es war sein verdammter Leichtsinn, dass er den von Laci unterschriebenen Meldezettel seit so vielen Jahren in der Schublade seines Schreibtisches hortete und nicht beim Hausmeister abgeliefert hatte. »Nein, ich bitte Sie«, sagte er mit fast übertriebener Bescheidenheit, »es gab dort keine Äußerungen, die …« – »Na klar!«, spöttelte der Oberst, »bei dem Lärm hätten Sie auch nichts gehört. Aber sie waren alle da, konnten sich zusammentun, konnten sich in diesem Stimmengewirr ungestört organisieren. Nebenbei: Es gab auch eine Reihe anständiger Leute bei Ihnen – als Alibi. Eben da liegt der Hund begraben. Wir möchten die Spreu vom Weizen trennen, während Herr Kolozs sie hemmungslos vermischt! Denn er selbst hat sich nicht entschieden, wo er hingehört. Es ist die eine Sache, wenn jemand einen Aufsatz schreibt mit der Absicht, etwas zu verbessern, und es ist etwas anderes, wenn dieselbe Kritik von außen kommt. Und noch ganz etwas völlig anderes ist es, wenn eine solche Kritik über den Münchner Piratensender verbreitet wird.«

»Ich habe nichts damit zu tun, was der Sender Freies Europa mitteilt«, parierte Kolozs, »nicht ich habe ihnen den Text zukommen lassen.« – »Sind Sie damit einverstanden, dass Ihr Text gesendet wurde?«, fragte der Leutnant. »Keineswegs«, gab Kolozs zur Antwort, und er fühlte, dass dies ein Fehler war, was der Oberst auch gleich bestätigte. »Großartig!«, rief er aus. »Dürfen wir dann Herrn Kolozs bitten, uns dies schriftlich zu geben? Nicht uns, sondern dem Professor Bakonyi. Damit würden Sie ihn nämlich davon verschonen, eine fähige Arbeitskraft entlassen zu müssen, und sich selbst könnten Sie die Mühsal eines Strafverfahrens wegen Aufwiegelung ersparen.«

»Was für eine Aufwiegelung, Herr Oberst?«, fragte Kolozs mit gespieltem Schrecken. Darauf wandte sich der Oberst an den Leutnant: »Gib mir bitte das Papier, Guszti.« Der mit Guszti Angesprochene nahm aus der Innentasche seiner Jacke ein dünnes Typoskript und überreichte es seinem Vorgesetzten, und Kolozs erkannte, dass es sich um eine Seite seiner in sechs Exemplaren abgetippten Studie handelte. Der Oberst nahm das Papier in die Hände und las langsam und gemessen vor: »Indem die ungarische Wirtschaftsreform nach der Unterdrückung des Prager Frühlings im Jahr 1968 abgewürgt wurde, erwies sich die Ökonomie unseres Landes als völlig ausgeliefert einerseits den sowjetischen Rohstofflieferungen, andererseits den in letzter Zeit Hals über Kopf aufgenommenen Westkrediten, die, von Jahr zu Jahr akkumuliert, die Volkswirtschaft mit einem völligen Kollaps bedrohen. Den zwischen Rubel und Dollar eingekeilten Forint können wir infolge der schleichenden Inflation und der Verringerung der inneren Warendeckung kaum noch als Geld im herkömmlichen Sinne betrachten.« Mit Triumph blickte er von dem Blatt auf und rief: »Na sehen Sie! Es gibt hier jede Menge Aufwiegelung: ›unterdrückt‹, ›abgewürgt‹, ›ausgeliefert‹. Und der einsame Höhepunkt: ›Der Forint ist kein Geld‹. Dabei kassieren Sie doch gern Ihr Monatsgehalt in Forint, nicht wahr? Unseretwegen können Sie es weiter bekommen. Aber nur unter der Bedingung, dass Sie sich von München distanzieren! Das ist eine Vertrauensfrage!«

Sie rangen noch eine Stunde lang miteinander. Kolozs wusste, dass die Drohung mit dem Hetze-Paragraphen nur ein Bluff war. Prozesse fingen sie in letzter Zeit nur ungern an, eben weil der Staat Westschulden hatte und ein gutes Image brauchte. Eine Entlassung aus dem Job schien eher wahrscheinlich, aber momentan hatte Kolozs als Freiberufler günstige Aufträge, die kaum rückgängig gemacht werden konnten. Der einzig sensible Punkt war die geliehene Dreizimmerwohnung, aus der man ihn auf rein administrativem Weg vertreiben konnte. Wenn er daran dachte, aus den bequemen hundertzwanzig Quadratmetern wieder in das Rattenloch in der Klauzál-Straße zurück zu ziehen, dann trat ihm kalter Schweiß auf die Stirn. Er erwog bereits, auf das von den Sicherheitsleuten geforderte Zugeständnis einzugehen, versuchte diese Entscheidung aber hinauszuschieben. Um Zeit zu gewinnen und von dem heiklen Thema abzulenken, begab er sich in langwierige wirtschaftstheoretische Ausführungen. Ihm gehe es nur darum, beteuerte Kolozs, auf den Spuren seines verblichenen Lehrmeisters Frigyes Endrei die Leninsche »Neue Ökonomische Politik« wiederzubeleben und mit der wissenschaftlich-technischen Revolution, die in der UdSSR als hohe Zielsetzung gelte, zu verbinden. Er listete alle Daten auf, die in seinen Augen gute Argumente dafür boten, dass der ungarische Sozialismus eine moderne Produktionsstruktur, die Konkurrenzfähigkeit auf dem Weltmarkt, die Stabilität der Tauschproporze und den weitgehenden Schutz der Wertbeständigkeit des Forint brauche.

»Wir wollen einander nicht weiter ermüden«, sagte plötzlich der Oberst und warf einen bedeutungsvollen Blick auf seinen Kollegen. Beide standen auf, ließen Kolozs vorausgehen und schlossen die Tür zum Zimmer des Lehrstuhlleiters, der nirgendwo zu sehen war. Kolozs rannte blitzschnell in die Wesselényi-Straße, kramte den von Laci Bakos vor fünf Jahren unterzeichneten Meldezettel aus der Schublade und brachte ihn zum Hausmeister. Der machte große Augen und holte kopfschüttelnd seinen Stempel heraus. Kolozs hielt das nunmehr gültige Wohndokument so krampfhaft in der Hand, dass es fast zerknitterte. Um acht Uhr am Abend nahm er die Depesche von der Universität entgegen: »Die Verlängerung Ihres Arbeitsvertrages nehme ich aufgrund wiederholten Disziplinbruchs und Untauglichkeit zurück. Bitte sich morgen zur Übergabe des Arbeitsraumes im Sekretariat zu melden. Universitätsprofessor Lehrstuhlleiter Prof. Dr. Bakonyi.«

FÜNFTER TEIL

1990–1994

»Gábor Kolozs, Mitarbeiter der Nationalversammlung, privater Anschluss. Bitte hinterlassen Sie nach dem Signalton Ihren Namen oder … und Ihre Telefonnummer oder senden Sie ein Fax an die Nummer 3118081.« – »Hier spricht Gábor Kolozs. Bitte hinterlassen Sie eine Nachricht, ich werde Sie zurückrufen. Sie können auch ein Fax schicken auf, äh, an die Nummer 3178081.« – »Gábor Kolozs. Bitte hinterlassen Sie ein Fax oder sprechen Sie eine Nachricht auf die Telefonnummer 317081… verdammt noch mal!« – »Hier spricht Gábor Kolozs. Bitte nach dem Signalton hinterlassen Sie eine Nachricht …« – »Hier spricht Gábor Kolozs, Mitarbeiter der ungarischen Nationalversammlung. Bitte hinterlassen Sie nach dem Signalton eine Nachricht oder senden Sie ein Fax unter 3378081.«

Er war schweißgebadet, als er endlich die Aufnahme in der nötigen Qualität und mit dem gewünschten Inhalt hinbekommen hatte. Er hörte sich die Ansage noch zweimal an, dann ging er mit dem Wohnungsschlüssel in der einen und einigen Forintmünzen in der anderen Hand auf die Straße und suchte nach einer Telefonzelle. Gleich an der nächsten Ecke gab es eine, aber dort hatte jemand den Telefonhörer herausgerissen. Unten am Széna-Platz fand er sechs Telefonautomaten nebeneinander. Aus einer Zelle rief er in seiner Wohnung in der Szabó-Ilonka-Straße an und hörte zufrieden nach zwei Klingeltönen die eigene Stimme: »Hier spricht Gábor Kolozs, Mitarbeiter der ungarischen Nationalversammlung. Bitte hinterlassen Sie nach dem Signalton eine Nachricht oder senden Sie ein Fax unter 3378081.« Er wartete bis zum Ende der Durchsage und sprach dann mit gespielter Feierlichkeit auf das Band: »Grüß dich, Gábor! Ich gratuliere dir zur Inbetriebnahme deines elektronischen Anrufbeantworters.« Dann kehrte er über die hügelige Straße zurück und nahm gleich zwei Treppen, um möglichst früh zu Hause zu sein, wo ihn, wenn er von der Technik nicht im Stich gelassen worden war, nun bereits der erste Anruf erwartete. Zu seinem Erstaunen sah er gleich zwei Nachrichten auf dem Display, und als er auf den Knopf »Abspielen« drückte, hörte er die Stimme von Feri Túróczi so scharf, als stünde dieser direkt neben ihm. »Es funktioniert also alles – es geht doch nichts über Philips, da soll mir mal einer kommen. Unsere Einkaufstour nach Wien hat sich also gelohnt. Also bis morgen, bitte bring den Entwurf des Steuergesetzes mit.«

Bevor Kolozs schlafen ging, trat er auf den kleinen Balkon, atmete tief die milde Mailuft und bewunderte das ins Abendlicht getauchte Donauufer. Aus diesem Winkel kann kein Pester die Stadt betrachten, und selbst in Buda ist das nur möglich, wenn man sich im hügeligen Teil befindet. Die Szabó-Ilonka-Straße liegt außerhalb der Burg und oberhalb des Stadtzentrums, und wer von dort aus auf die Stadt hinunterschaut, hat auch das Gefühl, sie zu besitzen. In Wien ist das ganz anders, dachte Kolozs: Der Donaukanal hat kein Panorama, und der Fluss selbst meidet die Innenbezirke. Die Berge erheben sich am Rand der Stadt, und deshalb fehlt dieser Effekt, der aus Budapest auch ohne Altstadt mit Biedermeier und Barock eine Sehenswürdigkeit macht. Kolozs dachte häufig über diese Gegebenheiten nach, seit er in Buda wohnte, und freute sich, solchen Stoff zum Nachdenken haben zu dürfen. Die hübsche Wohnung mit den zwei Zimmern, Balkon, Heizung und Bad, nun außerdem noch dieses stahlgraue Telefon mit eingebautem Faxteil und Anrufbeantworter erschienen ihm als obligatorische Utensilien seiner neuen Lebensweise. Jenseits des Komforts und der Bequemlichkeit hatte die Wohnung für Kolozs einen besonderen Reiz dadurch, dass für ihre Nutzung weder eine Hochzeit erforderlich war noch ein Freund, der bereit war, sie ihm zu borgen. Dies bedeutete, dass er nun endlich mit sechsundvierzig Jahren die Karriereleiter erklommen hatte oder, wie der Vater es nannte, als er von seiner Mitarbeit im Parlament erfuhr, ein »gemachter Mann« war.

Für Kolozs war sonnenklar, dass er ohne den Sturz des alten Regimes niemals in diese Position gekommen wäre. Beruflich, das heißt ohne Doktorarbeit und Fachpublikationen, war er uneinholbar im Verzug, zumal die politische Ökonomie, die er in Moskau studiert hatte, bereits damals veraltet war, was inzwischen auch längst für die Reformträume von Onkel Frici galt. Denn hier würde es einen, wie man in Budapest zu sagen pflegte, grätenfreien Kapitalismus geben – ursprüngliche Akkumulation, Verarmung von großen Teilen der Bevölkerung, hemmungsloses Hineinströmen ausländischen Kapitals und der internationalen Warenwelt. Hunderttausende Arbeitsplätze würden überflüssig, und auch die Mitarbeiter des Lehrstuhls rührten unruhiger den Zucker in ihren Kaffee, denn die Hälfte von ihnen würde man entlassen – und wenn es eine göttliche Gerechtigkeit gab, dann bekäme Professor Bakonyi als Erster den Laufpass. Es wäre schön, ihn genau in diesem Augenblick zu sehen, ebenso wie Kolozs gerne den beiden Typen von der Staatssicherheit in die Augen sehen wollte, die ihm mit dem Hinauswurf aus Lacis Wohnung gedroht hatten. Heute jedoch lebte er als Bürger eines freien Landes in einer Wohnung, die er auf dem freien Markt gemietet hatte, und er durfte darin bleiben, solange man von seinem Konto monatlich dreißigtausend Forint für die Miete abbuchen konnte. Das war eine horrende Summe, die Hälfte der Rente des Vaters, aber Kolozs' Einkommen war nicht gerade niedrig: Er verdiente netto hundertfünfzigtausend Forint, und dieses

Gehalt bekam er als Fraktionsmitarbeiter der größten Partei des Landes, die von anderthalb Millionen Wählern an die Regierung gebracht worden war.

Diesen anderthalb Millionen habe ich das komfortable Obdach zu verdanken, wo ich Haupt und Glieder weich betten kann, fasste er das Ergebnis zusammen, wobei er bereit war, anzuerkennen, dass diese Möglichkeit im Grunde direkt auf die Initiative von Feri Túróczi zurückging. Vor zwei Jahren hatte Feri ihn aufgesucht. Er leitete damals eine populäre Wirtschaftssendung im Fernsehen und lud ihn in das Sommerhaus eines Akademiemitglieds in Visegrád ein, wo, wie er sagte, verantwortlich denkende Intellektuelle, Journalisten und Schriftsteller ein unverbindliches Gespräch darüber führen wollten, wie der ungarische Karren aus dem Dreck gezogen werden konnte. »Bilde dir aber nicht ein, das sei irgendein Dissidententreff«, betonte er, »und es wäre ausgesprochen blöd, wenn wir am nächsten Tag im Radio Freies Europa hören würden, was dort gesprochen wurde.« – »Ach Quatsch!«, sagte Kolozs etwas gereizt, »was hast du eigentlich gegen den Sender? Das ganze Land hat sein Ohr dort. Wahrscheinlich bekommt selbst Kádár seine Informationen daher.« – »Ich fürchte, das trifft nicht zu«, antwortete Feri mit sarkastischem Grinsen. »Sonst wüsste er längst, dass deine liberalen Kumpel seine Abdankung fordern. Das hätte auch einiges für sich, ist aber im Grunde unwichtig. In Visegrád, wo viele Menschen mit guten Absichten, aber wenig ökonomischen Kenntnissen zusammenkommen, musst du über trockene Finanzen sprechen, darüber, wie wir den Staatshaushalt und die Auslandsschulden in Ordnung bringen können. Es gibt keine Tabus, aber an deiner Stelle würde ich die führende Rolle der Partei unerwähnt lassen, und zwar nicht nur deshalb, weil ich selbst Mitglied in diesem illustren Verein bin. Sondern weil ich weiß, dass jeder Angriff uns Reformer innerhalb der Partei schwächen würde.«

Der Besitzer des Sommerhauses, Mitglied der Akademie der Wissenschaften mit sprichwörtlich guten Beziehungen zu obersten Genossen, tat das Seinige, um zu einem Erfolg der Veranstaltung beizutragen. Während die etwa vierzig Teilnehmer im Garten auf Bänken und Stühlen den Referenten zuhörten, dampfte ein riesiger Kessel Gulasch auf dem Feuer, so dass der Duft den Gaumen reizte. Die Schriftsteller erörterten pathetisch die nationalen Schicksalsfragen, die Journalisten protestierten gegen die Zensur und sagten konsequent »die Macht« oder »die Führung«, wenn sie »die Partei« meinten. Die Sowjetunion mit ihrer Perestroika wurde nur allgemein als gutes Beispiel erwähnt, dem »wir Ungarn« folgen sollten. Alle Beiträge bekamen Applaus, den größten Erfolg erzielte jedoch Feri Túróczi, als er seine Rede mit dem Satz begann: »Ich rede in meinem eigenen Namen, aber gleichzeitig für viele.« Und am Ende wiederholte er diesen Gedanken: »Ich weiß gar nicht, ihr ahnt es nicht, liebe Freunde, wie viele hinter den Schanzen der Macht mit euch einverstanden sind! Wir verstehen eure Begeisterung, euren Drang zu handeln, und wollen ihn keinesfalls ausbremsen. Doch hört jetzt meinen Freund Gábor Kolozs, einen hervorragenden Ökonomen, der seine wissenschaftliche Karriere seiner Überzeugung geopfert hat. Erlaubt ihm bitte ein paar Worte über die Rahmenbedingungen der Erneuerung des Magyarentums.«

Kolozs hatte furchtbares Lampenfieber, da er noch nie vor einer größeren Öffentlichkeit aufgetreten war. Aber es gelang ihm, bei gelegentlichem Blick in seine Notizen, die Lage sehr realistisch zu schildern. Demnach würde die Sanierung der Wirtschaft selbst bei einer schnell anlaufenden Reform mindestens fünfzehn Jahre in Anspruch nehmen, und sie hätte ohne ein modernes Steuersystem, massiven Sozialabbau und eine Arbeitslosenquote von fünf bis sechs Prozent auch keine Chance auf Erfolg. »Die erste Verpflichtung, die sich für eine demokratische Regierung aus diesem Sachverhalt ergibt«, erklärte er, »ist, dass diese mit dem Volk ehrlich sprechen muss – so wie Churchill, als er sagte: ›Ich kann nur Schweiß, Qual und Tränen versprechen.‹ Angesichts des Krieges fügte er noch das Wort ›Blut‹ hinzu. Aber wir hoffen, dass unsere Reform ein unblutiger, friedlicher, zivilisierter und kontrollierbarer Prozess sein wird.« Trotz dieses pointierten Schlusssatzes, über den Kolozs die ganze Nacht gegrübelt hatte, erntete sein Beitrag nur mäßigen, höflichen Applaus. Er war etwas enttäuscht, aber Feri beruhigte ihn: »Mach dir nichts draus. Das Reden über Schwierigkeiten, besonders über wirtschaftliche, ist unpopulär. Du bist ja damit der Überbringer schlechter Nachrichten. Wichtig ist, dass sie dich gehört haben. Mit diesem Auftritt haben wir schon mal die Tickets erworben. Nun stellt sich nur noch die Frage, wo und wann das Schiff abfährt.«

In der Tat waren die reformbereiten, ökonomisch jedoch wenig bewanderten Intellektuellen auf den einflussreichen TV-Journalisten Feri Túróczi angewiesen, um ihre eigene Position zu verbessern. Feri genoss sowohl in Fachkreisen als auch in der Bevölkerung hohes Ansehen. Der bebrillte bärtige Mittvierziger mit dem spöttischen Lächeln im Mundwinkel befragte selbst hohe Funktionäre über heikle Themen wie die Verschuldung des Landes und den desolaten Zustand der Schulen und Krankenhäuser. Seine Popularität wuchs noch, als er schon bald nach dem Treffen im Sommerhaus aus der Partei verstoßen wurde – ein Schritt, dem diesmal allerdings keine Entlassung folgte. Das Regime war 1988 für solche Manöver bereits zu schwach, Feri hingegen zu populär. In der Budapester Gerüchteküche war sogar von einem angeblichen mächtigen Gönner die Rede, der in ihm den Kontaktmann zu oppositionellen Kreisen sah. Angesichts der Situation im Lande bereiteten sich einige Machtzirkel bereits auf Verhandlungen mit diesen Gruppen vor.

Wie das Ganze wirklich gelaufen war, kam nie so ganz ans Tageslicht, aber Feri hatte in jeder Hinsicht gute Karten.

Und für Kolozs war wichtig, dass jener ihn, den ehemaligen Moskauer Kommilitonen, förderte und in entscheidenden Momenten mit einbezog. Als Túróczi nach den ersten freien Wahlen ins Parlament einzog, bestand er darauf, dass Kolozs sein Assistent im Wirtschaftsausschuss sein sollte. Er selbst verabschiedete sich von den Medien und war hierüber sichtlich erleichtert. »Ich habe mich gerade rechtzeitig von Kamera und Mikrophon getrennt«, erklärte er Kolozs. »Im Vergleich zu dem Kampf, der jetzt dort beginnt, ist unser Parlament ein lauwarmer Ententeich.«

Kolozs genoss das neue Leben in vollen Zügen. Manchmal blieb er bis zum späten Abend im Haus der Parteien, das früher den Kommunisten als Sitz des Zentralkomitees gedient hatte. Er bereitete Túróczis Reden vor, in denen dieser die Wirtschafts- und Finanzpolitik der Regierung in Schutz nahm gegen die immer vehementer werdende liberale und populistische Opposition. Er mochte diese Arbeit, einerseits weil er sie für vernünftig hielt, andererseits weil er dadurch viele Menschen kennenlernte, die ihn alle in seiner Wichtigkeit bestätigten. Es war angenehm, im Restaurant der Abgeordneten zu essen oder beim Empfang für Boris Jelzin anwesend zu sein, wo er sogar beim Dolmetschen der Trinksprüche einspringen konnte. Unvergesslich schön waren die Dienstreisen. Als Begleiter parlamentarischer Delegationen besuchte er innerhalb eines Jahres ein halbes Dutzend westlicher Hauptstädte, darunter auch Paris, wohin er seinerzeit mit Laci Bakos regen Telefonkontakt hatte, aber vor der Wende nicht reisen durfte.

Laci Bakos! Kolozs wurde nostalgisch, wenn er an den alten Kumpel dachte. Er hätte nur zu gern gehört, wie er in seiner frotzelnden, mit Zoten gespickten Art die historischen Veränderungen kommentierte. Laci hatte jedoch selbst einschneidende Veränderungen erlebt, und zwar nicht während, sondern bereits lange vor dem Systemwechsel. Dieser Prozess begann 1982, als er von seinem fast zehnjährigen Westaufenthalt zurückkehrte. Ob er abberufen worden oder freiwillig zurückgekehrt war – darüber sprach er nie eindeutig, aber sein Gesicht, seine Stimme und sogar sein Gang verrieten, dass er eine schwere Bürde mit sich trug. Dabei war er immer noch Chef, obwohl nicht mehr in einer internationalen Organisation, sondern nur an der Spitze einer verlustreichen Firma für Buchvertrieb, also auf einer Art Versorgungsstelle. Wenig später erzählte er am Telefon, Detty und er hätten sich einvernehmlich scheiden lassen. Laci zog in eine kleine Eigentumswohnung in der Galamb-Straße. Zwar traf er sich ab und zu mit Kolozs auf einen Humpen Bier, doch redete er kaum. Das fiel Kolozs schon allein deshalb auf, weil er selbst in den achtziger Jahren viel redseliger geworden war und seinem Freund über den Alltag, die Eltern, die Arbeit und auch die politischen Neuigkeiten detailliert berichtete. Einmal – es war im Sommer 1988 im Biergarten *Siebenbürgen* – war Kolozs plötzlich von seinem eigenen Monolog angeödet, und er sagte: »Es reicht. Jetzt bist du dran. Erzähl endlich was über dich.« – »Muss das sein?«, fragte Laci mit saurem Lächeln. »Aber sicher!«, bekräftigte Kolozs. »Na gut«, sagte Laci angestrengt, »kennst du den Witz?« – »Welchen?« – »Was ist das absolute Pech? … Wenn man eine Frau, eine sturmfreie Bude und einen Schwanz hat, aber nicht mehr weiß, was das Ganze soll.« Dann hob er seinen Zeigefinger, um den Kellner herbeizuwinken: »Zahlen, bitte!«

Er leidet an Depressionen, dachte Kolozs und erinnerte sich daran, dass er dieses Wort erst von Laci gelernt hatte – er selbst hätte das Gefühl eher als schlechte Laune oder miese Stimmung bezeichnet. Später ging in der Budapester Szene wiederholt das Gerücht um, Laci reise am Vorabend der deutschen Währungsunion mit Parteigeld im Koffer, namentlich mit DDR-Mark, zu Schweizer Banken und tausche die Scheine aus dem staatlichen Bestand schwarz in D-Mark um, selbstverständlich mit gutem Gewinn. »Er wird noch auffliegen«, sorgte sich Kolozs. Wenn die Geschichten dieser Art allesamt wahr gewesen wären, dann hätte er Laci bestimmt prinzipiell moralisch verurteilt – aber in seinen Gefühlen dominierte ein vages Bedauern.

Kolozs, der relativ früh von den zu erwartenden Ereignissen Wind bekam, erzählte seinen Eltern, dass in Ungarn bedeutende Veränderungen bevorstünden. Der Vater sagte dazu kein Wort, und die Mutter bemerkte nur: »Schade. Das Regime begann soeben erträglich zu werden.« Dann zuckte sie die Schultern und fügte hinzu: »Ich hoffe, ihr wisst, was ihr tut.«

Ein halbes Jahr später war sie bereits tot. Kolozs dachte in der Zeit der politischen Turbulenzen beständig darüber nach, was er für den Vater tun könnte. Dieser ging kaum noch auf die Straße, und seine Bankangelegenheiten erledigte Kolozs. Er hatte in derselben Filiale sein Konto, und wenn er sah, wie das wenige Geld des Vaters dahinschwand, überwies er im Bedarfsfall die fehlende Summe, damit der Alte in den schwarzen Zahlen blieb. Als aber der ehemalige Schulkamerad des Vaters, Dr. Freiburger, aus der Schweiz nach Budapest kam und nach seinem Besuch in der Klauzál-Straße die Wiedergutmachung für den Vater durchsetzte, war die finanzielle Stabilität wiederhergestellt, obwohl der Vater davon so gut wie nichts wahrnahm.

Die bewegten Zeiten Anfang der Neunziger – das waren die ökonomisch am besten abgesicherten und außerdem inhaltsreichsten Jahre in Kolozs' Leben. Bei all seinem Wohlgefühl fiel ihm zu spät auf, dass er sich einen kleinen Bierbauch zugelegt hatte. Dieser störte ihn dermaßen, dass er wieder mit Schwimmen begann und täglich früh am Morgen das Sportschwimmbad auf der Margareteninsel besuchte. Doch vergeblich: Der weiche Ring um den Nabel wurde zwar nicht größer, ging aber auch nicht mehr ganz weg. Er verbuchte dies als Zeichen des herannahenden Alters, wollte sich damit aber keineswegs versöhnen. Vielleicht wäre es doch gut gewesen, eine Frau zu haben, dachte er.

Abenteuer hätte er freilich zur Genüge haben können – in den parteinahen Milieus der Hauptstadt schwirrten viele hübsche und neugierige Frauen herum und waren nicht selten darauf aus, die Männer der Politik zu umgarnen. Wenn Kolozs Túróczi zu Diskussionsforen mit der Bevölkerung oder Podiumsdiskussionen in seinen Wahlkreis begleitete, suchte er sich gelegentlich ein Mädchen aus, und es kam zu seltenen, flüchtigen Begegnungen. Was die Situation in Budapest betraf, so konnte er nun längst nicht mehr behaupten, er hätte keine Möglichkeit, sich zurückzuziehen. Die Wohnung in der Szabó-Ilonka-Straße war ein ideales Liebesnest. Dennoch war Kolozs wenig erfreut, wenn eine Frau über Nacht bei ihm blieb, und jedes Mal, wenn er von einer Gelegenheitsbekanntschaft Abschied nahm, atmete er erleichtert auf, als sei er gerade noch heil davongekommen. War es möglich, grübelte er, dass er selbst schon in einen verbitterten Zustand wie Laci Bakos geraten war: Man hat eine Frau, eine sturmfreie Bude und einen Schwanz, aber weiß nicht mehr, was das Ganze soll? Hatte ich überhaupt in meinem Leben schon mal wirklich Lust auf irgendetwas?

Kolozs befürchtete, dass zu viel Politisieren die Seele austrocknet. Deshalb besuchte er an freien Abenden gerne Konzerte und Theater und las viel, sowohl Gedichte als auch Prosawerke. Gern nahm er auch seine alten Bücher aus dem Regal, besonders die Werke von Kálmán Mikszáth, der die parlamentarischen Hahnenkämpfe nach der Entstehung der Österreich-Ungarischen Doppelmonarchie, des sogenannten Ausgleichs, in seinem Roman *Zwei Wahlen in Ungarn* so giftig verspottet hatte – die Parallele zur Gegenwart fand Kolozs geradezu verblüffend. Noch mehr liebte er das Werk *Seltsame Ehe*, eine Anklageschrift gegen die Pfaffenwelt, ein Votum des Autors in den kirchenpolitischen Fehden seiner Zeit für die weltliche Ehe. Im Nachwort der Ausgabe, die aus den fünfziger Jahren stammte, las er Erstaunliches über die Eheprobleme von Mikszáth, vorgetragen im typischen Jargon der frühkommunistischen Ära: »Mikszáth hat 1873 mit Ilonka Mauks die Ehe geschlossen. Nichts ist charakteristischer für das Schriftstellerelend des feudalkapitalistischen Ungarn in der Ära nach dem Ausgleich als die Tatsache, dass Mikszáth, der mit seiner jungen Frau nach Budapest zog, hier mit dem Schreiben nicht über die Runden kommen konnte. Er fühlte, dass er kein Recht hatte, die liebende Gattin zugrunde zu richten. Deshalb ließ er sich von ihr scheiden mit der Begründung, er liebe eine andere. Mittlerweile wurde aber Mikszáth populär mit seinen Werken, die er im Zeichen des kritischen Realismus schrieb und in denen er die Rückständigkeit der Gesellschaft geißelte. Nunmehr als erfolgreicher Autor hielt er wieder um die Hand der Frau an. Die neue Hochzeit feierten sie 1882, und aus der Ehe gingen drei Söhne hervor.«

Kolozs war bewegt von dieser Geschichte, und sie erinnerte ihn entfernt an einen späteren Fall – seinen eigenen. Schließlich hatte auch seine Ehe unter anderem durch die engen Verhältnisse Schiffbruch erlitten. Denn Márta und er hatten sich zumindest gemocht und begehrt, obwohl das Wort Liebe nicht der richtige Ausdruck für ihre Gefühle war. Liebe ist ohnehin vergänglich, dachte Kolozs, ein langes Zusammenleben braucht eher Vertrauen und Toleranz. Hätten sie damals bessere Möglichkeiten gehabt, eine Familie zu gründen, dann wären sie vielleicht immer noch zusammen und hätten auch zwei oder drei Kinder gezeugt, die heute Abiturienten oder gar Studenten sein könnten. Ja, es war ebenso unproduktiv wie verlockend, sich zu fragen: Was wäre gewesen, wenn …

Im Frühjahr 1993 bekamen alle Fraktionsmitarbeiter Mobiltelefone zur Beschleunigung und Vereinfachung der Kommunikation. Kolozs war von dieser technischen Neuerung ebenso begeistert wie zuvor von Anrufbeantworter, Telefax und Textverarbeitungsprogrammen. Nachdem Kolozs das hübsche schwarze Nokia ausgepackt hatte, besprach er gleich die Mailbox. Dann nahm er sein Notizbuch zur Hand: Wer sollte die Person sein, die er zur Einweihung des Gerätes als Erste anrief? Das Heft öffnete sich auf der Seite, wo Mártas Name stand.

Das Anknüpfen an eine vor mehr als zwanzig Jahren abgebrochene Beziehung birgt die Komplikation in sich, dass die Protagonisten auf den ersten Blick dieselben sind, in Wirklichkeit aber ganz andere. Hinter Márta standen zwei weitere kaputte Ehen, und aus der zweiten stammte ein nunmehr pubertierender Knabe. Ihre Eltern hatten für sie einen Geldbetrag zusammengespart, der für eine Zweizimmerwohnung in der Damjanich-Straße ausreichte. Damit wurde sie zur Einwohnerin von Pest, während Kolozs inzwischen Budaer Bürger war. Über diesen Rollentausch lachten sie von Herzen in den ersten fünf Minuten im Café *Parlament*, das vor kurzem am Rand des Kossuth-Platzes eröffnet hatte. Márta erzählte, sie habe anderthalb Jahrzehnte lang als Gymnasiallehrerin gearbeitet, zwischendurch aber Englisch gelernt, und als das freie Unternehmertum Mitte der achtziger Jahre bereits möglich war, gründete sie die erste private Sprachenschule für Englisch. Dieses Geschäft war und blieb eine übermenschliche Anstrengung, mit der man jedoch recht gut verdienen konnte. Sie hatte sogar einen nagelneuen roten Opel Corsa. »Und was ist aus der polnischen Sprache geworden?«, frotzelte Kolozs, alte Erinnerungen heraufbeschwörend. Doch Márta schoss maliziös zurück: »Warum? Wie ist die Lage mit Puschkin?« Darüber mussten dann wieder beide lachen.

Die darauffolgende Nacht verbrachten sie zusammen, und das Körpergedächtnis rief mehr als zwei Jahrzehnte alte

Reflexe ab. Dieser Teil ihrer Beziehung funktionierte tadellos. Auch das gemeinsame Frühstück verlief angenehm. Als Márta zu ihrem Auto auf dem nahen Parkplatz eilte, verspürte Kolozs nicht die gewohnte Erleichterung, dass die Frau endlich gegangen war, sondern etwas völlig anderes: Er brauchte diese Frau, er wollte sie haben, wenn er auch nicht wusste, ob sich aus diesem Zusammensein etwas Längerfristiges ergeben konnte, und er auch nur vage Vorstellungen in dieser Richtung hatte. Von da an trafen sie sich regelmäßig. Márta drängte nicht, verkündete sogar, es sei ratsam, vorsichtig zu sein, die plötzlich aufwallenden Gefühle nicht überzubewerten – ein bisschen Kühle und Distanz schade selbst der besten Beziehung nicht. Je größer anfangs die Erwartung, desto tiefer die Enttäuschung, wenn etwas schiefgehe. Das beste Beispiel sei doch die arme Detty: Sie hatte sich damals Hals über Kopf in Lacis Arme geworfen und dachte sofort an Hochzeit. Wie glücklich war sie, als sie heirateten, und welch große Katastrophe wurde am Ende aus der Sache!

»Katastrophe?«, verwunderte sich Kolozs. »Du meinst die Scheidung?« – »Ich meine nicht die Scheidung«, erklärte Márta, »wir sind auch geschieden, und das war aus der Situation heraus damals richtig. Weißt du nicht, warum sie geschieden sind?« Kolozs schüttelte den Kopf, und Márta seufzte: »Worüber sprecht ihr Männer eigentlich miteinander? Nun: Dein Freund lieferte sich völlig seinem Schwanz aus und betrog Detty nach Strich und Faden. Es trieb ihn von einem Bordell ins nächste. Schließlich wurde er mit einer minderjährigen Thailänderin erwischt. Man wollte ihn einsperren, aber das ungarische Außenministerium übernahm eine Bürgschaft, und so wurde er aus Frankreich ausgewiesen. Dorthin darf er nie mehr seinen Fuß setzen.«

Kolozs war erschrocken von dem, was er da hörte, und begriff zugleich, warum Lacis Antworten so wortkarg ausgefallen waren, wenn er ihn aufgefordert hatte, etwas über sich zu erzählen. Bordelle besuchen, kleine Mädchen umlegen – das ist wahrlich kein Pappenstiel! Dabei war er verheiratet, hatte Kinder, saß in einer Pariser Luxuswohnung, und materielle Sorgen waren ihm fremd! Wenn er, Kolozs, fest bei einer Frau angelandet wäre und ein warmes Familiennest gehabt hätte, wäre er niemals mehr von dort weggegangen. Ein Sauhund mit einer kaputten Seele war er, dieser Laci. Und solche wie ihn hatte das gestürzte Regime in den Westen geschickt, damit sie dort die Interessen des Landes vertraten! Wie gut konnte er überhaupt Französisch? Kolozs erinnerte sich nicht, dass Laci jemals die Gelegenheit ergriffen hätte, die Sprache ernsthaft zu lernen. Und wenn nicht – warum hatte man ihn dann entsandt, warum die teure Valuta verschwendet? Wenn er schon im Privaten ein Doppelleben führte – war es dann nicht möglich, dass sein Job bei der UNESCO auch nur Camouflage war? Heutzutage sprach man so viel über die geheimen Machenschaften der kommunistischen Geheimdienste! Kolozs rang mit seinen Erinnerungen und Informationen wie mit einem Puzzle, dessen wichtigste Teile er nicht zusammenlegen konnte.

Den schlimmsten Verdacht schob er von sich, denn vor ihm erschien Lacis Gesicht mit seiner frotzelnden Liebenswürdigkeit und dem großzügigen Lächeln, mit dem er seine Wohnung unaufgefordert an Kolozs übergeben hatte, bevor er seine lange Dienstreise antrat. Diese edle Geste ließ Kolozs' chronische Heimatlosigkeit für ein Jahrzehnt erträglicher werden, ein Problem, für das es bis heute keine wirklich befriedigende Lösung gab. Selbst diese hübsche Wohnung unter der Budaer Burg war nur ein Übergangsphänomen. Er musste sie genießen, solange dies möglich war – solange es das Gehalt gab, von dem die mit der Inflation wachsende Miete bezahlt werden konnte.

Der Geldwertverfall war das markanteste Phänomen dieser Jahre. Er fegte die bescheidenen Ersparnisse der kleinen Leute hinweg, und dies führte dazu, dass, wie Feri Túróczi feststellte, die Wählerschaft der Regierungspartei langsam, aber gnadenlos dahinschwand. Sie sprachen ehrlich miteinander, und Kolozs befragte seinen Freund, warum die Regierungspartei den Nationalismus der Vorkriegszeit allmählich zu neuem Leben galvanisiere und so dazu beitrage, dass die rassistischen Rechtsradikalen immer mehr Terrain gewännen. Feri machte nur eine matte Handbewegung. »Ach was«, sagte er. »Der Nationalismus wird teilweise von der Partei kontrolliert, teilweise strategisch ausgenutzt. Die Politiker versuchen mit Hilfe des Nationalgefühls, verschiedene bittere Pillen zu versüßen. Viel schlimmer finde ich, dass niemand von ihnen die Pillen dem Volk verabreichen will. Alle unsere Vorstellungen über die Reform des Steuersystems werden von der Regierung mit der Begründung abgelehnt, die Leute wollten von irgendwelchen Einschränkungen kein Wort hören. Sie litten schon genug an den paar Einschnitten, die sie zu ertragen haben. Egal ob die Reform gelingt oder nicht – wir werden von den Wählern verhauen. Das ist besonders traurig, wir werden in jedem Fall teuer bezahlen.«

Obwohl er sich dafür genierte, analysierte Kolozs die Änderungen der politischen Lage hauptsächlich um seiner selbst willen. Mit großer Besorgnis durchstöberte er die Daten der Meinungsforschungsinstitute und die Popularitätslisten. Er sah, dass die Regierung gegenüber der starken und kampflustigen Opposition immer mehr in die Defensive gedrängt wurde und eine Ungeschicklichkeit nach der anderen beging. Auch den Nationalismus fand er nicht so harmlos wie Feri, besonders seit eine rechtsradikale Zeitung Túróczi und ihn als »zwei Moskowiter« angegriffen hatte, von denen einer, »wie bekannt, jüdischer Herkunft ist«. In seiner ersten Empörung empfahl er Feri, dem Schmierblatt einen Prozess anzuhängen. Dieser riet aber davon ab: »Prozessieren dauert lange, und wir haben keine Zeit. Jetzt ist wichtig, dass die Partei auf den Beinen bleibt, selbst wenn sie in die Opposition gehen muss.« Und er beruhigte seinen Freund mit der Einschätzung, er werde selbst im Fall einer Niederlage einen Sitz im neugewählten Parlament bekommen. »Erstens« behauptete Feri, »wissen sie alle genau, wem sie Dankbarkeit zollen müssen. Zweitens können sie auf meine Fachkenntnisse nicht verzichten – Moskauer Universität hin, lange Parteimitgliedschaft her.«

Kolozs nahm sich vor, der Hoffnung mehr Raum zu geben als der Furcht. Am Abend, wenn er in seine Wohnung zurückkam, fühlte er sich in Sicherheit, machte es sich im Sessel bequem und wählte mit seiner Fernbedienung zwischen Dutzenden von Programmen auf dem Bildschirm. Statt der durchpolitisierten ungarischen Sendungen suchte er westliche und russische Privatsender. Am liebsten sah er amerikanische Krimiserien und leerte dabei eine Bierflasche nach der anderen. An den Wochenenden, wenn Márta bei ihm übernachtete, kaufte er großzügig ein, füllte seinen Einkaufswagen mit den besten westlichen Waren und kümmerte sich nicht darum, wie viel sie kosteten. Zu Hause kochten sie gemeinsam, hörten Musik und genossen die ungestörte gemeinsame Nacht, ohne zu fragen, wie lange dieser idyllische Zustand andauern würde. Zu Weihnachten 1993 fühlte sich Kolozs ganz nah an einer Entscheidung. Er wollte klar aussprechen, dass Márta und er in den neunziger Jahren das verwirklichen sollten, was ihnen am Ende der Sechziger misslungen war. Doch im letzten Moment schreckte er vor seinen Worten zurück.

Zum Glück, dachte er jedes Mal, wenn er sich später daran erinnerte. Denn an jenem Samstagabend, als sie genussvoll französische Käsesorten probierten, Wein aus dem Elsass tranken und sich von irgendeinem sentimentalen Feiertagsfilm im Fernsehen einlullen ließen, hatte bereits zu knirschen begonnen, worauf Kolozs seine persönlichen Sehnsüchte und Pläne baute: seine Existenz. Auf einer bis spät in die Nacht dauernden Sitzung hatte der Parteivorstand Wahlpläne erörtert, unter anderem die Vorschlagsliste für die nächste Legislaturperiode. Túróczi befand sich nicht unter denen, die als Abgeordnete in Frage kamen. Dagegen protestierten einige, und der Parteivorsitzende sprach die beschwichtigenden Worte: »Von Feri, einem unserer wertvollsten Menschen, wollen wir uns nicht trennen, selbst wenn wir in die Opposition gehen.« Er solle in der Geschäftsstelle die ökonomische und finanzielle Arbeit steuern, was bisher Kolozs' Aufgabe gewesen war, »den wir zu unserem größten Leidwesen nicht mehr weiterbeschäftigen können«. Dabei habe die Anstellung von Túróczi auch eine heikle Seite: Er habe in Moskau studiert und sei bis 1987 Mitglied der kommunistischen Partei gewesen, was einige Angriffsfläche bot. »Aber wir werden ihn verteidigen können.«

Feri Túróczis Gesicht war aschgrau, als er Kolozs diese Nachricht überbrachte. »Das Schlimmste ist, dass ich wahrscheinlich nichts für dich tun kann. Meine eigene Position ist unsicher, und die Wahlen kommen erst noch. Eine in die Enge getriebene Clique ist bereit, jeden zu opfern.« Um der Situation die Schärfe zu nehmen, versprach er sogleich: Falls man ihn selbst behalte, werde Kolozs mit einer Fülle von Honorarverträgen, die er ihm verschaffen könne, nicht schlechter, sondern besser verdienen als bisher.

Allerdings ging die Partei aus den Wahlen noch viel schwächer hervor als erwartet und verlor zwei Drittel ihrer Mandate. Entsprechend ihrem Anteil an Parlamentssitzen musste sie den Großteil der Büroräume abgeben. Túróczi bekam ein Arbeitszimmer in der Parteizentrale, während Kolozs Ende Juni sein Büro im Haus der Fraktionen räumte und das Archiv an Túróczi übergab. Feri sah, wie schwer ihm dieser Abschied fiel, und verfügte, dass er seinen bisherigen Apple-Computer wegen der bald anfallenden Auftragsarbeiten mitnehmen dürfe. Er ließ sogar noch schnell ein Internetmodem in das Gerät einbauen und transportierte es mit seinem eigenen Auto, einem neuen Renault, in die Szabó-Ilonka-Straße.

Kolozs blieb bis zum Jahresende, der Laufzeit des Mietvertrags, in der Wohnung. Inzwischen verbrauchte er seine Abfindung und versuchte sich an Sparsamkeit zu gewöhnen. Das war nicht leicht: Das sorglose Leben hatte ihm sehr gefallen, und er schaffte es nur zähneknirschend, jedes Mal erst das Preisetikett zu studieren, bevor er im neuen Einkaufszentrum seine Waren in den Korb legte. Aus Kostengründen verzichtete er auf das tägliche Schwimmen und übte sich lieber im Jogging auf der Burg. Im Juni und Juli bekam er über Túróczi erstmals einige kleine Expertenaufträge. Bald konnte er kalkulieren, dass er mit dieser Nebenarbeit monatlich höchstens sechzigtausend Forint verdienen würde. Also musste er nach einer ordentlichen Beschäftigung Ausschau halten. Zunächst nur aus Neugier begann er die Zeitung *Stellenbörse* zu studieren.

In den Monaten nach seiner Kündigung gab Kolozs den ohnehin vagen Plan, eine engere Beziehung mit Márta zu begründen, allmählich auf. Ebenso leise, nüchtern und leidenschaftslos, wenn auch mit zärtlicher Zuneigung, wie er an dem Projekt gearbeitet hatte, verlief nun sein Rückzug. Márta spürte seine Verunsicherung und hatte ihn Anfang August vorsichtig gefragt: »Wie stellst du dir unsere Zukunft vor, Gábor?« Kolozs sah sich durch diese Frage veranlasst, einen langwierigen Gedankengang zu entfalten, in dem er an Mikszáths Beispiel die Abhängigkeit der menschlichen Beziehungen von den materiellen Verhältnissen erklärte. Márta erwiderte: »Jetzt hör aber mal auf. Ich verstehe deinen Mikszáth sehr gut. Er wollte seine Ilonka nicht ins Elend stürzen, und die Arme hatte praktisch keine Möglichkeiten, selbst einen Beruf auszuüben. Aber wir leben nicht mehr im neunzehnten Jahrhundert. Ich verdiene monatlich netto zweihunderttausend Forint und habe ein Polster auf meinem Konto, das sich sehen lassen kann. Du brauchst dir also über Geld keine Gedanken zu machen.« Kolozs runzelte die Stirn und schaute aus dem Fenster, aber Márta ließ sich nicht beirren: »Solange du keinen neuen Job hast, was bei deinen Fähigkeiten kaum lange dauern wird, überweise ich dir einfach monatlich sechzigtausend Forint. Am liebsten würde ich dich in meiner Schule aufnehmen, leider ist aber Russisch zu wenig gefragt. Und wo wir ungestört sein können, ist auch keine dramatische Frage. Jedes Wochenende können wir irgendwo hinreisen. Heutzutage fragt man in keiner Pension nach der Heiratsurkunde, sondern nur nach der Kreditkarte. Später wird mein Junge eine eigene Wohnung brauchen, und wir können bei mir zusammenleben.«

Kolozs war von Mártas Angebot fasziniert und erschrocken. Das, was sie vorschlug, wäre ohne Frage die einfachste, auf der Hand liegende Lösung seiner aktuellen Probleme gewesen. Gleichzeitig war er überzeugt, dass eine solche Konstellation für ihn kaum erträglich wäre. Mit einer Frau zu leben, die unvergleichlich aktiver war und besser verdiente als er selbst, würde für ihn bedeuten, dieser Frau ausgeliefert zu sein – den Extremfall einer solchen Abhängigkeit hatte er bei seinen Eltern studieren können. Na gut, Márta war zweifellos eine feine und intelligente Person, die niemals eine solche Situation missbrauchen würde. Aber das Gefühl, ausgehalten zu werden, hätte Kolozs keine Ruhe gelassen. Auch musste er daran denken, wie er seinen zahlreichen Bekannten eine solch günstige Änderung seines Schicksals, die ihm selbst die Schamröte ins Gesicht trieb, plausibel erklären sollte. Gleichzeitig konnte er sich nur schwer vorstellen, auf das angenehme Zusammensein, die gemeinsamen Nächte, die lukullischen Mahlzeiten mit Márta zu verzichten.

Wären die anderthalb Millionen Wählerstimmen, so dachte er, die vor vier Jahren mein Leben verändert haben, nicht auf eine halbe Million geschrumpft, dann hätte ich mir dieses bittere Dilemma ersparen können. Die nächste Frage war: Wäre die Niederlage der Partei erst in vier Jahren erfolgt – wäre daran das harmonische Verhältnis zu Márta zerbrochen? Und wenn die Partei, deren Angestellter er gewesen war, nach vier Jahren wieder auferstand und eine Regierung bildete, die Gábor Kolozs als Ökonomen brauchte – konnte er sich dann bei Márta wieder melden? Wurde künftig ihr Leben von Legislaturperioden bestimmt wie früher vom Regime? Oder war nicht die Außenwelt, sondern Kolozs selbst verantwortlich dafür, was in seiner Beziehung zu einer Frau geschah und was nicht? Tatsache war, dass jede Initiative in ihm schlagartig erloschen war. Nun musste er Márta taktvoll auf den Bruch vorbereiten, denn ab dem 1. Januar hatten sie wieder mal keinen Ort zum Zusammentreffen.

Ich will nicht mit ihr und ihrem Lümmel in derselben Wohnung sein, dachte Kolozs und knurrte halblaut vor sich hin: »Ich bin ein Monster.«

»Vater«, sagte Kolozs Anfang Dezember in der Wohnung in der Klauzál-Straße, während der Vater gleichmütig Schach spielte, indem er wie gewohnt das Spiel von zwei internationalen Großmeistern aufleben ließ, »am Monatsende würde ich dann gern wieder bei dir einziehen.« – »Ich dachte mir das schon«, sagte der Alte, ohne seinen Blick vom Schachbrett zu heben. »Ich höre ja Radio.«

SECHSTER TEIL

1995–2001

Zwischen 1995 und 2001 bewarb sich Gábor Kolozs auf ungefähr vierhundert Stellen, unter anderem als Manager, Lehrer, Dolmetscher, später Telefonist, Hotelportier, Hausmeister und schließlich als Nachtwächter, Schwimmbadaufseher und Friedhofsverwalter. Auf die meisten Bewerbungen erhielt er keine Antwort, in achtzig Fällen einen Brief mit höflicher Ablehnung, und es kam auch zu einigen Vorstellungsgesprächen. Bei diesen wurde zwar nie Klartext geredet, aber man ließ deutlich ahnen, dass die Ursachen der Ablehnung im Lebensalter, in der Überqualifizierung oder sogar in dem Sachverhalt begründet waren, dass die Nachfrage bezüglich der russischen Sprache in letzter Zeit spürbar im Schwinden begriffen war.

SIEBTER TEIL

2006

Am Freitag, dem 23. September 2006 stand Kolozs um die Mittagszeit im überfüllten Vorraum zwischen den Kassen und dem Ausgang des Lebensmittelgeschäfts *Reál* in der Klauzál-Straße. Hätte jemand ihn beobachtet, so wäre leicht festzustellen gewesen, dass er kaum ein Kunde sein konnte: Er hatte weder Korb noch Tasche bei sich. Aber die Leute waren mit ihren Wochenendeinkäufen beschäftigt, und wenn ihnen dieser alterslose und wenig markante Mann überhaupt auffiel, dann nur, weil sie auf ihrem Weg zum Ausgang fast über ihn stolperten. Einige schoben ihn beim Verlassen des Geschäfts sogar beiseite, so dass er inzwischen ganz an das Fenster gedrängt worden war, an dem er sich nun die Nase plattdrückte, wie dies kleine Kinder tun.

Aus dem Fenster konnte man die andere Straßenseite bis zur nächsten Ecke überblicken. Von dort aus näherte sich der alte Briefträger mit seiner bauchigen Ledertasche. Kolozs folgte mit dem Blick seinen Schritten, wie er in der halbdunklen Toreinfahrt verschwand, um nach einigen Minuten wieder herauszukommen und schwerfällig zum nächsten Haustor zu trotten. Hier hatte er anscheinend mehr zu tun, musste vielleicht Einschreiben und kleinere Pakete persönlich aushändigen, denn er blieb unendliche Minuten lang im Hause, und als er das nächste Gebäude, die Nummer 13a erreichte, atmete er schwer vor Erschöpfung.

Das Haus 13a in der Klauzál-Straße fiel in dieser Umgebung auf – es war, wenn man das so sagen kann, ein Gebäude mit Pech. Hier war in der Mitte der achtziger Jahre die letzte staatliche Renovierungswelle verendet. Während man die Nachbarhäuser einigermaßen in Ordnung gebracht hatte, inklusive des Austauschs veralteter Wasser-, Gas- und Stromleitungen, war bei dem Haus 13 a der Schwung vollständig zum Erliegen gekommen. Dies war bereits daraus abzulesen, dass die Reparatur von außen begonnen wurde, indem man als Erstes die Stuckverzierungen der Fassade abschlug. Man schickte sich soeben an, qualitativ ähnliche Umgestaltungen, die offenbar als besonders wichtig empfunden wurden, im Gewölbe des Treppenhauses vorzunehmen, als ein Fernsehteam vor Ort erschien, um die barbarische Verwüstung aufzunehmen. Einige zuständige Beamte waren von den Journalisten einbestellt worden, um Rede und Antwort zu stehen. Sie verhaspelten sich, lavierten am Thema vorbei und konnten keine sinnvolle Erklärung zum Geschehen abgeben. Man sah ihnen an, dass sie Angst hatten vor den inzwischen forsch auftretenden Medienleuten wie der Teufel vor dem Weihwasser. Schließlich versprachen sie, den Stuck mit den Puttenköpfen wiederherzustellen. Da dies jedoch zu teuer geworden wäre, hörten sie lieber in aller Stille ganz mit der Renovierung auf. Ein Jahrzehnt später warf sich das junge Kapital auf Häuser in annehmbarem Zustand, in denen man mit wenig Investitionen kleine Geschäfte oder Büros einrichten konnte. Die 13 a in der Klauzál-Straße gehörte nicht dazu. Vielmehr wirkte das Haus neben den anderen wie Andersens hässliches Entlein. Die Hausnummer war bis zur Unkenntlichkeit verwittert, die Gegensprechanlage am Tor aus der Wand gerissen, und an den Stellen, wo der Putz abgeblättert war, trat in weißgelben Flecken der Salpeter aus.

Kolozs sah durch das offene Tor auch die Briefkästen, in die der Postbote nun die Kuverts einwarf. Er verteilte die Post von oben nach unten, analog zu den Etagen des Hauses, und endete mit dem Erdgeschoss, wo Kolozs wohnte. Noch einmal prüfte der alte Briefträger sein mit einem Bindfaden zusammengeknotetes Papierbündel, ob sich darin nicht zufällig noch eine Sendung für das Haus 13a versteckte. Dann schlurfte er aus dem Haus und schlug die Richtung zum nächsten Tor ein. Im selben Augenblick eilte Kolozs zum Ausgang des Supermarkts und überquerte schnell die Straße. Vor dem Haus 13a blickte er sich vorsichtig um und ging erst hinein, nachdem der Briefträger in der Toreinfahrt der Nummer 15 verschwunden war. Die Wohnung Nummer 2, in der er wohnte, betrat man über den Hof, aus dessen Kopfsteinpflaster hier und dort spärliches Unkraut wuchs. Über der Wohnungstür gegenüber hing noch in einem Emaille-Rahmen das Schild »Hauswart«, aber davon gab es seit Jahren keine Spur – inzwischen hatten fünf Häuser einen gemeinsamen Verwalter. Die Wohnung Nummer 1 stand leer, die Tür war aufgebrochen. Darin wohnten zwei ausgemergelte Katzen, die sich jetzt im frühherbstlichen Licht auf dem Hof sonnten.

Kolozs öffnete seine Wohnungstür und nahm von der Klinke die Plastiktüte mit dem von der jüdischen Gemeinde gespendeten Essen, das er seit dem Tod des Vaters allein verzehrte. Gelangweilt sah er sich um und öffnete das Küchenfenster, damit ein wenig frische Luft vom Hof hereinkäme. Von dort drang allerdings mit dem ersehnten Luftzug nur ein durchdringender Gestank nach Katzenurin ein, so dass er das Fenster mit einem inneren Frösteln gleich wieder schloss. Dann betrat er den schmalen Streifen hinter der Pappwand, den seine Eltern für ihn im Sommer 1967 von dem einzigen Zimmer abgeteilt hatten. Dort legte er sich auf das Kanapee. Er lag mit offenen Augen, seine Hände hinter dem Genick gefaltet, und starrte an die Decke. Wer weiß, wie lange er in dieser Pose verblieben wäre, wenn nicht jemand an die Tür geklopft hätte.

Wie angestochen sprang er auf, eilte in die Küche und riss die Tür auf. Der Briefträger stand davor. »Entschuldigen Sie,

Herr Kolozs«, sagte er, »mein Gedächtnis ist auch nicht mehr das alte. Aber keine Angst, wahrscheinlich keine Rechnungen.« Damit nahm er aus der dicken, ledernen Schultertasche einen Briefumschlag. »Einschreiben für Kolozs. Aber nicht für Herrn Kolozs, sondern für den seligen Herrn Vater des Herrn Kolozs. Nun kann der Ärmste den Brief gar nicht mehr lesen, und vielleicht hat er mal darauf gewartet ...« Kolozs unterschrieb die Empfangsbestätigung mit zitternder Hand. Als er jedoch den Stempel des Absenders sah, war er erleichtert. Im Zimmer nahm er den Brieföffner aus der Schublade des Schreibtisches. Dann öffnete er die Sendung langsam und genussvoll. Sein Instinkt sagte ihm, ohne dass er dies hätte erklären können, dass der Brief nichts Nachteiliges für ihn enthielt.

Herrn Dr. Dániel Kolozs

Sehr geehrter Herr Dr. Kolozs,
wir erlauben uns, Ihnen die freudige Nachricht mitzuteilen, dass unsere Stiftung ihren Begünstigten und somit auch Ihnen dank amerikanischer jüdisch-christlicher Spenden eine einmalige Unterstützung von dreihundert (300) Schweizer Franken gewähren kann. Wir wollen damit dazu beitragen, dass die Überlebenden des Holocaust selbst in den heutigen schwierigen Zeiten würdevoll die heiligen Feiertage begehen können. Den beigelegten Scheck können Sie bei Ihrer Bankfiliale persönlich oder durch Ihren Bevollmächtigten einlösen.

Selbstverständlich ändert dieser Betrag nichts an den Modalitäten für die Überweisung der Ihnen seit Januar 1993 bewilligten Wiedergutmachung. Wir bitten Sie, zur Vereinfachung unserer Arbeit den Lebensnachweis für dieses Jahr möglichst frühzeitig persönlich oder über Ihren Bevollmächtigten einzureichen.

Shana Tova! *Das Präsidium*

Kolozs las den Brief mehrmals durch und wurde von einem federleichten Glücksgefühl ergriffen. Er hätte nicht sagen können, wann er zum letzten Mal Ähnliches verspürt hatte. Als er in Moskau sein Diplom in Händen hielt? Als er zum ersten Mal Márta küsste? Als er zum wohlbezahlten Mitarbeiter von Feri Túróczi wurde? Als er seine Wohnung in Buda unter der Burg bezog?

Egal, Hauptsache war, dass das Glück bei ihm wie ein unerwarteter Gast Eingang gefunden hatte. »Danke, Vater«, sagte er halblaut und warf einen dankbaren Blick in Richtung der mit einem Vorhang verschlossenen Zimmerecke. »Du hast mir mal wieder aus der Patsche geholfen.«

»300 CHF = 61380 HUF«, las er von der Wechselkurstabelle auf dem Bildschirm des Computers ab. Rund einundsechzigtausend Forint. Himmlisches Manna! Mit diesem Geschenk konnte er auf zweierlei Art verfahren. Die eine war: Am Montag ging er zur Bank und füllte mit der Summe sein Konto auf, womit er den Fehlbetrag von hunderttausend Forint verringern und sich wieder in die Gunst des Geldinstituts einschmeicheln konnte. Vielleicht konnte er auf diesem Weg auch seine Bankkarte zurückbekommen, die der Geldautomat perfiderweise verschluckt hatte. Dies hätte den Vorteil, dass die Landessparkasse OTP wieder seine Überweisungsaufträge erfüllen würde. Dann müsste er sich für eine Weile nicht mehr vor dem Briefträger verstecken, der die Mahnungen von den Gas-, Wasser- und Stromwerken mit Rückschein überbringen wollte. Die Rechnungen der kommunalen Versorger mussten ohnehin beglichen werden, ebenso wie die Betriebskosten für die Wohnung, und das Ausfüllen der Überweisungschecks war nicht nur wesentlich aufwendiger, sondern brachte wegen der Mahngebühren für jede verspätete Zahlung auch erhöhte Ausgaben mit sich.

Aber selbst wenn es ihm gelänge, das Vertrauen der OTP zurückzugewinnen, wären seine akuten Probleme damit noch längst nicht gelöst. Wenn der Scheck einfach auf seinem Konto verschwand, blieb doch die Frage, wovon er bis zum Beginn des nächsten Monats leben würde. Erst dann würde die Wiedergutmachung des Vaters ankommen auf dem Konto, das er in einer anderen Bank noch gerade rechtzeitig eröffnet hatte, weil er sich bei der OTP nicht mehr sehen lassen konnte. In der Küche gab es derzeit ein Kilo Kartoffeln, ein halbes Kilo Zwiebeln, vier Äpfel und eine halbe Dose Lipton-Tee. Die Ernährung, Grundlage der Existenz, war somit gefährdet. Unter diesen Umständen war es sündhafter Leichtsinn, wegen einer mittelfristigen finanziellen Sanierung auf den Zehrgroschen von einundsechzigtausend Forint zu verzichten.

Der Fall war eindeutig! Dieses Geld musste vorerst für die wichtigsten Beschaffungen verwendet werden, und zwar nicht am Montagmorgen, sondern sofort. Und da die Banken am Freitag zeitig schlossen, war seine erste und wichtigste Aufgabe die Einlösung des Schecks. Elektrisiert von dieser Idee brach er sofort auf, um die Filiale der Bank *Merkúr* auf dem St. Stephansring aufzusuchen. Am Elisabethring schaute er auf seine Uhr und sah besorgt, dass er noch höchstens fünfzehn Minuten Zeit hatte, um die Filiale zu erreichen, die bis vierzehn Uhr geöffnet war. Ich habe zu lange gezögert, warf er sich vor, das ist überhaupt mein Dilemma. Wenn ich mich endlich zu etwas entscheide, fehlt mir die Kraft, es bis zu Ende zu führen, und bis ich schließlich damit beginne, ergeben sich allerlei Hindernisse und unvorhersehbare Gefahren. So fiel ihm erst jetzt ein, als er in die Straßenbahn 6 stieg, dass er seit Jahren die Fahrscheine für den öffentlichen Nahverkehr von der Liste der lebenswichtigen Ausgaben gestrichen hatte und nun schwarz auf dieser Linie der Budapester Verkehrsgesellschaft BKV fuhr. Obwohl um diese Zeit das Erscheinen von Kontrolleuren in den zum Bersten vollen, unbequemen und schwankenden Wagen wenig zu befürchten war, beäugte Kolozs jeden Mitreisenden argwöhnisch und wartete darauf, dass jemand plötzlich die Armbinde mit dem Aufdruck BKV aus der Tasche nahm. Dann würde er aussteigen müssen, am Oktogon oder auch an seinem Ziel, dem Westbahnhof, und da er die Strafe nicht an Ort und Stelle bezahlen konnte, würde man seine Daten aufschreiben – und inzwischen schloss die Bank bis zum Montagmorgen.

Schweißgebadet und keuchend erreichte er die Filiale, wo er der einzige und letzte Kunde war. Als die Kassiererin ihn erblickte, verzog sie unwillig das Gesicht. Trotzdem prüfte sie den auf den Namen von »Mr. Kolozs« etwas mangelhaft ausgefüllten Scheck drei Minuten lang und zeigte ihn sogar diskret ihrer Kollegin. Kolozs stockte der Atem, und sein Herz schlug bis zum Hals. Schließlich zählte sie ihm aber die Banknoten durch das kleine Fenster hin und legte einen firmeneigenen Briefumschlag daneben. Kolozs hörte ergriffen das Flattergeräusch der neuen Geldscheine und versenkte das kleine Bündel in seiner abgewetzten Aktentasche.

Der Wachschutzmann begleitete ihn als letzten Kunden bis zur Türschwelle. »Auf Wiedersehen!«, sagte er ziemlich unfreundlich und drückte unten an der Tür auf einen Knopf. Während Kolozs noch einen Moment auf dem Bürgersteig stehen blieb, hörte er, wie hinter ihm die Jalousien hinuntergingen.

Seit fünf Jahren lebte er ohne den Vater, aber immer noch von dessen Geld, den monatlich eintreffenden dreihundert Schweizer Franken, die er widerrechtlich annahm und dadurch den Straftatbestand von kontinuierlich begangenem Betrug in Verbindung mit Urkundenfälschung erfüllte. Dafür war im Strafgesetzbuch eine Gefängnisstrafe von einem Jahr bis zu fünf Jahren vorgesehen. Als werteorientierter Mensch wusste Kolozs nicht nur um die strafrechtliche Dimension, sondern auch um die moralische Verwerflichkeit dieses Handelns. Jetzt, als er mit der außerordentlichen Zulage in seiner Aktentasche unterwegs nach Hause war, konnte er sein schlechtes Gewissen nur mit der Behauptung beruhigen, dass er sich nur noch drei Monate lang verstellen und Lügenmärchen erzählen müsste. Dann würde er diese gefährliche und zwiespältige Situation beenden, indem er der Schweizer Stiftung telefonisch mitteilte, dass sein Vater im hundertsten Lebensjahr friedlich verschieden sei und seinem Wunsch entsprechend auf dem jüdischem Friedhof von Košice neben seiner Frau zur ewigen Ruhe gebettet würde. Die dreihundert Schweizer Franken pro Monat würde es künftig nicht mehr geben, aber Kolozs konnte dann bereits seine Altersrente von sechzigtausend Forint beziehen, auf die er aufgrund seiner sechzehn Jahre währenden zusammenhängenden Beschäftigungsverhältnisse Anspruch hatte. Diese Summe würde gerade ausreichen, um nicht am Hungertuch zu nagen, aber er hätte endlich die Möglichkeit, die beständige Angst vor Entlarvung und die damit verbundenen selbstquälerischen Gedanken loszuwerden.

Seine einzige Sorge bestand nun darin, das Geld gut einzuteilen. Dies hatte er jedoch in den letzten fünf Jahren gelernt, und den aktuellen Bankrott zu Beginn des Sommers hatte er nicht selbst verschuldet. Mit den gut sechzigtausend Forint wollte Kolozs als Erstes einen längst fälligen größeren Einkauf bewerkstelligen und außerdem die Zahlungen vornehmen, die von der OTP wegen mangelnder Deckung nicht getätigt worden waren. Beide Verrichtungen musste er gut vorbereiten und die eine mit der anderen sinnvoll verbinden. Es war zum Beispiel offensichtlich, dass der Ankauf von Speisen und Getränken in der nötigen Menge einige Überlegungen und auch körperlichen Einsatz voraussetzte. Allein schon wegen der Kartoffeln und der H-Milch musste er zweimal gehen. Was Waschpulver und Drogerieartikel betraf, so war er gar nicht sicher, ob es diese in demselben Billigmarkt zu kaufen gab wie Speiseöl oder Eier. Auch musste er sorgfältig die Verfallsdaten prüfen, vor allem bei Milch und abgepacktem Aufschnitt. Was Unterhosen und Socken betraf, die er dringend anschaffen musste, kam er nicht umhin, die Sonderangebote zu vergleichen. Auch musste er die Geldüberweisungen gesondert tätigen – niemand stellt sich mit vollen Plastiktüten bei der Post in die Schlange. Am besten war es, zuerst die Überweisungsformulare zu beschaffen und in Ruhe zu Hause auszufüllen. Dies bedeutete, dass die Einzahlung der Gas-, Strom- und Wasserrechnungen sowie der Telefongebühren erst am nächsten Dienstag oder Mittwoch erfolgen konnte. Aber nach so viel Verspätung kam es auf einen Tag oder zwei auch nicht mehr an.

Das wird eine echte Herausforderung, ging es Kolozs durch den Kopf, die Anpassung eines sehr knappen, aber real existierenden Budgets an die vorhandenen Möglichkeiten. Vorsichtige Regierungen verfahren ähnlich, und er wusste aus seinem alten Beruf, dass man in dieser Lage nicht Hals über Kopf unüberlegte Entscheidungen treffen durfte. Echte Sparsamkeit hat nichts mit primitivem Zurückhalten des Geldes zu tun, sondern vielmehr mit sinnvoller Planung. Man riskiert das eine oder andere kleinere Übel und beugt dadurch den größeren oder gar einer Katastrophe vor. So etwas braucht Vernunft, braucht Logik, mehr noch – Logistik. Und dabei ist völlig egal, ob es um die Sanierung eines am Rand der Staatspleite dahinvegetierenden Gemeinwesens oder um den kollabierenden Haushalt einer Privatperson geht.

Parallel zu diesen Gedanken oder mit einer sekundenlangen Verspätung kam ihm die Idee, dass die Erarbeitung des Finanzplans in einem untypischen, um nicht zu sagen, würdigen Umfeld stattfinden sollte. Vielleicht gab aber nicht das Hirn den Impuls, sondern eher die Füße, die ihn fast unbemerkt zu seiner früheren Stammkneipe trugen, dem *Serbischen Gasthaus*. Am Nachmittag gab es wenig Gäste, und so konnte er den Tisch belegen, an dem er mit Feri Túróczi Anfang der neunziger Jahre des Öfteren gesessen hatte, wenn sie gerade keine

Lust hatten, am larmoyanten Leben in der Kantine der Abgeordneten teilzunehmen. Er war schon dabei, die Speisekarte zu studieren, als er plötzlich reflexartig dachte, es sei vielleicht besser, in diesen Zeiten der Misere von einem Festessen abzusehen. Doch sofort suchte er diese Bedenken mit rationalen Argumenten zu zerstreuen. Wenn es ihm gelang, mit dem zur Verfügung stehenden Betrag seine zerrütteten Finanzen in die Hand nehmen und die OTP von seiner Zahlungsfähigkeit zu überzeugen, dann hatte er diese Gaumenfreuden verdient, ebenso wie auch in der Volkswirtschaft die Vorkämpfer der Sanierung mit Prämien ausgezeichnet werden.

Noch aus besseren Zeiten hatte Kolozs die Gewohnheit, in jedem Restaurant eine Lieblingsspeise zu suchen und zu finden, der er dann die Treue hielt. Damals kamen in Budapest internationale Restaurants auf. Im *Maharadscha* bestellte er konsequent Huhn mit Mandeln, von der Karte im *Roten Drachen* wählte er immer die knusprige Pekingente, und alle Kellner im *Torino* wussten, dass man Signore Kolozs Saltimbocca in Rotweinsauce servieren musste und er es außerdem schätzte, wenn man ihm zum Abschied noch einen kostenlosen Grappa auf den Tisch stellte. Im *Serbischen Gasthaus* brauchte er eigentlich keine Speisekarte, sondern sagte, wie eine seit langem einstudierte Lektion, seine Wünsche auf: Als Vorspeise bestellte er Gemüsesuppe mit geröstetem Brot und Butter, dann mit Schafskäse gefüllte Hühnerbrust und als Dessert Schoko-Rum-Palatschinken. Als Aperitif trank er Birnenschnaps »Wilhelm« und nach dem Essen frisches Bier vom Fass.

Als der Bierkrug auf dem Tisch stand, arbeitete er mit dem Bleistift in der Hand an seinem Finanzplan. Er addierte und multiplizierte, strich einzelne Positionen und schrieb andere in eine lange Zahlenkolonne. Er gab sich erst zufrieden, als er sah, dass er ein Drittel der OTP-Schulden, insgesamt fünfundzwanzigtausend Forint, würde begleichen können. Wenn ich die Hälfte der nächsten Wiedergutmachungszahlung nehme, also dreißigtausend Forint, dachte er, dann habe ich wenigstens die Hoffnung, irgendwann aus den roten Zahlen herauszukommen.

Er wäre vermutlich auch nicht hineingeraten, wenn nicht der Kühlschrank Minsk, den die Mutter 1985 gekauft hatte, ausgerechnet in der Zeit der größten Sommerhitze den Geist aufgegeben hätte. Immerhin konnte man ihm das Recht dazu nach zwanzig Jahren Dienst kaum absprechen, aber leider hätte man selbst in der unabhängigen Republik Belarus keinen Reparaturservice für die alte Kiste mehr gefunden, und deshalb musste Kolozs einen neuen, wenn auch gebrauchten und kleineren Samsung für dreißigtausend Forint beschaffen. Damit geriet das gefährdete Gleichgewicht seiner Finanzen völlig aus den Fugen. Solche unkalkulierbaren Posten waren die Achillesferse jeder ökonomischen Rechnung. Von diesem Gesichtspunkt aus wäre es sogar zweckmäßig, dachte Kolozs, das restliche verbleibende Geld in eine neue Waschmaschine zu investieren. Wenn nämlich die alte, ein sechsundzwanzigjähriges Gerät aus DDR-Produktion, zugrunde ging, konnte man sie gewiss nicht mehr reparieren. Inzwischen röchelte sie beim Einschalten wie eine verwundete Bestie, und dieses Geräusch verhieß wenig Gutes. Auch nahm Kolozs es als böses Omen, dass das nasse Waschpulver sich nicht mehr regelmäßig verteilte, sondern klebrige Klumpen bildete.

In dieser ambivalenten Situation war es schon fast egal, was er in die Reihe der vorrangigen Ausgaben schrieb und was er als zweitrangig einstufte. Wie das Sprichwort sagt: Gewinnt man etwas auf der Fähre, verliert man es beim Zoll. Zwar kann man Zigaretten wichtiger finden als Bier, aber wenn zu beiden das Geld fehlt, sind sie als Genussmittel gemeinsam unerreichbar. Und was sind drei Paar neuer Socken wert, wenn in den Schuhsohlen lange Risse klaffen, so dass sie bei Regen ohnehin sofort durchnässt sind? Des Weiteren: Warum sind zwei

Eier pro Tag so unentbehrlich, dass sie sogar Winterschuhe und warmes Mantelfutter in den Schatten stellen? Weil der nächste Winter noch weit weg ist? Nun, es ist eine meteorologische Tatsache, dass es sehr oft lang anhaltende lauwarme Herbsttage gibt, aber es gibt auch manchmal schon Anfang Oktober Frost, manchmal sogar verbunden mit Hagel, der einem Luftangriff ähnelt – und bei solchem Unwetter würde Kolozs sich keinen Millimeter aus dem Haus bewegen und statt warmen Mantelfutters Rührei mit Zwiebeln bevorzugen. Am absurdesten erschien ihm, dass er auf seiner Einkaufsliste zunächst so banale Lebensmittel wie Salz, Zucker, Spaghetti und Ölsardinen vergaß, obwohl er sie seit Monaten bitter entbehrte. Was war das bloß für eine Planung? Etwa so, als würde ein rohstoffarmes Land aus purer Zerstreutheit einzelner Planer auf seiner Importliste Eisenerz, Aluminium und Erdöl weglassen.

Als er im Restaurant die Rechnung verlangte, fand er es beruhigend, dass das Gelage einschließlich Trinkgeld ihn am Ende nicht mehr als zweitausendfünfhundert Forint gekostet hatte.

Nach seiner Rückkehr fiel sein erster Blick auf das Mittagessen des Vaters, das er wegen der Eile nicht zu sich genommen hatte. Es waren sogar zwei Portionen, weil der Sabbath bevorstand. Dann esse ich eben am Abend noch mal richtig, dachte er und rieb sich die Hände. Er legte ein sauberes weißes Tischtuch auf und stellte die von der Gemeinde mitgelieferten Schabbatbrote, die Barches, darauf. Plötzlich fielen ihm die Spender aus den USA ein, die für den Geldsegen des heutigen Tages verantwortlich waren, und er begann sich zu schämen. Gut, die hatten ihre Großzügigkeit sicher nicht so gemeint, dass er die ganzen einundsechzigtausend Forint für Barches, koschere Fleischsuppe oder Schalet ausgeben sollte. Aber gewiss wären sie doch mehr als verwundert, wenn sie wüssten, dass er mit ihrem guten Geld ausgerechnet ein Restaurant der Gojim besucht hatte, um sich dort mit unsauberem Trejfe vollzustopfen. Zur Entschuldigung sagte er stehend die Bracha auf, die er seit seiner Kindheit auswendig kannte: »*Baruch ata adonaj elohejnu melech ha'olam, ascher kidschanu bemizvotav, vezivanu lehadlik ner schel schabbat.*« Dann zündete er die ebenfalls von der jüdischen Gemeinde beigelegte Kerze an und begann zu essen. Er konnte aber nicht aufhören, sich Vorwürfe zu machen: Ich weiß nicht einmal, wann in diesem Jahr Rosch ha-Schana gefeiert wird. Und Jom Kippur? Das Laubhüttenfest? Simchat Torah? Ich habe mir nicht einmal die Mühe gemacht, im Internet nachzusehen. Was bin ich bloß für ein Jude! Er beobachtete das knisternd herunterbrennende, allmählich verlöschende Kerzenlicht und dachte bitter: Genauso verreckt in mir das Judentum.

»*Período especial en tiempo de paz*« – Notstand in Friedenszeiten. Mit diesem Wort hatte Fidel Castro die Ära nach dem Zusammenbruch der Sowjetunion bezeichnet, als die neue russische Macht die billigen Rohstofflieferungen aufkündigte, woran der kleine Inselstaat beinahe zugrunde ging. Kolozs gefiel der Ausdruck, und er wandte ihn auf seine eigene Lage an, nachdem er seinen Job als Parlamentsmitarbeiter verloren hatte. Ebenso wie Kuba drastisch jeglichen Konsum beschränken musste, so nahm auch er Abschied von einigen Annehmlichkeiten des Lebens, die er früher als unentbehrlich betrachtete. Leichten Herzens trennte er sich von seinem Mobiltelefon, das sich schon bald als überflüssig herausstellte: Mit niemandem mehr hatte er unaufschiebbar wichtige Dinge zu verabreden, niemanden musste er im verrückten Straßenlärm warnen, dass er in einen Stau geraten sei und deshalb voraussichtlich erst eine Viertelstunde später zu einer lebenswichtigen Sitzung käme. Viertelstunde? Vor allem Zeit hatte er jetzt wie Heu. Er hatte berechnet, dass das Mobiltelefon, dieses Gerät zum Geldverbrennen, ihn monatlich fünfzehntausend Forint kostete – und seit Juli 1995 zahlte die Partei ja keinen Fillér mehr dazu. Eigentlich brauchte er auch das Festnetztelefon samt Anrufbeantworter und Faxgerät, das ihm einst Attribut einer neuen Lebensart gewesen war, kaum noch, weil seine sozialen und beruflichen Kontakte immer stärker rückläufig waren. Er selbst telefonierte nur dann, wenn jemand – sei es eine Privatperson oder eine Behörde – ihn ausdrücklich um Rückruf bat. Im Nachhinein freute er sich darüber, dass er, als es mit seiner Laufbahn nach oben ging, seinen schäbigen Trabant behalten hatte. Er hatte damals darauf verzichtet, ein Westauto zu kaufen, wie dies fast alle taten, die zur neuen Elite gehören wollten.

Als er wieder in der Klauzál-Straße einzog, brachte Kolozs auch sein kurze Zeit zuvor erworbenes Fernsehgerät mit, das Dutzende von Programmen empfing, und schon bald bemerkte er verblüfft, dass es damit zur teuersten Kategorie der Gebühren gehörte. Er wunderte sich über seine verschwenderische Gedankenlosigkeit – neben den ungarischen Sendern brauchte er höchstens CNN oder NTV Moskau, aber das italienische TV1, der Kika und irgendwelche Sportsender hatten ihn noch nie interessiert. Er kündigte den Vertrag und abonnierte das billigste Paket, von dem noch am ehesten der Sender Duna Televízió genießbar war, obwohl dieser als nationalistisch angehaucht galt. Kolozs war dem gegenüber gleichgültig, die Nachrichten interessierten ihn ohnehin immer weniger. Dafür konnte er in diesem Programm alte Spielfilme finden, die ihn jetzt mehr ansprachen als amerikanische Krimis. Er schaute sie selbstvergessen und wollte in die Zeit eintauchen, in der sie gedreht worden waren. Ins Kino zu gehen hatte er wenig Lust, die neuen westlichen Filme mit ihrer ohrenbetäubenden Tontechnik schreckten ihn ab. Auch hasste er die modernen monströsen Filmpaläste mit ihren vielen riesigen, öden Sälen, die vor Leere gähnten. Er war der Meinung, ein echtes Kino solle klein und ein wenig muffig sein, am liebsten so proppenvoll, dass man keine Nadel fallen lassen konnte – und während der Vorstellung sollte man auch das Surren des altersschwachen Projektors hören können. Wenn das nicht gewährleistet war, konnte man genauso gut zu Hause vor der Glotze sitzen. Leider musste Kolozs auf Theaterbesuche verzichten, weil diese für sein Budget zu kostspielig waren. Er bedauerte dies sehr, weil das Theater in den neunziger Jahren eine Blütezeit erlebte. Kolozs addierte alle Beträge, die er durch seine kulturelle Schocktherapie eingespart hatte, und kam auf monatlich zwölftausend Forint – eine Summe, über die er ohnehin nicht verfügte.

Seine *período especial* zog sich ebenso wie auf Kuba immer mehr in die Länge, und auch die Krise vertiefte sich von Jahr zu Jahr. Mit dem Tod des Vaters fiel die größere Hälfte des Einkommens aus, und die Summe der durch Betrug vereinnahmten Wiedergutmachung lag unterhalb des Existenzminimums. Kolozs verordnete sich weitere Restriktionen. Er verringerte die Zigarettenration von täglich einer Schachtel auf sechs Stück – eine Ausnahme bildeten besondere Ereignisse wie sein Geburtstag oder auch stresslastige Situationen. Eine Stange Zigaretten hielt auf diese Weise einen ganzen Monat, was angesichts der massiven Preiserhöhungen einer Ersparnis von jährlich mehreren Tausend Forint entsprach. Die Zeitspanne des Rauchens prolongierte Kolozs, indem er den Glimmstängel während des Rauchens ausdrückte, ihn auskühlen ließ und nach einer kleinen Pause wieder anzündete. Er reformierte auch seine Trinkgewohnheiten – auf sein geliebtes Bier verzichtete er und wechselte auf Weißwein, der wesentlich ergiebiger war, weil er ihn mit Mineral- oder Leitungswasser verdünnen konnte.

Den Besuch von Espressobars stellte er völlig ein, was ihm auch deshalb leichtfiel, weil sie immer mehr aus dem Straßenbild verschwanden und wesentlich rentableren Restaurants und Gaststätten das Feld überließen. Kaffee konnte er auch zu

Hause trinken, er kaufte ihn billig auf dem Markt am Klauzál-Platz oder im chinesischen Gemischtwarenladen. Zu Hause kochte er ihn mit dem alten Gerät Karaván seiner Eltern. Wenn es draußen warm genug war, trug er am Nachmittag einen Stuhl auf den Hof, schlürfte aus seiner Tasse und stellte sich vor, auf der Terrasse des Kaffeehauses *Gerbeaud* zu sitzen.

In all der Zeit gab es fast nichts Neues in Kolozs' Leben – außer den Vormittagen einmal im Jahr, an denen er mit Lebensnachweis und Personalausweis des Vaters die Villa auf dem Schwabenberg aufsuchte, um die Überweisung der Wiedergutmachung verlängern zu lassen. Er begriff nur allmählich, dass die Villa kein Eigentum der Schweizer Stiftung war und dass auch der Raum, der als Büro genutzt wurde, einer Privatperson gehörte. Frau Weiss war jahrzehntelang Korrespondentin für Französisch und Deutsch der Außenhandelsfirma Ferunion gewesen und kümmerte sich nun als Rentnerin um die Administration der Stiftung. Von dieser bekam sie eine bescheidene Aufwandsentschädigung, und die Schweizer bestritten auch die mit der Wohnung verbundenen Kosten. Kolozs hatte es bereits in den letzten Lebensjahren des Vaters übernommen, stellvertretend für ihn auf den Schwabenberg zu gehen, wo Frau Weiss ihn sehr herzlich empfing und ihm Kaffee anbot. Sie lebte allein, war eine mitteilsame und neugierige Natur und hatte offensichtlich wenig Bekannte, mit denen sie sich austauschen konnte. Jedes Mal, wenn Kolozs bei ihr klingelte, eröffnete sie sofort ein aktuelles Thema, wahrscheinlich um den intelligenten, gebildeten und nicht einmal alten Klienten, der offensichtlich einmal bessere Tage gesehen hatte, ein wenig für sich einzunehmen. Im Herbst 2001 empfing sie Kolozs mit den Worten: »Was sagen Sie dazu, Herr Kolozs? Diese beiden riesengroßen Türme in New York – sie sind eingestürzt wie ein Kartenhaus!« Oktober 2002: »Haben Sie den neuen Woody Allen gesehen? Den kann ich Ihnen dringend empfehlen – Erlebnis pur! Er läuft im Kino *Puschkin.*« Oktober 2003: »Wissen Sie, Herr Kolozs, ich habe letztes Jahr die *Brigitte* abonniert – kennen Sie bestimmt, das Frauenmagazin. Letztes Jahr kostete sie noch tausendzweihundert Forint, jetzt bereits zweitausend. Was kann daran bloß so teuer sein?« 2004: »Ich sage Ihnen, lieber Herr Kolozs, das Wetter ist ein einziges Chaos! Irgendetwas haben die vielen Raketen oder das Atom da oben kaputtgemacht. Zu meiner Zeit waren die Winter noch Winter und die Sommer Sommer. Aber heutzutage? Der Winter ist warm, und im Sommer friert der Mensch!«

Das andere, immer wiederkehrende Thema war ihre Begeisterung für den Vater. Diese brachte sie jedes Mal zum Ausdruck, wenn sie die Daten des Lebensnachweises mit denen des Personalausweises verglich. Das tat sie nicht sehr aufmerksam, sie folgte nur der Veränderung der Lebensjahre, und diese wob sie immer in ihre Dithyramben hinein. 2001: »Fünfundneunzig Jahre! Nach solchem Leid, unberufen! Ein hervorragender Mensch!« 2002: »Sechsundneunzig Jahre alt ist er nun! Herr Kolozs, ich bin fest davon überzeugt, er lebt nur noch, weil sein Sohn ihm das Herz erwärmt.« 2003: »Übermitteln Sie Ihrem Herrn Vater meinen allerherzlichsten Glückwunsch zu seinem siebenundneunzigsten Geburtstag!« 2004: »Achtundneunzig Jahre! Ehrlich gesagt, hätte er in diesem Alter eine Erhöhung der Wiedergutmachung verdient!«

Kolozs nickte voller Einverständnis zu den Worten der alten Frau Weiss, hütete sich aber davor, den Diskurs zu vertiefen. Die jährlichen Ausflüge zum Schwabenberg versetzten ihn immer in helle Aufregung. Wieder und wieder probte er auf einem Blatt Papier die Unterschrift des Vaters, bis er sie schließlich auf das Formular zauberte. Dieses mitsamt dem ungültigen Ausweis aus der Hand zu geben erschien ihm wie eine unvermeidliche, aber lebensgefährliche Operation, die er möglichst schnell hinter sich bringen wollte. Jedes Mal, wenn er nach dieser Erledigung mit dem Lebensnachweis in der

Hand das Büro der Stiftung wieder verließ, ging er zu Fuß in Richtung Moskauer Platz, um die Spannung etwas abzuarbeiten. Falls das nicht reichte, trank er am nächsten Kiosk einen Marillenschnaps und genehmigte sich unterwegs drei Zigaretten.

Er wusste, dass sich sein persönliches Risiko mit jedem erlogenen Lebensjahr des Vaters erhöhte. Immer näher kam die magische runde Zahl, die Frau Weiss nicht mehr mit den üblichen Gemeinplätzen kommentieren konnte. In der Tat hatte Kolozs im vorigen Herbst eine neue, feierliche und entzückte Version vernommen: »Ich gratuliere, Herr Kolozs! Neunundneunzig Jahre – alle Achtung! Und vor allem drücke ich die Daumen! Wirklich – alle Achtung! So ein Geburtstag wird doch in jedem Kulturland der Welt als erstrangiges Ereignis gefeiert. Nebenbei bemerkt: Vor ein paar Tagen habe ich ganz zufällig die österreichischen Nachrichten geguckt. Und was sah ich: Da wurde ein alter Mann öffentlich gefeiert, weil er hundert Jahre alt wurde und sowohl Auschwitz als auch Buchenwald überlebt hatte. Zwar war er keiner von uns, sondern ein österreichischer Bibelforscher, Jehovas Zeuge, wie sie sich nennen, aber immerhin ein Kriegsgegner und Nazifeind! Also, Herr Kolozs, nächstes Jahr um diese Zeit – schnell auf Holz klopfen! – planen wir eine große Überraschung zu Ehren Ihres Herrn Vaters.« Dann hob sie den Zeigefinger zum Mund: »Aber das ist ein Geheimnis, Herr Kolozs, selbst Sie dürfen nichts davon wissen. Der liebe Alte soll würdevoll gefeiert werden zu seinem Zentenarium. Das hat er sich verdient!«

Kolozs nickte eifrig und fühlte, wie das Blut aus seinem Gesicht wich. Seine Knie zitterten selbst dann noch, als Frau Weiss bereits bei ihrem diesjährigen Nebenthema angekommen war. Diesmal lamentierte sie über den im Lande grassierenden Antisemitismus in demselben vorwurfsvollen und verständnislosen Ton, mit dem sie vor einem ein Jahr von der miesen Witterung gesprochen hatte. Kolozs stand bereits in der

Tür, als sie noch einmal freudig ausrief: »Die Überraschung wird gelingen!«

Ansonsten registrierte Kolozs beruhigt, dass es mit den Jahren um den Vater still geworden war. Für fast alle, die seinerzeit die Todesnachricht erhalten hatten, war er bereits vergessen, und alle, die ihn lebend wähnten, wollten nichts mehr von ihm. Was kann man schon von einem hilflosen jüdischen Greis wollen, und das ausgerechnet in Ungarn?, fragte sich Kolozs. Die Gesellschaft war mit anderen Dingen beschäftigt. Unlängst war eine Geheimrede des Regierungschefs publik geworden, in der dieser eingestanden hatte, während des Wahlkampfs die Wahrheit über die wirtschaftliche Situation des Landes bewusst verschwiegen zu haben – und seither war die Hölle los. Die Politik schleppte sich von Skandal zu Skandal, die Parteien wollten sich nicht bekämpfen, sondern gegenseitig ausradieren, das öffentliche Leben war von einem völlig ungesteuerten Hass gelenkt, während die kleinen Leute zitternd die neueste Rechnung, den Steuerbescheid oder die Ablehnung der Sozialhilfe erwarteten. Das Judentum, falls diese Bezeichnung noch einen konkreten Inhalt hat, dachte Kolozs, wird in diesem Lebenskampf zum Prellbock, und ob ein einzelner Jude noch lebt oder nicht, interessiert keine Sau. Und das betrifft nicht nur den einzelnen Juden, sondern überhaupt jedes Individuum, ehemalige Berühmtheiten inklusive. Wer hier und heute durch den Rost fällt, ist weniger wert als die Geldscheine während der Hyperinflation der Nachkriegszeit. Irgendwann hat man sie nicht einmal mehr vom Bürgersteig aufgehoben. Mein Vater ist schon längst kein Thema mehr.

Charakteristisch für diese Zeiterscheinung war auch das Verhalten der Hausbewohner. Viele von ihnen hatten in all den Jahren immer wieder ein paar Worte mit Kolozs' Eltern gewechselt, und sei es auch nur über das Wetter. Als die Mutter starb, die aufgrund ihres zänkischen Wesens in der Klauzál-Straße und der unmittelbaren Umgebung nie sonderlich beliebt gewesen war, kamen dennoch einige, um zu kondolieren – so der Hausmeister, der alte Briefträger und die Kauffrau vom Markt am Klauzál-Platz, bei der die Mutter das Gemüse gekauft hatte. Damals waren die Menschen noch teilnahmsvoll, aber heute? »Barbarei«, murrte Kolozs, obwohl er einsah, dass ihn die allgemeine Gleichgültigkeit auch davor bewahrte, aufzufliegen.

Im Frühjahr 2006 klingelte das Telefon, und ein junger Journalist meldete sich. »Herr Kolozs?«, fragte er. »Am Apparat«, antwortete Kolozs, und der Mann ging offenbar davon aus, dass er es mit dem Vater zu tun hatte, denn er war nicht mehr zu bremsen: »Verehrter Herr Doktor, ich habe von Frau Weiss aus der Stiftung ›Ärzte für Opfer‹ von Ihnen gehört, auch, dass Sie sich eines hohen Lebensalters erfreuen. Ich möchte gern ein Interview mit Ihnen als Überlebendem des Holocaust, ehemaligem Häftling in Auschwitz, für unsere Sendung machen. Leider haben wir insgesamt nur sechs Minuten zur Verfügung, ich rufe bereits aus dem Studio an. Uns interessiert selbstverständlich auch Ihre Meinung über den Antisemitismus von heute …« Kolozs war empört über das journalistische Attentat, spürte aber vor allem die direkte Gefahr und wollte sie gleich abwehren. Mit einem Rest von Geistesgegenwart stellte er mit absichtlich gebrochener Stimme die Frage: »Junger Mann, wie alt sind Sie?« – »Sechsundzwanzig«, hörte er die leicht irritierte Antwort. »Na sehen Sie!«, brach es aus Kolozs heraus, und er hatte etwas Mühe, das Timbre des alten Mannes aufrechtzuerhalten. »Ich an Ihrer Stelle würde vor dem Interview in der Sendung noch schnell den Unterschied zwischen Auschwitz und Mauthausen erklären, man kann ohnehin von Mauthausen nicht sechs Minuten lang reden. Und über den Antisemitismus erkundigen Sie sich bitte bei den Antisemiten!« Damit legte er zornig den Hörer auf.

Am Tag darauf erhielt er zwei Anrufe. Feri Túróczi, der sich bei ihm seit Jahren nicht gemeldet hatte, kam mit der Nachricht: Ein mutiger junger Journalist habe gestern Abend im Radio über Kolozs' Vater gesprochen, »schade, dass du die Sendung nicht gehört hast«. Leider habe seine Partei, in der er nur noch ein kleines Licht sei, den Kampf gegen den Rassismus vernachlässigt. Als Bezirksbürgermeister und Mitglied dieser Partei finde er diese Aufgabe aber immer noch wichtig. Er werde Gábor demnächst wieder anrufen, denn er habe eine Idee, wie man das Gedenken an seinen Vater in angemessener, geschmackvoller Form gestalten könne. Unlängst habe er im Internet gelesen, dass man in Deutschland auf sogenannten Stolpersteinen aus Messing, die das Format von Katzenköpfen hätten, vor deren ehemaligem Wohnhaus an die Opfer erinnere. »Tja, mein Freund, die Deutschen sind uns, was politische Kultur betrifft, um Lichtjahre voraus.« Er wolle diese Gedenksteine in seinem Bezirk einführen, habe bereits einen entsprechenden Antrag im Oberbürgermeisteramt gestellt, und bei aller Sparsamkeit müsse für so etwas Geld da sein. »Ja, ganz bestimmt, gute Idee«, erwiderte Kolozs und fügte für sich selbst hinzu: Das hat mir gerade noch gefehlt.

Gefährlicher noch war der Anruf von Márta. Die Frau, die zum ersten Mal seit dem Tod des Vaters den Kontakt zu ihm suchte, schien die Radiosendung etwas anders gehört zu haben als Feri. »Dieser Typ«, sagte sie, »fordert dazu auf, solche Opfer wie deinen Vater als Zeitzeugen stärker in den Kampf gegen den Antisemitismus zu integrieren. Was sie sagen, soll man ernst nehmen, denn sie seien die letzte Generation der Überlebenden, und ihr Wort sei heute besonders wichtig, weil die Jugendlichen nicht einmal mehr den Unterschied zwischen Auschwitz und Mauthausen kennen. Und stell dir vor«, ereiferte sich Márta, »er erwähnte mit keiner Silbe, dass dein Vater schon lange nicht mehr lebt. Er müsste dich eigentlich um Erlaubnis bitten, bevor er über ihn spricht.« – »Das hat er«, stotterte Kolozs, »aber ich habe strikt abgelehnt.« – »Das habe ich mir gedacht,« sagte Márta, »umso unverschämter, dass er es trotzdem gemacht hat.« In der Nacht darauf bekam Kolozs kein Auge zu. Dieser hundertste Geburtstag ist eine Falle, dachte er.

Ein halbes Jahr nach dieser Radiosendung war in Kolozs' Seele längst wieder Ruhe eingekehrt. Er bereitete sich entschlossen auf das finale Gespräch mit Frau Weiss vor und hatte dazu zwei Versionen entwickelt. Die eine: Ein atemloser Anruf im Büro der Stiftung. »Gestern Abend ist mein Vater gestorben. Ich bin mit der Beerdigung beschäftigt, Sie wissen doch, in Košice, neben meiner Mutter. Seien Sie bitte nicht böse, ich muss sofort los, nach der Bestattung melde ich mich bei Ihnen.« Damit wollte er dem Lamentieren von Frau Weiss vorbeugen. Die zweite Version wäre ein Fait accompli: »Mein armer Vater ist gestorben, ich habe ihn in aller Stille beerdigt, wie er es wollte, auf dem jüdischen Friedhof in Košice neben meiner Mutter.« Diese Variante gefiel ihm trotz der Gefahr, dass sie Frau Weiss zu längeren Tiraden veranlassen könnte, deutlich besser – vor allem deshalb, weil sie Wort für Wort der Wahrheit entsprach. Für den wenig wahrscheinlichen Fall, dass Frau Weiss seitens der Stiftung eine Todesanzeige im jüdischen Blatt anregte, formulierte er einen Ergänzungssatz. »Das ist sehr rührend von Ihnen«, würde er sagen, »aber mein Vater hat mich gebeten, jegliches Aufsehen in der Öffentlichkeit um sein Ableben zu vermeiden. Er wollte sich keinesfalls von der Mehrheit seiner Schicksalsgenossen mit ähnlichem Leidensweg abheben.« Diesen Satz konnte er, fiel ihm nebenbei ein, auch bei Feri Túróczi anbringen, wenn dieser zur Unzeit, also vor Beginn der Rentenzahlung an Kolozs, noch einmal mit seiner Idee von diesem unaussprechlichen Stein käme. »Stolperstein, Stolperstein«, drehte Kolozs die Silben zwischen den Zähnen. Was für ein Wort, fast wie ein Versprechen.

Mindestens seit einem Jahr nahm Kolozs Unzulänglichkeiten an seinem Computer wahr. Er brauchte ungewöhnlich lange, um die Programme hochzufahren, das Speichern von Texten dauerte ewig, und das Gerät gab leise röchelnde Töne von sich, als würde es nach Luft schnappen. Das Gehäuse erhitzte sich stärker als normal, der Bildschirm vibrierte, und auf der Tastatur verblassten allmählich die Buchstaben. Auch die Maus schien manchen Befehlen nicht mehr folgen zu wollen, obwohl er sie schon einmal ausgetauscht hatte. Es geht zu Ende, stellte Kolozs fest, dabei war ich immer so sorgsam. In der Tat packte er das Gerät jede Nacht ein, wischte den Bildschirm zuvor mit einem leicht befeuchteten Tuch ab, entstaubte die Tastatur und löschte auch kontinuierlich überflüssige Film- und Musikfiles. Er war stolz darauf, seinen PC in all den Jahren von Viren freigehalten zu haben. Doch auch neben der Sorge um den Computer hatte er seit der Kündigung eine allgemeine Ordnungsliebe entwickelt, die manchmal zur Obsession wurde: Er räumte jeden Tag die Wohnung systematisch auf, wischte den Boden, putzte einmal wöchentlich die Fenster mit feuchtem Zeitungspapier, spülte nach jedem Essen das Geschirr, trocknete es ab und räumte es ordentlich in den Küchenschrank. Seinen Mantel hängte er nicht auf den Kleiderhaken, sondern immer gleich in den Schrank. Armut ist keine Entschuldigung für Unordnung und Schmutz – das war sein Prinzip.

An einem späten Septemberabend suchte er im Internet Tarkowskijs Film *Andrej Rubljow* und schaute ihn auf dem Computerbildschirm an. Er mochte das Werk wegen seiner schweren Melancholie und fühlte die Qualen des Ikonenmalers, hinter denen man leicht das höllische und hoffnungslose Ringen des Regisseurs mit der Macht, mit der Zensur und mit bornierten Mehrheitsmeinungen erkennen konnte. Dank Glasnost kannte Kolozs nun auch ein paar Einzelheiten. Er hatte sich informiert, an welchen Szenen herumgeschnitten worden war, welche Bilder und Dialoge die Gendarmen des

Sowjetischen Staatskomitees für Filmindustrie kastriert hatten. Umso faszinierender war es für ihn zu sehen, dass die Zensoren das Wesen des Werkes, dessen Atmosphäre, nicht beschädigen konnten. Tarkowskijs Genie hatte sie ausgetrickst.

Nachdem Kolozs erschüttert die letzten Sequenzen gesehen hatte, wollte er das Programm verlassen, indem er wie gewohnt auf der Menüleiste rechts oben das X-Zeichen betätigte. Doch das Programm schien wie an den Bildschirm geklebt, vollkommen unbeweglich. Er versuchte es noch mit »Escape«, »Entfernen« und verschiedenen anderen Funktionen, aber alles blieb vergeblich. So wählte er die einfachste Methode, vor der die Fachkundigen immer warnen: Er zog den Stecker aus der Steckdose. Am nächsten Morgen empfing ihn nach dem Einschalten ein klarer, aber leerer Bildschirm, und bei jedem Druck auf eine Taste bekam er einen leisen Pfeifton zur Antwort.

»Koniec filma« – Ende der Vorstellung, flüsterte er halblaut und begann leise vor sich hin zu fluchen. Ausgerechnet der Computer! Es wäre ihm lieber gewesen, irgendetwas im Haushalt wäre kollabiert, zum Beispiel die Waschmaschine. Schließlich hatte er während seiner ganzen Kindheit gesehen, wie man Wäsche auch ohne Maschine waschen kann. Nur große Teile wie Bett- und Tischwäsche hatte die Mutter oft in die Wäscherei gebracht. Bis zum Ende der siebziger Jahre hatten sie auch keinen Kühlschrank, nicht einmal die primitive Version, eine mit Blech ausgeschlagene Kiste, für die der Eismann in einem Leinensack große Eisstücke lieferte. Das erste Fernsehgerät, damals noch schwarz-weiß, kam zu Beginn der siebziger Jahre ins Haus, als bereits alle anderen eines hatten. Auch das Telefon schafften die Eltern erst 1970 an, als Doppelanschluss, den sie sich mit ihrem Nachbarn aus der Wohnung 1 teilten. Lange kamen sie ohne eigenes Bad aus. Sie wuschen sich am Waschbecken und besuchten jeden Freitag vor dem Eingang des Sabbath das öffentliche Badehaus in der

Kürt-Straße, wo man für eine halbe Stunde eine Badewanne mieten konnte. So hatte Kolozs gelernt, vieles zu entbehren – alles nur eine Frage der Gewohnheit. Aber auf den Computer verzichten? Das war etwas anderes, und Kolozs mochte sich das lieber gar nicht vorstellen. Dabei ging es ihm hauptsächlich um das Internet, das wie eine Nahrungsaufnahme durch Infusion die mangelnden Reize der Außenwelt ersetzte, das Fehlen von sozialen Kontakten weniger spürbar werden ließ und somit eine lebenserhaltende Rolle spielte. Nun hatte er die Alternative, täglich ein Internetcafé aufsuchen, dort zu einem Stundentarif von zweihundert Forint herumzusurfen und die gesellschaftlichen Websites zu durchforsten, wo er noch Freunde und Bekannte vermutete. Zwar wollte er in seiner aktuellen Situation mit niemandem Kontakt aufnehmen, war aber gern auf dem Laufenden, wie es den Leuten ging und wer womit beschäftigt war.

Kolozs war völlig außer sich. Den ganzen Vormittag rannte er mehr als er ging durch die Stadt, betrat jedes Computergeschäft und durchstöberte das Sortiment der großen Elektronikmärkte. Er war fasziniert von der Vielfalt dieser schillernden, raffinierten, allwissenden Technik, die alles Mögliche in sich vereinigen konnte: Telefon, Kino, Theater, Fax, Fernsehen, Anrufbeantworter. Aber er konstatierte immer wieder, was er schon vorher geahnt hatte – dass selbst der niedrigste Aktionspreis für einen Laptop, 99.999 Forint, für ihn unerreichbar war. Er hatte nicht einmal genug Geld für den Reparaturservice – zumal das Ergebnis wahrscheinlich enttäuschend gewesen wäre. So konnte er nichts weiter tun, als seine Wünsche zu unterdrücken.

Nach seiner Rückkehr schaltete er das Gerät probehalber wieder ein. Der wohlbekannte röchelnde Ton weckte in ihm bereits Hoffnungen. Plötzlich aber wurde es still, und der Bildschirm starrte ihm weiß und blind entgegen wie ein Grottenolm. Kolozs war empört und verzweifelt über die ideenreiche

Gemeinheit des Schicksals, das ihm immer neue Hindernisse in den Weg legte. Er verspürte so etwas wie eine abstrakte Rachsucht. Ich bin erst zweiundsechzig Jahre alt, dachte er, ich bin kerngesund, und ich halte noch dreißig Jahre durch, werde womöglich älter als der Vater. Es darf nicht sein, dass ich jahrzehntelang ohne Computer dahinvegetiere. »Nein!«, sagte er laut und entschieden. Er konnte auf dieses technische Gerät nicht verzichten, sonst war es besser, gleich auf das Leben überhaupt zu verzichten. Er begann zu rechnen. Von seiner ab Januar fälligen Rente, diesen lausigen sechzigtausend Forint, konnte er selbst bei allergrößter Sparsamkeit nicht nebenher hunderttausend Forint erwirtschaften. Es gab nur eine einzige ökonomische Möglichkeit: Vaters »Leben« musste um ein weiteres Jahr verlängert werden. Zwei Monate lang würde er die Wiedergutmachung nicht antasten, dann konnte er spätestens im März den Laptop erwerben. Die Zeit bis dahin würde er mit Hilfe des Internetcafés auf einer Arschbacke absitzen. Er würde seinen Aufenthalt dort auf eine Stunde pro Tag beschränken. Verzehr war nicht obligatorisch, also kostete ihn jeder Tag zweihundert Forint, vier Monate, hundertundzwanzig Tage, summa summarum vierundzwanzigtausend Forint.

Am nächsten Tag fuhr er auf den Schwabenberg zu Frau Weiss und verspürte dabei zu seiner großen Überraschung keinerlei Aufregung. Die Frau empfing ihn begeisterter denn je. »Ich gratuliere, Herr Kolozs! Wenn ich es richtig sehe, ist Ihr Herr Vater der älteste Überlebende Ungarns, vielleicht sogar der Welt! Die Stiftung bereitet schon eine bescheidene häusliche Feier vor.« Kolozs hatte genau auf diesen Satz gewartet. »Liebe Frau Weiss«, sagte er entschlossen, »bitte teilen Sie den Herrschaften der Stiftung mit, dass ich von ihren Absichten tief gerührt bin. Aber – was soll ich sagen? Ein sehr heikles Thema. Mein armer Vater ist nicht mehr imstande, jemanden zu empfangen. Geistig ist er mehr oder weniger auf der Höhe.

Aber in letzter Zeit leidet er an Colitis ulcerosa, einer entzündlichen Darmerkrankung. Man kann also nie wissen, wann sein Stuhlgang kommt, man muss ihn regelrecht in Windeln halten, und ich fürchte, diese Krankheit könnte ihn schnell hinwegraffen.« – »*Schma Jisroel!*«, rief Frau Weiss, und ihr Gesicht verfärbte sich dunkelrot. »Das ist natürlich etwas anderes. Jedenfalls werde ich Zürich benachrichtigen. Sie müssen sich dort etwas einfallen lassen, man darf den Armen auf keinen Fall belästigen!«

An diesem Abend rief Laci Bakos an. »Wie geht es deinem Alten?« Das war seine erste Frage, als Kolozs am Abend um elf, Lacis Einladung folgend, an seinem Tisch im Restaurant *Torino* Platz nahm. Bakos sah sehr gepflegt aus, war elegant gekleidet, und als er, in der Getränkekarte blätternd, zwischen den feinsten Weinsorten wählte, schien er ganz wie immer. Kolozs war beunruhigt: Verdammt noch mal, was will er bloß von meinem Vater? Mich hat er seit Ewigkeiten gemieden, wozu braucht er diese Höflichkeitsschleife? Seiner Frage konnte man jedenfalls entnehmen, dass er den Vater lebend wähnte. Offenbar hatte Bakos nirgendwo vom Ableben des Alten gehört. Kolozs antwortete vorsichtig: »Wie soll es ihm schon gehen? Wie soll es überhaupt einem Menschen gehen heutzutage?« Laci nickte verständnisvoll: »Genau! Wir leben in einer elenden Welt. Aber dein Alter – wenn ich mich nicht irre, wird er bald hundert! Sag mir, wenn du die Frage taktlos findest: Ist er geistig noch fit?« Kolozs war nahe dran, aufzuspringen und wegzugehen, um sich diese merkwürdige Konversation zu ersparen. Was für ein Freund ist das bloß, dachte er, über zehn Jahre lang ist er mir aus dem Weg gegangen, hatte kein gutes Wort für mich, auch nicht in den miserabelsten Zeiten. Und jetzt meldet er sich plötzlich und tut so, als hätte er mich nur hierher gebeten, um den Stand der Gehirnerweichung bei meinem Vater zu erfahren! »Er ist hundertprozentig klar im

Kopf«, sagte er mit einem verächtlichen Gesichtsausdruck und stützte sich bereits auf die Armlehne des Stuhls, um sich zu erheben. Aus irgendeinem Grund ahnte er jedoch, dass sein alter Kumpel, Zeuge seiner Jugend, vielleicht doch etwas Wichtiges von ihm wollte und dies in verschwommener Weise mit der Person des verblichenen Dr. Dániel Kolozs zusammenhing. »Genug, Laci!«, ging er zum Angriff über. »Du interessierst dich also für meinen Vater. Ich erinnere mich gar nicht, dass ihr ein besonders enges Verhältnis hattet! Darf ich fragen, was die Ursache ist für dieses außergewöhnliche Interesse?«

Bakos winkte dem Kellner und bestellte in aller Seelenruhe eine Flasche vom teuersten Galperino. Dann sagte er: »Ich will nicht um die Sache herumreden, Gábor.« Kolozs sah zu seiner Verwunderung in Lacis Blick ein verzweifeltes Flehen, das auf keinen Fall gespielt sein konnte, und dann platzte er heraus: »Ich möchte mich bei ihm entschuldigen.« – »Entschuldigen? Du? Bei meinem Vater?«, wunderte sich Kolozs. »Was hast du ihm angetan? Du kennst ihn doch kaum. Weißt du was, hör doch auf mit dem Theater …« Er stand auf und wollte gehen, aber Laci griff nach seiner Hand und hielt ihn zurück. »Glaub nur ja nicht, dass ich verrückt geworden bin«, sagte er mit ernstem Gesicht. »Ich habe ihn nur ein paarmal im Leben gesehen. Aber ich habe Scheiße gebaut!« Damit nahm er aus seiner Aktentasche, die neben ihm auf dem Stuhl stand, ein Typoskript und legte es auf den Tisch. »Ich sitze seit Wochen im Archiv des Staatssicherheitsdienstes«, sagte er und blickte Kolozs müde an. »Ich lese gerade meine Akten. Ich war nämlich – ich war Agent. Mein Deckname war ›Schmidt Ádám‹, du weißt doch, ich habe meine Diplomarbeit über Adam Smith geschrieben, und deshalb haben sie mich so codiert. Zwischen 1966 und 1973 habe ich Berichte geschrieben. Zuerst über die ungarischen Studenten in Moskau, nach meiner Rückkehr über das Ministerium für Außenhandel, wo ich doch damals als Bibliothekar gearbeitet habe. Als ich nach

Paris entsandt wurde, haben sie mich entlassen, beziehungsweise – aber das gehört nicht zum Thema. Sie wussten genug über mich, um mich zur Sau zu machen. Ich versuchte, mit meinen Berichten niemandem zu schaden. Ja, ich weiß, das haben bisher alle Spitzel gesagt.« Bakos räusperte sich, atmete tief durch und sagte dann: »Ich gebe offen zu – ich sitze hier nicht ganz freiwillig. Ich habe jede Menge Feinde, und wenn die Sache herauskommt, überrennt mich sofort die Boulevardpresse. Ich dachte, es ist besser, wenn du es von mir erfährst!«

Kolozs war über das Gehörte nicht besonders erschüttert. Ihn ergriff eher ein Gefühl, als hätte er in einem Kreuzworträtsel jene Stellen ausgefüllt, die erforderlich sind, um die fett gesetzte Hauptfrage zu lösen. »Hast du auch über mich berichtet?«, fragte er gelassen. »Das ist es ja gerade«, sagte Laci mit gequältem Lächeln, »das habe ich strikt abgelehnt. Ich habe ihnen ins Gesicht gesagt, dass es eine Person gibt, über die ich unter keinen Umständen berichten will – weil du mein bester Freund bist. Ich dachte, die schmeißen mich raus. Aber der Typ lächelte nur und stellte fest: ›Über alle anderen würden Sie also berichten.‹ Ich Blödmann habe zugestimmt, und so kam die Rede auf deinen Vater.« Er überreichte Kolozs ein paar Blätter aus dem Dossier. »Lies das bitte. Und du solltest auch essen und trinken, ich habe dich doch eingeladen.«

Innenministerium, Hauptverwaltung III/III

Bericht des Inoffiziellen Mitarbeiters »SCHMIDT, Ádám«
Aufgenommen am 11. August 1967
Im amtlichen Raum des Ministeriums, im Rahmen der Bearbeitung eines Ausreiseantrags
Aufgenommen von Polizeileutnant János Stuka

Der IM suchte vor kurzem den Rentner Dr. Dániel KOLOZS, wohnhaft Klauzál-Straße 13 a, in seiner Wohnung auf. Ge-

nannte Person jüdischer Herkunft legte auf Bitten meines Freundes seine Ansichten über den gegenwärtigen Nahostkrieg dar. Er kritisierte, dass die Sowjetunion und die Mitgliedstaaten der sozialistischen Gemeinschaft nicht für Israel, sondern für Ägypten in dem Krieg Partei ergreifen. In diesem Zusammenhang äußerte er sich herabwürdigend über den Genossen BRESCHNEW. Er verurteilte die richtigen Stellungnahmen unserer Partei und Regierung und behauptete, dass nicht Israel der Aggressor sei, sondern NASSER, der »die Juden ins Meer jagen« wolle, aber die Letzteren hätten die ägyptische Luftwaffe zu »Brei« geschlagen. Laut Meinung des Dr. Dániel KOLOZS denken alle Juden ähnlich wie er, selbst Parteimitglieder, nur diese »wagen nicht zu sprechen«. Er fügte hinzu, dass in Gemeindekreisen große Angst vor Antisemitismus herrsche. Während des Gesprächs sah sich mein Freund in der Wohnung um, ob es dort ein Radiogerät gibt, das zum Empfang von Feindsendern geeignet wäre. Ein solches hat er nicht gesehen, weshalb er zu der Schlussfolgerung gelangte, dass Dr. Dániel KOLOZS seine »Informationen« aus anderen Quellen bezieht.

»SCHMIDT, Ádám«, IM
Eigenhändige Unterschrift

Anmerkungen: 1. Der Bericht hat operativen Wert und ist dringend einzuarbeiten in das von dem Genossen Hauptverwaltungsleiter in Auftrag gegebene Sammeldossier »Zionismus«. 2. Der Inoffizielle Mitarbeiter hat die Aufgabe zufriedenstellend erledigt, des Weiteren wird er im beruflichen Bereich eingestellt. Seinen Antrag auf einen einmonatigen Reisepass zu touristischen Zwecken empfehlen wir zur Annahme. Bitte im Ministerium für Außenhandel seine Einstellung fördern.
Dr. KOVÁCS, Oberleutnant

Innenministerium, Hauptverwaltung III/III

Bericht des Inoffiziellen Mitarbeiters »SCHMIDT, Ádám«
Aufgenommen am 3. Oktober 1973
In der Wohnung »T« im Rahmen eines konspirativen Treffens (aufgrund Tonbandaufnahme)
Aufgenommen von Polizeioberleutnant János Stuka

Der IM suchte vor kurzem den Rentner Dr. Dániel KOLOZS, wohnhaft Klauzál-Straße 13 a, in seiner Wohnung auf. Genannte Person jüdischer Herkunft legte auf Bitten meines Freundes seine Ansichten über den neueren Nahostkrieg dar. Er kritisierte, dass die Sowjetunion und die Mitgliedstaaten der sozialistischen Gemeinschaft nicht für Israel, sondern für Ägypten in dem Krieg Partei ergreifen. Gleichzeitig lobte er die angeblich »unabhängige« Position des rumänischen Führers Ceaușescu (die in Wirklichkeit die Interessen der sozialistischen Gemeinschaft beschädigt). Er behauptete, dass die Ägypter diesmal besser kämpften, aber gegen Israel nichts ausrichten konnten, denn das Land wird »von den USA unterstützt«. Er sagte, es gebe Menschen jüdischer Abstammung, die sich gegen Israel äußerten, diese bezeichnete Dr. Dániel KOLOZS jedoch als »Sch... kerle«. Er behauptete, vor dem Antisemitismus Angst zu haben, und kritisierte, dass man die sowjetischen Juden jetzt nicht mehr auswandern lasse.
Mein Freund schaute sich in der Wohnung um und wurde auf ein Transistorradio der sowjetischen Marke WEF aufmerksam, ein Gerät, das sich wahrscheinlich im Besitz seines Sohnes befindet. Auf diesem Gerät gibt es UKW, das heißt, man kann damit Freies Europa, BBC, Kol Jisroel und andere Feindsender hören.

»SCHMIDT, Ádám«, IM
Eigenhändige Unterschrift

Anmerkungen: 1. Der Bericht hat operativen Wert und ist dringend einzuarbeiten in das von dem Genossen Hauptverwaltungsleiter in Auftrag gegebene Sammeldossier »Zionismus 2«. 2. Der Inoffizielle Mitarbeiter hat die Aufgabe gut erfüllt. Angesichts der Tatsache, dass er bald als Entsandter ins Ausland fährt und sich unsere Hauptverwaltung von ihm trennen wird, schlagen wir ihn für die Prämie vor (Bleikristallvase). 3. Den Gegenwert des mit unserer Genehmigung als »Gastgeschenk« gekauften Earl-Grey-Tees (350 Forint) haben wir dem IM gegen Quittung ausbezahlt.

Dr. KOVÀCS, Hauptmann

Es war halb zwei in der Nacht, die Jalousien des *Torino* waren bereits halb heruntergelassen, und der Kellner säuberte mit Hingabe die abgeräumten Tische, als Kolozs und Bakos leicht schwankend in die laue Herbstnacht hinaustraten. »Über dich habe ich kein einziges Wort gesagt! Aber für deinen Vater bin ich der letzte Schurke!« Laci schlug sich mit beiden Fäusten gegen den Kopf und schrie: »Wie kann ich das wieder gutmachen? Wie kann ich das wieder gutmachen?« Dann begann er zu schluchzen und ließ sich auf eine Bank fallen. Kolozs ekelte sich vor diesem Flehen um Verzeihung mehr als vor der zugegebenen Verfehlung. Aber als er die Wortverbindung »wieder gutmachen« hörte, gab ihm der Teufel eine infame Idee ein: Wenn er schon so fragt, dann gib ihm eine entsprechende Antwort! Er konnte doch Laci Bakos vorschlagen, ihm als Gegenleistung für seinen Verrat den Laptop zu kaufen, den er im Elektronikmarkt gesehen hatte. 99.999 Forint – einer wie Bakos mit seinen in den Westen geschmuggelten beschissenen Parteigeldern, von denen er sicher einiges in die eigene Tasche gewirtschaftet hatte, zahlte diesen Betrag aus der Portokasse, während er für ihn, Gábor Kolozs, einen unermesslich großen Wert darstellte und er das Geschenk vielleicht für den Rest seines Lebens genießen konnte. Warum denn nicht? Von der Wiedergutmachung konnten alle Seiten profitieren – Laci bekam Absolution und konnte sich im Bewusstsein der Wohltätigkeit wiegen, und Kolozs hätte ein gewaltiges Problem gelöst. Laci konnte sein schlechtes Gewissen beruhigen, und Kolozs war nicht mehr auf die Wiedergutmachung angewiesen, die ihm nicht zustand. Sobald er das wundervolle neue Gerät installiert hatte, konnte er gleich die weiteren Wiedergutmachungszahlungen absagen und normal, moralisch leben, wie er bis zu der verfluchten Nacht gelebt hatte, in der er auf die Idee gekommen war, die Unterschrift des Vaters zu fälschen. Aber nein, sagte er zu sich nach einigem Zögern. Mir hat Laci nichts angetan, vielmehr muss ich ihm für seine Hilfe und Zuneigung in den siebziger Jahren dankbar sein. Trotzdem kann er sich nicht von seiner Schuld ausgerechnet bei mir mit 99.999 Forint freikaufen, während ich ihn über meinen Vater so schamlos belüge.

Taumelnd liefen sie durch die menschenleeren Straßen der Elisabethstadt und kamen in immer gefährlichere Nähe zur Klauzál-Straße 13a. Vor der Markthalle blieb Kolozs stehen und sagte mit scharfer und klarer Stimme: »Laci, geh nach Hause. Mein Vater ist längst gestorben.« – »Ich glaube dir kein Wort!«, rief Bakos und stampfte mit dem Fuß auf. »Du hast selbst gesagt, dass er lebt! Du hast über ihn im Präsens gesprochen! Du hast mich betrogen, ich glaube dir kein Wort!« – »Du glaubst mir nicht?«, brüllte Kolozs ihn an, von allem Schmutz und allen Schweinereien des heutigen Abends ebenso angeekelt wie von Lacis halb betrunkener Hartnäckigkeit. »Na, dann komm doch, du verdammter Spitzel! Überzeuge dich selbst!« Zweimal drehte er den Schlüssel im Schloss, und sie standen im Zimmer. Kolozs riss den Leinenvorhang in der Ecke beiseite und deutete auf das leere Kanapee des Vaters. »Brauchst du auch den Totenschein?«, fragte er. Bakos schüttelte wortlos den Kopf und heulte so sehr, dass seine Zähne ge-

geneinander schlugen. Dann sagte er plötzlich stocknüchtern: »Ich will nicht weiter stören.« Er drehte sich auf dem Absatz um und ging stocksteif zur Tür hinaus, die er behutsam hinter sich schloss.

Kolozs hörte die sich entfernenden Schritte auf dem Hof, dann das Zuschlagen des Hoftores. So ist es, wenn jemand entlarvt wird, grübelte Kolozs und sagte laut und gleichgültig: »Bald kommt die Reihe an mich.« Dann packte er den Computer aus mit der Absicht, ihn ein letztes Mal einzuschalten. Er hörte wieder das bekannte Geröchel, und schon bald leuchteten auf dem Bildschirm nacheinander die Icons auf wie die Lichter einer entfernten, verheißungsvollen Großstadt.

Kolozs war nicht ganz zufrieden mit den Aussagen von Frau Weiss über die geplante Feier des Vaters, auch wenn sie für den Alten Schonung versprochen hatte. Wenn die Schweizer Stiftung ihren ältesten Begünstigten feiern wollte, dann tat sie dies nicht so sehr für den Vater als vielmehr für sich selbst. Das kann man keiner Institution verübeln, dachte Kolozs. Schließlich musste sich die Stiftung schon allein im Hinblick auf ihre Spender auch öffentlich mit dem erstaunlichen Rekord rühmen dürfen, dass mit ihrer Hilfe ein Überlebender des Holocaust sein hundertstes Lebensjahr erreicht hatte. Es war sehr wahrscheinlich, dass das Ereignis in der Schweiz oder auch in den USA ein Echo finden würde, das leicht auch noch in Ungarn zu hören sein könnte. In diesem Fall musste Kolozs mindestens mit zwei Anrufen rechnen, von Feri Túróczi und von Márta, die bisher geglaubt hatten, der Vater sei tot. Außerdem konnte man nicht ausschließen, dass es plötzlich Leute aus der jüdischen Gemeinde gab, die den hundertsten Geburtstag mitfeiern wollten, oder dass bei weiteren Medienvertretern eine professionelle Neugier für den Überlebenden aufkam.

Deshalb fuhr Kolozs an einem kühlen Montagnachmittag im Oktober wieder zu Frau Weiss, um seiner vor kurzem geäußerten Bitte Nachdruck zu verleihen. Der Vater sei strikt dagegen, sagte er, dass an diesem Tag bei ihm eine Delegation mit einem Blumenstrauß erscheine oder man über ihn in den Zeitungen berichte. Wenn überhaupt, dann solle man im engen Kreis zusammenkommen, vielleicht am Schwabenberg im Büro der Stiftung, und er fühle sich von seinem Sohn völlig hinreichend vertreten. Kolozs habe dies Frau Weiss lieber persönlich übermitteln wollen, und sie solle doch bitte gleich bei der Stiftung in Zürich anrufen und mit ihnen gemeinsam einen goldenen Mittelweg finden, der das Schaf satt machte und das Kraut ungerupft ließe. Leider aber klingelte er vergeblich an der Tür der Villa. Frau Weiss öffnete nicht, und das war ohne Beispiel, denn er war bisher zu Bürozeiten stets unangemeldet bei ihr erschienen.

Vielleicht morgen, dachte er, vor allem nachdem ihm endlich einfiel, dass der 23. Oktober, Jahrestag des Volksaufstands von 1956, ein arbeitsfreier Tag war, an dem auch ausländische Institutionen geschlossen waren. Frau Weiss war privat nicht verpflichtet, an diesem Tag die Tür zu öffnen, und möglicherweise war die alte Frau auch argwöhnisch, wenn jemand sie direkt zur Zeit der Nationalfeier auf dem Schwabenberg besuchen wollte.

So war dieser Gang für Kolozs ein Flop, und wäre ihm nicht bereits am Schwabenberg eingefallen, was für ein Tag es war, so wäre er auf dem Rückweg ganz sicher darauf gekommen. Wie meistens wollte er die Kosten für die Rückfahrt sparen, und deshalb nahm er am Moskauer Platz nicht die Metro, sondern ging zu Fuß bis zum Tunnel und durchquerte diesen auf dem schmalen Fußgängerweg in donnerndem Motorengedröhn, von Abgasen halb erstickt. Vor der Kettenbrücke stieß er auf einen Polizeikordon. »Es lohnt sich nicht, über die Brücke zu gehen«, sagte ein junger Polizist mit Bartflaum, »da drüben beginnt gerade der Krawall.« – »Welche Brücke schlagen Sie vor?«, fragte Kolozs. »Scheißegal«, antwortete der junge Mann, »jede, über die man Sie lässt. Aber ich sage Ihnen, es lohnt sich nicht.«

Die Margaretenbrücke war offen, aber am Pester Brückenkopf versammelte sich eine größere Menschenmenge. Diese wurde von Polizisten mit Helmen und Gummiknüppeln in Richtung Westbahnhof und von dort aus in die Innenstadt geleitet. Die Leute bogen gehorsam in die Bajcsy-Zsilinszky-Straße ein, und Kolozs nahm ebenfalls diese Richtung, denn er glaubte, der Durchgang sei frei. Tatsächlich aber jagten die Polizisten bereits vor ihnen die Demonstranten. Gegenüber dem Madách-Platz standen berittene Polizisten und Wasserwerfer, und die Luft war bereits durchdrungen vom Geruch des Tränengases, so dass sich die Leute die Nasen mit Taschentüchern zuhielten und man einigen bereits ansah, dass ihnen von dem Gestank übel wurde.

Die Dunkelheit brach allmählich herein, und die Schaufenster der Geschäfte waren schon beleuchtet, als Kolozs in der Menschenmenge vor der Synagoge in der Dohány-Straße ankam. Hier geriet er nun endgültig in die Falle. An der Ecke Wesselényi-Straße hatten die Polizisten einen Ring gebildet, und als er die andere Richtung nehmen wollte, begann dort soeben die Reiterattacke. Die berittene Polizei fegte wie ein Wirbelwind in die Menge vor dem Károly-Ring und dann weiter in Richtung Museumsring und Kálvin-Platz. Ein Teil der Flüchtenden schloss sich der Menschenansammlung vor der Synagoge an. Eine kleinere Gruppe begann dort sofort Bierflaschen an die Wand des Gebäudes zu werfen und das Monatsprogramm der Synagoge abzureißen. Ein junger Mann mit nicht einmal unsympathischem Gesicht brüllte aus voller Kehle den Spottvers: »Erger, Berger, Schossberger / jeder Jude Halsabschneider«, andere Jugendliche skandierten ihn weiter. Kolozs war verblüfft: Woher nahmen diese Halbwüchsigen solche Verirrungen aus den zwanziger Jahren? Wussten sie überhaupt, was sie da krähten? Und die Polizisten – warum duldeten sie diese Szene? Wie konnten sie bei aller sichtbaren Alarmbereitschaft ausgerechnet den Schutz der Synagoge, des früheren Eingangs zum Ghetto so vernachlässigen? Schließlich fanden sich Leute, die sich bemühten, die Skandierenden zu mäßigen. Sie betonten, man habe nicht mit den Juden Probleme, sondern mit der Regierung, und dies könne man auch kürzer formulieren. Immer mehr Menschen skandierten: »Abdanken! Abdanken!« Auffällig war, dass sich unter den Demonstranten viele ärmlich gekleidete Leute, auch ältere Menschen befanden. Außerdem gab es Bürger, die sichtlich, so wie auch Kolozs, zufällig in die Menschenmasse geraten waren, welche inzwischen auf etwa tausend Personen angewachsen war.

Die Polizisten, die bisher tatenlos mit angespanntem Gesicht gewartet hatten, begannen, offensichtlich auf einen Befehl hin, die Menschen von beiden Seiten einzuklemmen, wobei sie Tränengas, Schlagringe und Gewehre mit Gummigeschossen gleichzeitig einsetzten. Unmittelbar neben Kolozs traf ein Geschoss das rechte Auge eines Mannes. Kolozs versuchte gemeinsam mit anderen, den weinenden und schreienden Verletzten aus der Menge zu schieben und zum Rettungswagen auf der anderen Straßenseite zu bringen. In dem Moment, als sie den Wagen erreichten, bekam auch die Rettungsmannschaft eine kräftige Dosis Tränengas ab, so dass nur ein Sanitäter, der noch die Augen offen halten konnte, zu Hilfeleistungen imstande war. So umfasste Kolozs den Rücken des Verletzten, um ihn ins Wageninnere zu schieben. Dies gelang ihm auch, aber als er wieder die gegenüberliegende Straßenseite erreichte, hörte er einen gewaltigen Knall, den er erst später als Schlag auf seinen Hals bestimmte. Genauer gesagt, konnte er nicht sofort feststellen, wo ihn der Gummiknüppel getroffen hatte, denn für einen Moment verlor er das Bewusstsein, und als er wieder zu sich kam, tat ihm vom Scheitel bis zur Sohle alles weh. Er lag hinter einem Polizeiwagen und tastete seinen Körper vorsichtig ab, überall da, wohin seine

Finger gelangen konnten, aber er fand keine offene Wunde, keinen Tropfen Blut. Schade, dachte er, es wäre so schön gewesen, an Ort und Stelle zu verbluten, und ich hätte mein unwürdiges Leben wenigstens mit einem heroischen Ereignis beenden können. Wenn ich hier und jetzt sterbe, dann als Opfer des Polizeiterrors, vielleicht als einziges Todesopfer, und niemand stellt mehr die Frage, wovon dieser Märtyrer in den letzten Jahren gelebt hat.

Gleichzeitig fiel ihm ein, dass einige derer, in deren Zusammenrottung er zufällig geraten war, gegen jenes Volk gehetzt hatten, von dem er abstammte, und dies direkt am Eingang zum ehemaligen Ghetto, dem er sein Leben lang nur zeitweise entkommen konnte. Wenn er sich schon so sehr nach dem Heldentod sehnte, warum packte er nicht wenigstens einen von ihnen an der Gurgel und machte ihn fertig: *Du verdammter Drecksnazi, ich bin Jude, und du stehst vor dem Tor des Ghettos, in dem ich aufgewachsen bin! Und jetzt kriegst du von mir, was du verdienst!* Warum teilte er nicht Schläge aus, so lange er konnte? Am Ende würde er zwar unter dem Druck der Übermacht ebenso am Boden liegen wie jetzt, aber nicht zufällig, sondern weil er seines Vaters Sohn war, von dessen Geld er seit Jahren lebte. Und nun war er im entscheidenden Moment zu feige, dessen Andenken in Schutz zu nehmen!

Ich habe ein elendes Leben geführt, dachte er, immer noch halb liegend. Und als wolle er die Zusammenfassung einer vollendeten Geschichte erfinden, räsonierte er weiter: Vierhundert Bewerbungen habe ich umsonst geschrieben, Dutzende peinlicher Gespräche mit potenziellen Arbeitgebern geführt, aber niemals habe ich jemanden überzeugt. Vielleicht hat man mir angesehen, dass ich im Grunde nichts anstrebte, ebenso wie ich in all den Jahrzehnten nichts wirklich anstrebte, weder Geld noch Wohnung, geschweige denn Liebe – jemanden lieben und geliebt werden. Und die Politik – was geht sie mich an?

Indessen versuchten die Sanitäter weiterhin, keuchend und gegen den Brechreiz ankämpfend, Verwundete zu bergen. Die Polizisten prügelten auf die Menge ein, verschonten auch nicht diejenigen, die schon zu Boden gegangen waren, und versuchten möglichst viele in die inzwischen herangefahrenen Mannschaftswagen hineinzustopfen. Kolozs beeilte sich, auf allen vieren dem Gedränge zu entkommen, was ihm um den Preis einiger Schläge mit dem Gummiknüppel auch gelang. Indessen sperrten die Polizisten die Gitter der Wagen zu, und die Fahrer schickten sich an, die Gefangenen wegzubringen. An der Ecke Wesselényi/Kazinczy-Straße klopfte Kolozs, so gut es ging, den Dreck von seinen Kleidern und schlich keuchend und gebückt weiter, bis er mit Mühe und Not die Klauzál-Straße erreichte.

Bereits zu Hause, versuchte er sich eine Meinung zum Geschehenen zu bilden, wobei das Schlachtgetöse draußen weitertobte. Er kam zu dem bescheidenen Ergebnis, dass er zwar beide Seiten verstehen konnte, sowohl die in die Ecke getriebene Regierung als auch die der aktuellen Lage überdrüssige Opposition, aber mit der einen hatte er ebenso wenig zu tun wie mit der anderen. Die eine hasste er nicht, die andere mochte er nicht, aber von beiden Seiten erwartete er keine Verbesserung seines Schicksals. In diesem Augenblick dachte er, dass etwas ihn mit diesem Land mehr als alles andere verband, und das war die Hoffnungslosigkeit. Was für eine Botschaft konnte man in die Budapester Straßen tragen, die in ihrer Geschichte so viel Blut gesehen hatten und nun mit Barrikaden, qualmenden Gummireifen und zerschlagenen Pkws zugemüllt waren? Was wäre seine eigene Losung als Demonstrant, wenn er einer wäre? »Es lebe der Sozialismus – die glänzende …« Glänzende Zukunft oder glänzende Vergangenheit? Oder: »Nieder mit den Menschenrechten!« – »Nieder mit den Reformen des Onkel Frici!« – »Nieder mit der Marktwirtschaft!« Letztendlich aber lief jeder Slogan auf eine einzige mögliche Aussage hinaus: »Nieder mit Gábor Kolozs! Nieder mit seinem verpfuschten Leben, mit seinen Illusionen, Sehnsüchten, seiner piefigen Moral, Moral und nochmals Moral!« Kolozs fühlte, dass er endgültig und unwiderruflich gescheitert war.

ACHTER TEIL

23. Oktober–4. November 2006

Gegen acht Uhr am Abend versuchte Kolozs bei der Stiftung auf dem Schwabenberg anzurufen, denn schließlich konnte er sein Anliegen auch telefonisch mitteilen. Den Satz, mit dem er sich für den ungewöhnlichen Zeitpunkt des Anrufs entschuldigen wollte, hatte er bereits auf der Zungenspitze, als er hörte: »Hier spricht der automatische Anrufbeantworter von Artúrné Weiss. Zwischen dem 22. Oktober und dem 3. November bin ich auf Dienstreise in Zürich. In dringenden Fällen hinterlassen Sie bitte eine Nachricht unter der Handynummer 0041795113565.«

Kolozs wollte zunächst die Rückkehr von Frau Weiss abwarten, aber am 30. Oktober geriet er in Zugzwang. Márta schickte ihm eine E-Mail mit einem eingescannten Artikel aus einer amerikanisch-jüdischen Zeitung. Es handelte sich dabei um ein Interview mit »Mr. Freiburger«, der in Košice geboren war und ursprünglich in der Schweiz gelebt, aber auf seine alten Tage den Ort gewechselt hatte und nun im Kreise seiner Großfamilie im Staat Wisconsin wohnte. Dieser Mr. Freiburger erzählte im Interview von seinem ehemaligen Schulfreund »Mr. Kolozs«, Überlebender des Holocaust, den er nach dem Zusammenbruch des Kommunismus durch die Großzügigkeit einer Schweizer Stiftung vor der Verelendung hatte retten können. Nun feiere Mr. Kolozs bald seinen hundertsten Geburtstag und sei somit der älteste Überlebende des Holocaust in Ungarn, wenn nicht auf der ganzen Welt. Übrigens sei der Sohn von Mr. Kolozs kein anderer als der bekannte Parlamentsabgeordnete und Wirtschaftsexperte Gábor Kolozs, vor der Wende ein standhafter Kämpfer für die Demokratie gegen das autoritäre Kádár-Regime.

Von diesem Augenblick an nahm Kolozs keinen Anruf mehr entgegen und ignorierte alle eingehenden Mails. Umso häufiger versuchte er die von Frau Weiss angegebene Schweizer Handynummer zu erreichen. Dort wartete auf ihn immer dieselbe Tonbandstimme mit der Aufforderung, eine Nachricht zu hinterlassen. Schließlich riss ihm der Geduldsfaden, und er sprach am Morgen des 30. Oktobers auf das Band: »Liebe Frau Weiss, die Lage ist die, dass heute Morgen mein Vater verstorben ist. Ich organisiere die Bestattung in Košice und bin daher unterwegs. Bitte sagen Sie jede Feierlichkeit ab. Ich warte auf Ihren Anruf.« Nun ist mein Vater heute gestorben, dachte er, obwohl er seit Jahren in Košice auf dem Friedhof liegt. Gott gebe ihm ewige Ruhe, damit ich auch meine Ruhe habe. Vielleicht verdient er nach so vielen Jahren des Scheinlebens doch ein Totengebet. Aber in dem hebräischen Gebetbuch des Vaters konnte er sich nicht zurechtfinden. Er schaltete den Computer ein, der gehorsam den Befehlen seiner Hand folgte, gab bei Google »Kaddisch« ein und fand es auch gleich. *»Jitgadal vejitkadasch sch'mei rabah«*, die Worte klangen für ihn bekannt aus der Kindheit, da er den Vater zu den Gottesdiensten in der Synagoge am Bethlen-Platz so oft begleitet hatte. Allerdings entnahm er dem Bildschirm die Information, dass dieses Gebet nur im Kreis der Gemeinde, in Anwesenheit von zumindest zehn erwachsenen Juden, seine Gültigkeit habe. Kolozs war enttäuscht und schaltete das Gerät aus.

Am 4. November bekam er einen Anruf nach dem anderen, nahm aber den Hörer nicht ab. Um zehn Uhr wählte er die Telefonnummer des Stiftungsbüros. »Guten Morgen, Frau Weiss«, sagte er. »Haben Sie in der Schweiz meinen Anruf erhalten?« – »Ach, Sie sind es, Herr Kolozs!«, hörte er aus der Leitung, »gar nichts habe ich erhalten! Ich altes Weib mit meiner Sklerose hatte den Pincode vergessen, habe ihn dreimal falsch eingegeben und damit ungültig gemacht. Warum, gab es etwas Schlimmes?« – »Ja, allerdings«, antwortete Kolozs, »am 30. Oktober ist mein lieber Vater verschieden.« – »*Shma Jisroel*«, rief Frau Weiss und brach in leises Weinen aus. Selbst in dieser absurden Situation war Kolozs von ihrem Mitgefühl tief bewegt. Frau Weiss brauchte eine Weile, bis sie sich wieder gefasst hatte, und sagte dann: »Zu spät. Ich habe alles genau so ausgerichtet, wie Sie es gesagt haben, aber die Schweizer wollten unbedingt kommen. Und sei es auch nur für fünf Minuten. Und das Schweizer Fernsehen auch. Ich habe getan, was ich konnte. Ich habe gesagt, dass Ihr Herr Vater keine Feier will, aber ich konnte sie nicht zurückhalten. Sie sind soeben aus dem Hotel *Gellért* losgefahren.« Kolozs legte wie paralysiert den Hörer auf.

Jetzt bleibt mir nur noch übrig, der Dinge zu harren, beruhigte er sich. Er saß wie in Ohnmacht gefallen auf dem Kanapee und schrak erst auf, als es an der Tür klopfte. Er sprang auf und öffnete, zu allem entschlossen, aber es war nur der Mann von der Gemeinde mit dem Mittagessen. Von diesem Augenblick an stand Kolozs am Fenster und schaute auf die Straße. Fünf Minuten nach elf hörte er aus Richtung Wesselényi-Straße aufdringliches Hupen, die Art, mit der sich Fahrer zur Zeit des Spitzenverkehrs Bahn brechen wollen. Dann blieb vor dem Haus ein grauer Mikrobus stehen, aus dem eine junge Frau und zwei Männer heraussprangen. Der eine hob aus dem hinteren Teil des Wagens eine Kamera heraus, dann das dazugehörende Gestell und ein meterhohes Stabmikrophon. Wenig später stoppte ein Pkw mit dem diplomatischen Kennzeichen und der Fahne des Schweizer Staatenbundes auf der Windschutzscheibe.